Eros e Psique:
passagem pelos portais da metamorfose

Associação Editorial
Humanitas

**Presidente**
*Moacir Amâncio*
**Vice-Presidente**
*Bernardo Ricupero*

Universidade de São Paulo
Faculdade de Filosofia, Letras e Ciências Humanas

**Diretor**
*Gabriel Cohn*
**Vice-Diretora**
*Sandra Margarida Nitrini*

Associação Editorial Humanitas
Rua do Lago, 717 – Cid. Universitária
05508-080 – São Paulo – SP – Brasil
Tel.: 3091-2920 / Telefax: 3091-4593
e-mail: editorahumanitas@usp.br
http://www.editorahumanitas.com.br

Paulinas Editora

**Direção geral**
*Flávia Reginatto*

Paulinas Editora
Rua Pedro de Toledo, 164
04039-000 – São Paulo – SP (Brasil)
Tel.: (11) 2125-3549 – Fax: (11) 2125-3548
e-mail: editora@paulinas.org.br
http://www.paulinas.org.br
Telemarketing e SAC: 0800-7010081

Proibida a reprodução parcial ou integral desta obra por qualquer meio eletrônico, mecânico, inclusive por processo xerográfico, sem permissão expressa do editor (Lei n. 9.610, de 19.02.98).

Foi feito o depósito legal na Biblioteca Nacional (Lei nº 1.825, de 20/12/1907)
Impresso no Brasil / Printed in Brazil
Fevereiro 2007

# Eros e Psique:
## passagem pelos portais da metamorfose

Lúcia Pimentel Góes

Associação Editorial
Humanitas

© Copyright 2007 Lúcia Pimentel Góes

Serviço de Biblioteca e Documentação da FFLCH/USP

G598 Góes, Lúcia Pimentel
Eros e Psique: passagem pelos portais da metamorfose /Lúcia Pimentel Góes. – São Paulo: Associação Editorial Humanitas; Paulinas Editora, 2007.

245 p.

ISBN 978-85-98292-94-6 (Humanitas)
ISBN 978-85-356-1896-9 (Paulinas)

1. Literatura brasileira 2. Literatura oral 3. Filosofia da linguagem 4. Semiótica 5. Mitos 6. Mente I. Título.

CDD 869.935
149.94

ASSOCIAÇÃO EDITORIAL HUMANITAS

*Editor responsável*
Prof. Dr. Moacir Amâncio

*Coordenação editorial*
Mª. Helena G. Rodrigues – MTb n. 28.840

*Diagramação*
Marcos Eriverton Vieira

*Revisão*
João Carlos Ribeiro Jr. e Thomaz Kawauche

PAULINAS EDITORA

*Editora responsável*
Maria Alexandre de Oliveira

*Produção de arte da capa*
Renata Meira Santos

*Imagem da capa*
Escultura "O beijo", museu Rodin, Paris

"Para Platão, o amor não tinha o sentido que damos ao amor e que surgiu na Idade Média com a poesia provençal. Amor para ele era o erotismo, a ação de *Eros,* o deus da luz e da escuridão, o mensageiro, a força atuante. Platão concebia o amor como um desejo e beleza, que terminara na contemplação das idéias eternas".

*Octavio Paz*

# Dedicatória

À Prof.ª Dr.ª Maria Lúcia Santaella Braga, minha tutora, neste pós-doutorado em Semiótica e Comunicação, que me aceitou com generosidade, e permitiu-me adentrar a "floresta de signos", sendo luz e guia nesta semiose, meu agradecimento especial.

Aos meus alunos, orientandos ou não, mestrandos e doutorandos, por compartilhar dúvidas, buscas, resultados com confiança, amizade e carinho.

A meu esposo Vicente, aos oito filhos, (genros e nora, quatro tidos e quatro ganhos), a meus cinco netos, o sexto, a caminho... e, provavelmente, a outros que virão.

A todos que me presentearam com o dom da amizade, quer nas lides profissionais, quer nas veredas do viver, parentes ou não, obrigada, por trilharmos juntos o *caminho da bem-aventurança,* de que fala J. Campbell em *O Poder do Mito,* quando explica a sensação, que muitos têm, de estar sendo ajudados por mãos invisíveis, pois:

> É milagroso. Tenho (...) até a superstição, por exemplo, de que, pondo-se no encalço da bem-aventurança, você se coloca numa espécie de trilha que esteve aí o tempo todo, à sua espera, e a vida que você tem que viver é essa mesma que você está vivendo. Quando consegue ver isso, você começa a encontrar pessoas que estão no campo da sua bem-aventurança, e elas abrem as portas para você. Eu costumo dizer: Persiga a sua bem-aventurança e não tenha medo, que as portas se abrirão, lá onde você não sabia que havia portas.

# Sumário

| | |
|---|---|
| 11 | Nota prévia |
| 13 | Prefácio |
| 15 | Apresentação |
| 17 | Introdução |
| 23 | Capítulo I – Cultura e formas simples |
| 35 | Capítulo II – Confronto das formas simples e suas derivações, no tempo e no espaço |
| 75 | Capítulo III – Formas em resgate – origens, migração e miscigenação – análise de relatos |
| 147 | Capítulo IV – Do mito ao ciclo dos contos de fadas do noivo / noiva animal |
| 197 | Capítulo V – Do mito ao conto – análise de relatos |

| | |
|---|---|
| 227 | **Capítulo VI** – Do mito aos poemas |
| 235 | Conclusão |
| 239 | Bibliografia geral |

# Nota prévia

"(No processo da representação e do simbólico) O conceito de alma pode ser caracterizado, com o mesmo direito, tanto como fim ou como o começo do pensamento mitológico. O significado e a envergadura espiritual deste conceito reside, justamente, em ser simultaneamente começo e fim".*

"O corpo cria o espaço como a água cria o vaso", diz Scherazade, nas narrativas de *As mil e uma noites*.

---

* *Filosofia de las Formas Simbólicas.* México: Ed. Fondo de Cultura Econômica. 1971.

# Prefácio

COMO ESTUDIOSA DAS letras clássicas, aquiesci com prazer ao convite que me foi feito pela colega e amiga Lúcia Pimentel Góes para prefaciar *Eros e Psique: passagem pelos portais da metamorfose*.

Para nós, classicistas, é sempre motivo de satisfação verificar que as obras antigas – objeto de nossas atenções e pesquisas – comprovam sua perenidade ao oferecer substância para investigações de muitas espécies, podendo ser estudadas de vários ângulos, por pessoas que se dedicam por vezes a outros campos do conhecimento.

Lúcia Pimentel Góes, no livro que vem somar-se ao número respeitável de suas publicações, procede a uma abordagem moderna do antigo mito de Eros e Psique, analisando-o e confrontando-o com outras obras posteriores, de diversas origens, filiadas a diferentes gêneros literários, mas que têm com ele alguma relação. Na elaboração de sua análise, a autora se vale de material coligido durante seu Pós-Doutorado, realizado na PUC-SP sob a tutoria de Maria Lúcia Santaella Braga, apoiando-se, para o embasamento científico, em pressupostos formulados por teorizadores de nossos dias, tais como Bakhtin, Peirce, Greimas, Kristeva, Barthes e a própria Santaella, o que permitiu o levantamento e o estudo de múltiplas questões concernentes a semiótica, oralidade, intertextualidade, informática, mitologia, bem como a teorias do discurso, da narrativa e da poesia.

Embora trabalhe especificamente com o mito, explorado no século II de nossa era por Apuleio de Madaura, em *O asno de ouro*, Lúcia Pimentel Góes traça um amplo painel de obras, cujo assunto as aproxima de certa forma do relato latino. É o caso de narrativas indianas, de contos em que seres humanos se unem a animais ou monstros e de histórias em que mulheres se disfarçam por algum motivo. A relação dos textos focalizados e discutidos é imensa. Em muitos casos Lúcia Pimentel Góes não se limita apenas a citá-los, mas deles oferece preciosas sinopses. Em outros, como ocorre com o conto marroquino "O manto de Amor manchado de paixão", chega a transcrever-lhe a tradução, permitindo ao leitor que entre em contato com uma narrativa não muito conhecida e de difícil acesso.

A autora procede a um vasto percurso pelo espaço e pelo tempo. Acompanhando a marcha da literatura, parte da Idade Média, passa pelo Renascimento e chega aos romances modernos, à literatura popular, aos contos de fada, a histórias para crianças e jovens. Sem se limitar a narrativas, entra pelo terreno da poesia e transcreve estrofes de poemas em que elementos do texto de Apuleio podem ser detectados – alguns desses poemas vêm da época dos trovadores e dos cancioneiros; outros foram compostos há pouco tempo, por escritores da estatura de um Fernando Pessoa.

O livro de Lúcia Pimentel Góes é ilustrado com significativa iconografia. A bibliografia citada é vasta e moderna, oferecendo aos leitores a possibilidade de ampliar conhecimentos e aprofundar-se no assunto.

Desejamos, pois, a ela, muito êxito na divulgação da pesquisa que deu origem a *Eros e Psique: passagem pelos portais da metamorfose*.

*Zelia de Almeida Cardoso*

# Apresentação

O Mito de Eros e Psique, símbolo e metáfora do casamento da Sabedoria com a Matéria, sempre nos fascinou. Remete-nos às díades Corpo e Alma, Matéria e Espírito, Céu e Terra, Acima e Abaixo, Terra e Água, Superfície e Subterrâneo, Sol e Lua, Dia e Noite, Príncipio e Fim.

"No Príncipio era o Verbo"... e o é ainda hoje.

O contar nasceu com o ser humano. Ao dar nome a tudo que o cercava, o homem separou caos e cosmos. E os nomes, juntos ou separados, contaram e disseram, pois eram sagrados. E assim multiplicaram-se: entre pares, grupos, tribos, regiões, territórios, povos, continentes.

Esses racontos foram contados e recontados.

Oralmente, permaneceram através das gerações, das dinastias. Cada voz expressava seu mundo interior colorindo o que ouvira de outrem e repassando-o com novos sons e cores. Foram os contares, ampliados ou encurtados em suas peripécias; mudavam os pormenores, localizações, paisagens...

Por seus episódios, dados de fauna e flora e outros elementos, pode-se arriscar e batizar a origem das contas desses colares. Preciosos, todos.

Tradições, melodias, cantos populares, contos imemoriais, rumores...

Todos os estudiosos da oralidade sabem da transformação dos mitos em canto heróico, em estória ou contos populares.

Nesta nota também quero registrar e deixar explícito o rico aprendizado que Lúcia Santaella me proporcionou e proporciona (através de seus cursos, ontem-hoje-amanhã, através de suas obras). Assim a "teoria peirceana do sinequismo", in *A assinatura das coisas*: Peirce e a Literatura.

> O aspecto que o mundo apresenta sob uma inspeção semiótica parece estar caminhando numa direção que confirma a doutrina peirceana do sinequismo. Essa doutrina propõe que "assim como os signos e as idéias tendem a se espalhar continuamente (C.P. 6.104)\*, a mente também se espalha continuamente, e todas as mentes se misturam umas às outras" (C.P. 1.170). Essa noção está baseada na hipótese de que o universo da mente coincide com o universo da matéria, não no sentido da imagem especular ou paralelismo cérebro-mente, mas no sentido da matéria existir como uma forma mental de tipo especial (SANTAELLA 1991b: 153).

---

\* C.P. abreviação de *Collected Papers*.

# Introdução

ESTE ESTUDO COMEÇOU há muito tempo. Com as primeiras pesquisas sobre as fontes da Literatura para crianças e jovens, que bebem em mananciais remotos, oriundos de épocas primevas. A ele somaram-se novos estudos, cursos vários, até desaguar na pesquisa que senti necessidade de fazer, a qual terminou por resultar no meu pós-doutorado na pós-graduação em Comunicação e Semiótica, na PUC-São Paulo, tendo a Prof ª. Dr ª. Maria Lúcia Santaella Braga como tutora. A mestra acolheu-me generosamente apesar de serem meus primeiros passos na imensidão do território da semiótica. Descobri um mundo, novo, fascinante, no qual tenho muito, muito o que aprender, reler, assimilar, para devolver.

Outra meada que se mescla aos estudos da Cultura Popular, dos Gêneros (por exemplo o do Mito e o da Fábula), da Semiótica, é a da Literatura Comparada, pois nos transferimos para a área em pós-graduação, nas Letras-USP, como professora permanente dos Estudos Comparados de Literaturas de Língua Portuguesa (ECLLP) sob a Chefia do Prof. Dr. Benjamin Abdala Jr. Na corrente de elos, enlaçávamos nosso Mestrado em Literatura Portuguesa: *A prosa experimental de Artur Portela Filho;* e o Doutorado (o primeiro no Brasil e em Portugal, sobre Literatura Infantil/Juvenil

Portuguesa). Depois as leituras (seis anos de pesquisa sobre a simbólica do animal) e a Fábula, dando origem à Livre Docência: *A Fábula Brasileira ou Fábula Saborosa – Tentativa Paideumática da Fábula no Brasil.* Agora, puxando fios das diversas meadas, cito a da Teoria Literária, do cotejo dos textos que a Literatura Comparada (água que sempre me dessedentou) colocadas em renovadas exigências. E tudo fundiu-se, aqueceu-se, borbulhou, até atingir o ponto de fusão, gestação, parto de *Cantando – Conto Ópera – Rumor Poranduba.* Neste momento, reúno essas reflexões procurando traduzi-las na interface com a Semiótica.

Na apresentação da obra *Literatura Comparada – teoria e prática,*[1] Gilda Bittencourt (organizadora) fala da importância da noção de hipertexto e sua contribuição para os estudos literários. A natureza de sua investigação, intertextual e interdisciplinar, e a configuração teórica compõem amplas questões.

Outra autora e mestre que muito contribuiu para nossas visões foi Irene Machado,[2] não apenas pelo seu curso, a que assistimos, como por sua obra de grande mérito: *O romance e a voz. A prosaica dialógica de Mikhail Bakhtin.* "*O estudo da passagem da cultura grega para a dominação latina tornou-se decisivo para resgatar a vinculação do romance com a oralidade.*" Apontamos aqui um dos patamares que nos permitiu a sustentação que necessitávamos para a migração do Mito. O contar e recontar oral, nos romanceiros, rimances, enfim, na infinita cadeia de contos e racontos, em pluralidade de formas, através dos séculos. A razão deste trabalho. Nossa desculpa para esta aventura é o entusiasmo que tantos e tão ilustres pesquisadores nos passaram. Esperamos que um pouco desse sentimento possa contaminar possíveis leitores deste trabalho. Pois na lição bakhtiniana

---

[1] BITTENCOURT, Gilda (Org.). *Literatura comparada – teoria e prática.* Porto Alegre: Luzzato Editores, 1996.

[2] MACHADO, Irene. *O romance e a voz. A prosaica dialógica de Mikail Bakhtin.* Rio de Janeiro/São Paulo: Imago/Fapesp, 1995.

a oralidade, o discurso dialógico são entendidos não como simples comunicação de voz, mas como *imagem de linguagem*. A escrita aponta a voz do autor que inscreve palavras suas e de outros, *criando um campo complexo de representação*. Esta conclusão, na aparência tão óbvia, revela caminhos subterrâneos extensos e diversos, espaços em que se desenvolvem as várias oralidades da escritura.

E destaca a contribuição do teórico russo quando, ao definir o romance enquanto gênero, confronta-o entre dois sistemas de signos: fala e escritura.

> Aliás, no limite desta tensão é que Bakhtin situa a noção de *dialogismo* como fenômeno elementar do discurso romanesco e de toda relação que o homem mantém com o mundo através da linguagem. (...) escolheu o homem como ser de linguagem, o que justifica o conceito de romance como representação do homem que fala, que expõe e discute idéias.

Irene Machado refere que Bakhtin reconhece no tema "sujeito que fala" a herança que o diálogo socrático deixou para o gênero. Destaca também que Bakhtin ao conferir um peso enorme ao tema do sujeito que fala, pois no cotidiano se fala, sobretudo, a respeito do que os outros dizem, desenha o ponto central a partir do qual se configura toda a estilística do romance. E a teórica conclui:

> se não se pode negar a filiação do romance às mais elaboradas formações da prosa ensaística, não é justo que se esconda a filiação do romance aos prosaísmos da língua falada, onde ele se originou.

Reconhecer em obra ou no autor ressonâncias de outras obras e autores, em prática comparatista implícita... pareceu-me um campo fascinante. O desbravamento, então, teve seu início. E nos deparamos com as amplas questões evocadas numa prática comparatista. Atentar, por exemplo, nos princípios de funcionamento interno ou nos conceitos operatórios específicos. Textos estabelecendo conexões com tantos outros textos, uma rede-tessitura de entrelaçamentos ricos e desafiadores para a reconstituição das meadas.

Santaella[3] explica:

1 – A segunda parte da lógica ou semiótica é a lógica crítica propriamente dita. Ele descobriu um novo tipo de argumento, *abdução*. Peirce concluiu que há três tipos de argumentos que se baseiam em três tipos possíveis de inferência ou raciocínio: o abdutivo, o indutivo e o dedutivo. A lógica crítica foi desenvolvida como uma teoria unificada da abdução, indução e dedução.

2 – O terceiro ramo da semiótica, a *metodêutica*, conhecida também como *retórica especulativa,* estuda as condições gerais da relação dos símbolos e outros signos com seus interpretantes, a eficácia semiótica.

3 – Abdução, indução e dedução são métodos empregados pela ciência; e esses métodos se constituem em estágios de toda e qualquer investigação científica, na seguinte seqüência: *abdução*, ou descoberta de uma hipótese; *dedução* ou captação das conseqüências da hipótese; *indução* ou teste da hipótese.

Mas já éramos prisioneiros de tão preciosa rede sígnica. Tentaremos apresentar a outros pescadores-pesquisadores essa migração-transmigrações de espécimes vindos de mares remotos, longíquos, adaptando-se graças às mudanças, acréscimos, gradações, em mil contares, veres, leres. Assim, estaremos todos transpondo o *Portal das metamorfoses* neste limiar do recomeço de um novo século e de um novo milênio.

---

[3] SANTAELLA, Lúcia. *Matrizes de Linguagem e Pensamento – Sonora, Visual e Verbal.* São Paulo: Iluminuras/Fapesp, 2001.

Introdução

## Observação:

Partindo da obra[4] *Questões de Literatura e Estética (A teoria do romance),* em especial "Formas de Tempo e de Cronotopo no Romance-Ensaios de poética histórica", privilegiamos o cronotopo. Cito:[5]

> À interligação fundamental das relações temporais e espaciais, artisticamente assimiladas em literatura, chamaremos *cronotopo* (que significa "tempo-espaço"). Esse termo é empregado nas ciências matemáticas e foi introduzido e fundamentado com base na teoria da relatividade (Einstein). (...) nele é importante a expressão "À interligação fundamental das relações temporais e de indissolubilidade espaço e de tempo (tempo como a quarta dimensão do espaço). Entendemos o cronotopo como uma categoria conteudístico-formal da literatura (aqui não relacionamos o cronotopo com outras esferas da cultura)".

Esta fusão dos indícios espaciais e temporais em todo compreensivo e concreto ocorre no cronotopo artístico-literário. Trata-se de um tempo condensado, comprimido, artisticamente visível. O próprio espaço intensificado penetra no movimento do tempo, do enredo e da história. Este cruzamento de séries e a fusão de sinais caracterizam o cronotopo artístico. Citando:[6]

> O cronotopo tem um significado fundamental para os *gêneros* na literatura. Pode-se dizer francamente que o gênero e as variedades de gênero são determinados justamente pelo cronotopo, sendo que em literatura o princípio condutor do cronotopo é o tempo. O cronotopo como categoria conteudístico-formal determina (em medida significativa) também a imagem do indivíduo na literatura; essa imagem sempre é fundamentalmente cronotópica.

Dos três cronotopos do romance, o que é o ponto de partida da presente pesquisa é o segundo tipo de romance antigo que recebe

---

[4] BAKHTIN, Mikhail. *Questões de literatura e estética.* Trad. do russo Bernardini et al. 3. ed. São Paulo: Editora Unesp, 1993. p. 211.

[5] Idem, ibidem, p. 211 e seguintes.

[6] Idem, ibidem, p. 212.

o nome de "romance de aventuras e de costumes". Apenas duas obras estão com ele relacionadas: *Satiricon* de Petrônio (do qual apenas chegaram, até hoje, fragmentos relativamente pequenos) e *O Asno de Ouro* de Apuleio (este inteiro).

Nós procedemos a mais um recorte. Este tipo de romance, que associa o tempo de aventuras com o de costumes, foi chamando por Bakhtin de *"romance de aventuras e de costumes"*. E esta carreira de Lúcio no invólucro da metamorfose está presente tanto no enredo principal como na *novela intercalada sobre Amor e Psique,* constituindo-se em uma variante semântica paralela do enredo principal. E foi esta novela que desencadeou o presente estudo.

Toda a série de aventuras está presente, também, em *Amor e Psique*. A culpa pessoal de Psique se constitui no primeiro nó da série, e a proteção dos deuses no último. As peripécias e as aventuras são entendidas como castigo e redenção. O acaso, o destino cego, neste tipo têm um papel bastante limitado e dependente. A série que lhe confere sentido engloba a de aventuras, subordinada ao eixo sintagmático *culpa-castigo-redenção-beatitude.*

# Capítulo I
# Cultura e formas simples

CULTURA É O universo dos sentidos projetados no mundo pelo homem. É a projeção de seu interesse, "Inter – esse", o seu estar no mundo. O narrar artístico (o fazer) do homem nasceu a partir do momento em que sentiu necessidade de procurar uma explicação qualquer para os fatos que acontecem a seu redor. Na Antigüidade conservavam suas lembranças na tradição oral. Como diria Van Gennep sobre a gênese das lendas: "desta nunca está ausente o fato real".[1]

A) "Na Antigüidade encontramos as raízes complexas da Literatura Infantil profundamente ligadas às raízes da Literatura Popular. A literatura, antes de ser escrita, foi oral, e, mais que qualquer outra forma de expressão, a Literatura Infantil teve sua fonte no folclore. A mentalidade da criança repete, de certo modo, a do primitivo (Levy Bruhl), se não totalmente, ao menos sob alguns aspectos. O homem primitivo é um imaginativo puro. Assim, o mito nasce do trabalho da imaginação

---
[1] VAN GENNEP, A. *La formación de las leyendas.* Buenos Aires: s.e., 1943. p. 186.

pura entregue a si mesma e não adulterada pela intromissão e tirania dos elementos racionais.

B) Para Jung, o inconsciente coletivo é estruturado por arquétipos, dinamismos inconscientes que podem ser postulados a partir de suas manifestações, das imagens primordiais ou símbolos comuns, a toda a humanidade e, que são a base das religiões, dos mitos, dos contos maravilhosos e da maioria das atitudes em face da vida.

DESCRIÇÃO CLASSIFICATÓRIA DAS NARRATIVAS DE TRADIÇÃO ORAL

| GÊNERO | ATITUDE | FORMA | PROTAGONISTA | FUNÇÃO |
|---|---|---|---|---|
| MITO | verdade | poesia | divindades heróis | rito |
| GESTA | verdade | poesia | seres humanos clã /linhagem | política divertimento |
| LENDA | verdade | prosa | divindades seres sobrenat. | lição moral ou sapiencial |
| CONTO | ficção | prosa fórmulas rimadas | seres humanos seres sobren. animais | divertimento |
| ANEDOTA | verdade | prosa | seres humanos | informação divertimento |

(seguindo este modelo, acrescentamos a fábula)

| FÁBULA | ficção | prosa ou poesia | seres humanos seres inanimados animais | informação divertimento lição moral ou sapiencial |

Justificando a inclusão da fábula, a definimos: fábula é uma pequena narrativa de acontecimentos fictícios que tem dupla finalidade: instruir e divertir.[2]

---

[2] GÓES, Lúcia Pimentel. *Introdução à literatura infantil e juvenil.* São Paulo: Pioneira, 1984.

Neste momento faremos uma reflexão sobre a gênese e difusão das formas simples. As raízes da Literatura para a Juventude e as da Literatura Popular estão miscigenadas na Antigüidade. O contar, o narrar, constituíam o Livro Oral do homem primitivo. E como tão bem o demonstraram os estudiosos, na gênese das Formas Simples, nascidas dos primeiros gestos verbais da humanidade, tais como as lendas, os contos, os mitos, o núcleo sempre foi um *acontecido, um fato real.*

## No princípio...

O confronto das Formas Simples. Estas são aqui entendidas na conceituação de André Jolles:[3]

> Sempre que uma disposição mental leva à multiplicidade e à diversidade do ser e dos acontecimentos a cristalizarem para assumir uma certa configuração; sempre que tal diversidade, apreendida pela linguagem em seus elementos primordiais e indivisíveis e convertida em produção lingüística, possa ao mesmo tempo querer dizer e significar o ser e o acontecimento, diremos que se deu o nascimento de uma Forma Simples.

Formas em Resgate são as que nascem de uma Forma Simples ou de uma Forma Erudita (ou Artística, como a titulava Goethe) configurando *Paráfrase ou Paródia* em "*Estilização ou Apropriação*" na classificação e síntese dos teóricos, que mais autorizadamente se debruçaram sobre essas formas, entre eles Tynianov.

No contar humano, é corrente a referência a *motivos*, no sentido de *invariantes*. Há sempre um risco nesse registro: o termo *motivo* entra na terminologia da temática histórica, na teoria da arte e em muitos outros campos. O motivo seria um fato que gera outro fato, nos propõe Jolles. Aqui *o motivo entraria como efeito metalín-*

---

[3] JOLLES, Andrés. *Formas simples.* Trad. Álvaro Cabral. São Paulo: Cultrix, 1976. p. 46.

*güístico, isto é, a linguagem falando da linguagem*.[4] Stith Thompson, conhecido por seu *Motig Index of Folk – Literature*, considera-o como "o menor elemento do conto, suscetível de ser reencontrado tal qual na tradição popular". Será nesta distinção conceptual que empregaremos a palavra motivo neste texto; porém acrescido da especificidade variante ou invariante. À leitura da oralidade nestes anos todos que dedicamos à pesquisa, leitura do acervo popular, nos deparamos com inúmeros casos de variantes e invariantes. Podemos até fazer comparecer as funções proppianas como uma tentativa (embora com equívocos) de levantar 31 funções invariantes. *O registro do equívoco* está em Michèle Simonsen[5] que informa:

> Também no quadro da semântica, seriam *as unidades figurativas transfrasais*; e ainda como *unidades figurativas* (possui um sentido independente de sua significação funcional em relação ao conjunto narrativo em que se encontra).

## Categorias Peirceanas

### Retrospectiva de Charles Sanders Peirce:[6]
### A Lógica, concebida como Lógica das ciências

Nasci em 1839 e eduquei-me num círculo científico. Fui iniciado nos métodos das ciências físicas, antes dos dez anos de idade. Os métodos sempre foram e continuam sendo o que mais me interessa. Por volta de 1856, já estava sistematicamente estudando lógica, no seu sentido amplo, começando com a *Crítica da Razão Pura*. Continuei meus estudos diligentemente, passando para Hegel, Herbart, Aristóteles, os escolásticos, Berkeley, Hume,

---

[4] GREIMAS, A J. et Courtés, J. *Dicionário de semiótica*. Trad. Alceu Dias Lima et al. São Paulo: Cultrix, 1989. p. 289.

[5] SIMONSEN, Michèle. *O conto popular*. Trad. Luis Claudio de Castro e Costa. São Paulo: Martins Fontes, 1987. p. 43.

[6] SANTAELLA, Lucia. *A assinatura das coisas*. Peirce e a literatura. Rio de Janeiro: Imago Ed., 1992. p. 62.

Leibniz, etc. Foi em 1861, que, paralelamente às minhas leituras, iniciei uma pesquisa séria e original, começando a publicar em 1866. De 1856 até hoje, minha paixão pelo estudo da lógica tem sido tão intensa que nenhuma outra motivação teve oportunidade de prevalecer, embora a porção de encorajamento que já recebi seja tão escassa que tenho passado a maior parte do tempo em depressão desesperada. Várias pessoas aqui e ali, auxiliaram-me na consecução dos meus estudos. Nunca poderei esquecê-las. De qualquer modo, houve resultados sólidos, como demonstrarei na ocasião adequada. No entanto publiquei pouco, pois não recebi nenhuma espécie de estímulo para isso. [...seus textos publicados em vida cerca de 500 páginas por volume, chegariam a um total de 24 volumes, o que não é de modo algum pouco, informa a professora Santaella, pois ele possuía o firme hábito de escrever uma média de duas mil palavras por dia, e assim o fez por perto de 50 anos].

Na mesma fonte fica-se informado de que Peirce começou o estudo da lógica em 1856 e que essa foi sua principal ocupação desde então. Muito cedo foi intensamente curioso em relação à teoria dos métodos da ciência e pouco depois de sua graduação em química, diploma *summa cum laudae,* em Harvard, decidiu devotar sua vida ao estudo dos métodos. Afirmou ter sido essa a sua paixão que nunca esmaeceu. Foi o primeiro americano a indicar sua profissão como sendo a de um lógico, já então com 60 anos. Foi nessa ocasião que percebeu a coerência com que as partes de sua obra se ajustavam ao todo. Como propõe Fisch, com quem concorda Lúcia Santaella,[7] "proponho que esse objeto definido, a Lógica, é a camada mais profunda que suportou as outras duas camadas da vida intelectual e produtiva de Peirce". A camada superficial seria a atividade exercida como sustento de vida. A camada intermediária é a das múltiplas ciências por ele praticadas como meio para compreender os métodos lógicos de que as ciências fazem uso. Semiótica ou Semeiotica, como Peirce preferia chamá-la, foi o sinônimo que deu para a Lógica seu objetivo, o de construir uma Lógica compreensiva dos métodos da ciência. Peirce apontou para o falseamento da dúvida e da intuição

---
[7] Idem, ibidem, p. 64.

cartesianas, e sua tese central é a de que "Todo pensamento se dá em signos" – "de que a cognição é uma relação de três termos, isto é, triádica, uma relação entre um sujeito e um objeto inevitavelmente mediada pelo signo". De 1867 a 1869 deu-se a originalidade do novo grupo de textos produzidos por Peirce, a exposição inaugural do Pragmatismo como uma teoria peculiar do significado. Para Peirce todo pensamento filosófico deve necessariamente começar com um sistema de Lógica, e a primeira tarefa que esta deve enfrentar é estabelecer uma tabela de categorias. Daí sua grande contribuição, e primeira publicação de peso, como coloca Santaella, deu-se em 1867 sob o título "Sobre uma Nova Lista de Categorias". Seu texto está em diálogo com as categorias de Aristóteles, Kant e Hegel, pois são categorias mais "velhas", a que o adjetivo "nova" se contrapõe. Depois de dois anos de intenso labor (C.P. 1.288)[8] chegou a três categorias inicialmente denominadas de *Qualidade, Relação e Representação*. Mas, somente em 1885, 18 anos depois da "Nova Lista", Peirce produziu um texto sob o título "*Um, Dois, Três. Categorias Fundamentais do Pensamento e da Natureza*". Santaella[9] completa: para Peirce semeiosis era vista quer como ação, funcionamento do signo, quer como ação interpretativa ou inferencial a partir de signos, explica Santaella.[10] (...) A ação do signo é a ação de determinar um *interpretante,* termo que não deve ser tomado como sinônimo de intérprete. Este seria apenas o meio pelo qual o interpretante é produzido. (...) O Interpretante deve ser rigorosamente compreendido como o efeito que o signo está apto a produzir (Interpretante imediato) ou que efetivamente produz (interpretante dinâmico) numa mente interpretadora. Por volta da década de 80, Peirce tinha claro para si o aspecto mais particularmente ontológico do signo. Para "Peirce

---

[8] C. P. abreviação de *Collected Papers*.
[9] SANTAELLA, Lúcia. op. cit. (nota 6), p. 76.
[10] Idem, ibidem, p. 76.

qualquer outra coisa que qualquer coisa possa ser, ela também é um signo. Isto quer dizer: não há nada que não possa ser um signo, ou melhor, tudo é signo". Prosseguindo Santaella[11] sintetiza:

> Todo signo pressupõe e envolve uma substancialidade ontológica e uma talidade qualitativa. Para funcionar como signo, algo tem de estar materializado numa existência singular, que tem um lugar no mundo (real ou fictício) e reage em relação a outros existentes de seu universo. Assim também não há existente que não tenha um aspecto puramente qualitativo, sua talidade que o faz ser aquilo que é, tal como é. Essas três gradações, baseadas nas categorias de qualidade (primeiridade), reação (secundidade) e mediação (terceiridade), são onipresentes. Desse modo, nossa percepção delas depende, de um lado, do ponto de vista que assumimos no ato de recepção dos signos, de outro, depende também do aspecto que prepondera no signo: sua qualidade, sua existência concreta (ou seja, seu aspecto de "coisa") ou seu caráter de lei (ou seja, sua dimensão mais propriamente sígnica). Essa, aliás, é a base para a *classificação fundamental dos signos em ícone, índice e símbolo.*

Santaella[12] – *A Primeiridade, seria uma consciência imediata tal qual é.* "Nenhuma outra coisa senão pura qualidade de ser e de sentir. A qualidade da consciência imediata é uma impressão (sentimento) *in totum*, indivisível, não analisável, inocente e frágil".

Mas, argumenta a Mestra, o sentimento é o que dá sabor, tom à nossa consciência imediata, mas, paradoxalmente é o que se oculta ao nosso pensamento. Para pensar é necessário um deslocar no tempo, e esse deslocamento nos coloca fora do sentimento que desejamos capturar. "A qualidade da consciência, na sua imediaticidade, é tão tenra que não podemos sequer tocá-la sem estragá-la". Assim, o primeiro (primeiridade) é presente e imediato, é fresco e novo, porque, insiste Santaella, se velho, já é um segundo em relação

---

[11] Idem, ibidem, p. 77.
[12] SANTAELLA, Lúcia. *O que é Semiótica.* 2. ed. São Paulo: Brasiliense, 1984. p. 56-73.

a um estado anterior. "Ele é iniciante, original, espontâneo e livre, porque senão seria um segundo em relação a uma causa. Ele precede toda síntese e toda diferenciação; ele não tem nenhuma unidade nem partes". É a pura qualidade de sentir.

Na lição de Santaella,[13] há um mundo real, reativo, um mundo sensual (...) que se caracteriza pela secundidade. Estamos continuamente esbarrando em fatos que nos são externos, tropeçando em obstáculos, coisas reais, factivas que não cedem ao mero sabor de nossas fantasias.

Viver é consciência reagindo em relação ao viver. Existir é sentir a ação de fatos externos resistindo à nossa vontade. *A factualidade do existir (secundidade) está nessa corporificação material. (...)* Sendo a matéria que resiste, qualquer sensação já é *secundidade*. Consciência dupla, bipolaridade. Só temos consciência de nós mesmos, quando a temos do não-eu. Binariedade pura. Momentos há em que o estado de duplicidade de uma mesma consciência apresenta-se dominante e destacado. Escreve Santaella:[14]

> São os estados de choque, surpresa, luta e conflito profundo que acompanham todas as percepções inesperadas (...) Agir, reagir, interagir e fazer são modos marcantes, concretos e materiais de dizer o mundo, interação dialógica, ao nível da ação, do homem com sua historicidade.

Prosseguindo esta explicação:

> *Terceiridade,* "que aproxima um primeiro e um segundo numa síntese intelectual, correponde à camada de inteligibilidade, ou pensamento em signos, através da qual representamos e interpretamos o mundo".
> ... Exemplifica a Mestra: o azul, simples e positivo azul, é um primeiro. O céu, como lugar e tempo, aqui e agora, onde se encarna o azul, é um segundo.

---

[13] Idem, ibidem, p. 62-7.
[14] Idem, ibidem, p. 64-5.

A síntese intelectual, elaboração cognitiva – o azul no céu, ou o azul do céu – é um terceiro."

Elencando idéias da terceiridade, de importância para a filosofia e a ciência que exigem estudo atento temos: generalidade, infinitude, continuidade, difusão, crescimento e inteligência. Mas "a mais simples idéia de terceiridade é aquela de um signo ou representação. E esta diz respeito ao modo, mais proeminente, com que nós, seres simbólicos, estamos postos no mundo".

Diante de qualquer fenômeno, para conhecer e compreender qualquer coisa, a consciência produz um signo, isto é, um pensamento como mediação irrecusável entre nós e os fenômenos. Já estamos na esfera da percepção. Em síntese, da proposição de Santaella, pode-se dizer que perceber é interpor uma camada interpretativa entre a consciência e o que é percebido. O ato de olhar está prenhe de interpretação, pois resulta de uma elaboração do conhecimento (cognitiva), nascido de uma mediação sígnica que permite nossa orientação no espaço por reconhecimento e assentimento diante das coisas que só o signo permite. Finalizaremos estas colocações com outra clara e precisa citação de Santaella:[15]

> O homem só conhece o mundo porque, de alguma forma, o representa e só interpreta essa representação numa outra representação, que Peirce denomina *interpretante* da primeira. Daí que o signo seja uma coisa de cujo conhecimento depende o conhecimento de uma coisa outra, o *objeto* do signo, isto é, aquilo que é representado pelo signo. Daí que, para nós, o signo seja um primeiro, o objeto um segundo e o interpretante um terceiro. Para conhecer e se conhecer o homem faz signo e só interpreta esses signos traduzindo-os em outros signos.

Pensamos ser indispensável para os que como nós iniciam-se na Semiótica, acrescentar outra síntese de Santaella:[16]

---

[15] SANTAELLA, Lúcia. *O que é semiótica*. p. 70.
[16] Idem. *Assinatura das coisas*, p. 190-2.

Em termos peirceanos, não falamos mais em significação e sentido. Ele substituiu esses nomes por um termo técnico: o interpretante. O processo de geração do interpretante é o processo através do qual o significado se move. (...). Conforme o processo da semiose indica, o significado projeta-se para a frente, enquanto o real recua para trás. Estamos sempre apostando corrida com o sentido, pois o que chamamos de real não é um dado, mas um processo. (...) Nós também somos signos e estamos incessantemente imersos nesse constante movimento de procura.

As tríades peirceanas que ficaram mais conhecidas são a do signo em si mesmo (quali, sin e legi-signo), a do signo em relação ao objeto (ícone, índice e símbolo) e a do signo em relação ao seu interpretante (rema, dicente e argumento). Peirce ainda trabalhou mais sete tríades perfazendo um total de dez, baseadas nas subdivisões dos objetos e interpretantes. A humanidade esteve sempre preparada para uma natureza semiótica e não unicamente linguística. Mesmo em textos dos filósofos gregos pode-se rastrear vislumbres de uma teoria dos signos. Como emergiram somente no século XX?

Santaella lembra que a codificação dos sistemas artísticos em setores separados (arquitetura, escultura, desenho, pintura, gravura, música, dança, teatro, literatura) além da linguagem como meio privilegiado de transmissão da cultura, e isso desde o Renascimento do século XIX, foram os responsáveis pelo fato de que somente no século XX emergisse uma teoria dos signos dando conta de uma "visão interativa e intercomunicante de todas as linguagens que o homem é capaz de ler, criar, reproduzir e transformar".[17]

O aparecimento dos sistemas de signos não verbais, muitos deles híbridos, culminando com a escrita nos suportes eletrônicos, trouxe novas perspectivas que ainda não podem ser avaliadas. Surge uma nova era para o futuro da imagem na escritura, para o próprio futuro da linguagem verbal com o videotexto, os processadores de textos, a digitalização da tela eletrônica.

---

[17] Idem, ibidem, p. 167.

O século XXI apenas se inicia, mas já abriu "*passagem pelos portais da metamorfose*[18] para a linguagem verbal e imagética e podemos dizer que, como sugere Santaella, a era da semiótica como ciência terminou sua gestação e veio à luz imediatamente após a invenção da fotografia, que em suas palavras poéticas nitidamente reverberam: "quando as primeiras imagens congeladas de um instante já passado (souvenir da vida transcorrida) começaram a invadir recantos do nosso quotidiano".

Santaella, em sua obra fundante[19] *Matrizes da linguagem e pensamento,* a partir de um insight, propõe:

> que toda a classificação da linguagem verbal escrita era apenas um membro de uma tríade maior, quer dizer, a linguagem verbal está para a terceiridade, assim como a visual está para secundidade e a sonora para a primeiridade. Essa idéia não se apoiava apenas nas categorias peircianas, mas também nos tipos de signos que delas se originam, os mais fundamentais entre eles sendo o símbolo como terceiridade, o índice como secundidade e o ícone como primeiridade.

Lembra a teórica, que o verbal apresenta um eixo geral o do discurso, a visualidade, por sua vez, o eixo muito geral, o das formas. E interrogou-se, qual eixo poderia ocupar esse lugar na sonoridade? A partir de 1994, circulou no Brasil, no mundo das linguagens *a multimídia, o hipertexto e a hipermídia.* Estas palavras, em sua conceituação, não têm unaminidade. Em 1995, apesar dos prognósticos contrários, a humanidade tornou-se apta a comprimir e descomprimir, codificar e decodificar mensagens em vídeo de forma barata e com alta qualidade. Santaella, apud Negromonte, explica que essa mistura de áudio, vídeo e dados recebe o nome de *multimídia*, quer dizer, bits misturados. A qualidade, independente do meio de trans-

---

[18] Vide título deste trabalho.
[19] SANTAELLA, Lúcia. *Matrizes da linguagem e pensamento.* Sonora, Visual, Verbal. São Paulo: Iluminuras, 2001. p. 18.

porte (onda de rádio, satélite de televisão, cabo, fio de telefone) resultou em rápido desenvolvimento da multimídia. Fundiram-se em um único setor do todo digital, as quatro formas da comunicação humana: o documento escrito; o áudio visual (televisão, vídeo, cinema), as telecomunicações (telefone, satélites, cabo) e a informática (computadores, e programas informáticos). Santaella nos dá a fonte,[20] Rosnay.

---

[20] ROSNAY, Joel de. *O homem simbiótico*. Trad. Guilherme João de Freitas Teixeira. Rio de Janeiro: Vozes, 1977.

# Capítulo II
# Confronto das formas simples e suas derivações, no tempo e no espaço

PEQUENAS FÁBULAS COM sua moralidade, o seu epimítio, *conclusão sentenciosa de breve narrativa*, deram criação aos contos populares pelo processo amplificador das *peripécias*, pela *insistência* do pormenor nas situações, pela apreciação crítica, pela descrição da fauna e flora e valorização da paisagem evocada. Muitos contos populares vieram das Fábulas... semente explicadora do arbusto. As origens populares e tradicionais das formas literárias, segundo Theophilo Braga,[1] "é que constituem o objecto da nacional literatura". Assim os povos teriam instituições e história que determinariam as individualidades nacionais, que muitas vezes teriam um fundo comum. Este explicaria as várias *sobreposições étnicas*. Theophilo Braga considera que os contos são as narrativas trazidas pela migração das raças indo-européias e "que aparecem com as mesmas peripécias entre

---

[1] BRAGA, Theophilo. *O povo português nos seus costumes, crenças e tradições.* Lisboa: Publicações Dom Quixote, 1985. 2 v. (Introdução).

as raças negra e amarela, entre os árias e os semitas, e em todas as nacionalidades da Europa".[2]

Theophilo Braga considera: quer o conto tenha tomado uma realidade conhecida, tal elaboração popular que é a forma poética que cria a *lenda*. O uso do conto, diz o pesquisador, preenche um espaço de importância nos povos, e cita como exemplo as *seroadas da aldeia*.

O mesmo pesquisador traz um exemplo relevante, tanto como documento, quanto fundamentação de suas colocações. Escreve ele: Gonzaga, na lira XIX, da primeira parte da *Marília de Dirceu*, alude a este costume:

> Nas *noites de serão*, nos sentaremos
> C'os filhos, se os tivermos, à fogueira,
> Entre as *falsas histórias que contares*
> Lhes contarás a minha verdadeira...

Na Grécia, as *paramitias* eram algumas mulheres que tinham como profissão contar contos; na Rússia, as grandes casas tinham mulheres encarregadas de contar *skaski ou contos* para que suas senhoras adormecessem; entre os povos árabes, existiam reuniões para ouvir contos, narrados pelos *rawia* que estabeleciam competição para conhecerem quem mereceria o triunfo poético. T. Braga nos reenvia a Portugal, onde Gil Vicente fala deste costume nos versos;

> E folgam de ouvir novelas
> Que duram noites e dias.

---

[2] Idem, ibidem.

No livro *Em busca da matriz – contribuição para uma História da Literatura Infantil e Juvenil Portuguesa,*[3] resultado de nossas pesquisas em Portugal, cito:

> trata-se de uma história em que se nota um misto de influências. (...) devido à grande voga de *As mil e uma noites* (cuja primeira tradução portuguesa é de 1712), o autor resolve incluir contos correspondentes a várias noites na clássica história da Carochinha, com a desculpa de que as vizinhas resolveram entreter a viúva (Dona Carochinha) durante as seroadas das noites de vela pelo João Ratão.

Para enfatizar a valorização do "contar estórias" como meio de comunicação social, transcrevi na referida obra o fragmento, do qual neste espaço limitamo-nos a citar o cabeçalho: "Historias da Caroxinha qui pro quo, e antidoto efficaz das murmurações dos circulos e assembleas das noites do inverno".

## Introdução

> Consta por um testemunho irrefragável da tradição que pelos anos de 233 da Era vulgar era celebre nesta Cidade de Lisboa uma velha de cem anos a quem seus Pais puseram o nome de Aldonza Pires Quaresma Capurnier; mais conhecida pelo de Caroxinha, alcunha que o vulgo lhe deu pela sua pequena figura, esperteza e ziguezigue. Nesta idade avançada entrou a Caroxinha no tremendo projecto de casar. Para isto se poz uma tarde a janela preparada, como uma Deusa, de fitas, volantes e posturas, gritando em alta voz: "Quem quer casar com a Caroxinha?"[4]

A universalidade dos contos é considerada por Gubernatis,[5] assim como por T. Braga e outros, surpreendente, bastando conside-

---

[3] GÓES, Lúcia Pimentel. *Em busca da matriz – contribuição para uma História da Literatura Infantil e Juvenil Portuguesa.* São Paulo: Editora Cliper / Faculdades Teresa Martin, 1998. p. 28-9.
[4] PIRES, Maria Laura Bettencourt. História da literatura infantil portuguesa. Lisboa: Veda, s.d., p. 63.
[5] GUBERNATIS, Ap. *La mythologie des plantes,* t. II, apud BRAGA, T. Op. cit., nota 8.

rar "a grande parecença dos contos sicilianos com uma certa série de contos russos. (...) lembrando-nos que os Gregos chamavam os seus contos fábulas *líbicas e etiópicas*, vê-se que esta similaridade da tradição das camadas mongolóides da população russa provém da identidade étnica dessa outra povoação dos iberos comuns a todo o Mediterrâneo".

## 2.1 Descrição das narrativas de tradição oral (acervo popular)

A análise buscará a localização das isotopias para depois recortar semelhanças e diferenças parafrásticas e parodísticas. Assim, nosso traçado cartográfico percorrerá do Marco Zero *Eros e Psique* (de Lúcio Apuleio, que viveu no século II d.C) passando pelo apólogo Luliano *Donzela de Teodor*, pelo *Romanceiro* (Almeida Garrett) (Portugal) aos resgates do naturalismo de Domingos Olimpio Braga Cavalcanti (1850-1906) com o romance *Luzia-homem*, da modernidade *Grande Sertão: Veredas*, (Guimarães Rosa), da vanguarda, o rimance *Donzela que vai à guerra* de (Antonio Torrado – Portugal), o conto *Maria Gomes* (Ricardo Azevedo – Brasil), a aventura mitológica *Viagem ao Reino das Sombras* (Luiz Galdino) e a paródias *objeto novo* de Eva Furnari (*Problema do Clóvis*), além de outras.

Cabe, ainda, enfatizar que escolhemos o Mito *Eros e Psique* como nosso ponto de partida. Assim, não incluímos narrativas paralelas, que também tematizaram o signo *donzela guerreira*, mas cujas origens são anteriores à Era Cristã.

## 2.2 Das formas simples para as formas eruditas

Câmara Cascudo e Vieira de Almeida[6]

---

[6] CASCUDO, Luís da Câmara; ALMEIDA, Vieira de. *Grande Fabulário do Brasil e de Portugal*. Il. Sá Nogueira. Lisboa: Edições Artísticas Fólio, 1961. 2 v. (Edição Especial).

Além do "livro falado" na expressão popular, a forma mais ampla e popular, autóctone ou não, foi a poética. E a poética musicada. O canto ritmava e desenvolvia o idioma, esta era uma lei de Vico. Dentre os gêneros mais conhecidos os "romances", desenvolvidos nas memórias de "velhas".

Alguns deles, bastante longos, eram declamados em demonstração da cultura popular tradicional. Modificados, renascidos fizeram surgir as xácaras, canções, romances, resumos de ação. Depois seguiram-se os cantos de trabalho entoados em uníssono, cadenciando as tarefas coletivas. Vieram os desafios, as canções de mesa, as rondas infantis, os bailes cantados, presentes muitos elementos de fundo oriental difundidos pela permanência árabe. O Povo não se apegou às formas cultas do soneto, menos os versos de doze sílabas. Os gêneros, formas e modelos da poesia popular repetem-se em todo o Brasil.

A métrica se manteve setissilábica, como as *xácaras, romances e gestas* de outrora, guardadas em qualquer cancioneiro espanhol ou português. Surge *o pé quebrado*, utilizado nas *sátiras e mnemônias*. *Os "pies quebrados"* de andaluzes, exemplo nas *Saetas*. É interessante registrar que nos cantos alternados, improvisação ou decorados, apareciam o *leixapren ou canson redonda* nos modelos provençais. Assim, citamos o *leixapren* recolhido por Americano do Brasil em *Cancioneiro de Trovas do Brasil Central*.[7] Transcrevemos apenas duas quadras, por não ser este o espaço para uma transcrição total:

| 1 | 2 |
|---|---|
| Não tenho roça de mio | Para dançar no pagode |
| mas tenho um carro de gaba, | eu tenho um carro de bode, |
| com cinco junta de boi | que trouxe a bela morena |
| p'ra buscar sal no Uberaba. | Para dançar no pagode... |

---

[7] CASCUDO, Luís da Câmara. *Literatura oral no Brasil.* São Paulo: Edusp, 1984.

Assim, a novelística popular vai se espalhando através de territórios, povos, continentes. Comprovando os processos de convergência temática, substituição de pormenores, em contínuo, incessante processo natural de adaptação e sobrevivência. Desse cadinho nascem os gêneros, os sub-gêneros, as formas, e aquelas que preferimos denominar de *resgates de formas*, que estudaremos de modo sintético no próximo item.

### 2.2.1 Da narrativa literária: semiose literária

O texto, como bem elucidou Roland Barthes, é plural, transgressor, gozo, prazer. Dispensa as regras. Peirce fala do prazer estético:

> Não consigo dizer exatamente o que é, mas é uma consciência que pertence à categoria da Representação, embora representando algo da categoria da Qualidade de Sentimento (C.P. 5.113).

Santaella aponta a notável semelhança entre essas afirmações e o *Discurso sobre a Estética,* de Paul Valéry (1957). Essa "qualidade de sentimento" é indefinível e avessa à leitura analítica. Apesar dessa vagueza, é algo de forte presença e predominante na obra artística. E a razão sente-se provocada originando as teorias tanto sobre a Arte quanto sobre a Literatura. Peirce alerta que a Vida em sua substância é enormemente mais complexa do que as teorias e seus modelos. Esta reflexão faz-se necessária para compreendermos *o modo de funcionamento da semiose.* E este é importante para o roteiro orientador para um entendimento das manifestações da linguagem, entre elas, a literária. Para tanto necessitamos recortar as definições de signo de Peirce para que o movimento lógico da semiose, da ação do signo, se expresse. Santaella,[8] indicando os processos sígnicos

---

[8] SANTAELLA, Lúcia. *Assinatura das coisas*, p. 186 et seq.

mais gerais em seus perfis específicos, lembra que também podem ser esboçados por meio do roteiro que a definição de signo nos fornece. Como conseqüência pode-se falar em semiose psicanalítica, geológica, e a semiose literária tanto no nível geral, quanto em seus níveis mais específicos: semiose literária poética, narrativa, épica, lírica, e assim por diante.

Totalmente equivocada é a definição reduzida na fórmula: "Signo *é aquilo que representa algo para alguém*". Há centenas de definições de Signo deixadas por Peirce. Embora não se anulem, nem se contradigam, revelam a incansável busca de precisão de Peirce. Todas as classes e subclasses de signos foram definidas a partir de 1900. Vejamos algumas:

- O signo representa algo, mas é determinado por aquilo que ele representa.

- O signo é uma mediação entre o objeto (aquilo que ele representa) e o interpretante (o efeito que ele produz), assim como o interpretante é uma mediação entre o signo e um outro signo futuro. Há aí uma superposição de mediações, uma trama lógica de complexidades.

- Signo-objeto-interpretante são termos técnicos. Falar em signo apenas, já inclui o objeto e o interpretante, pois nenhum signo pode funcionar como tal sem o objeto e o interpretante. Os termos indicam as posições lógicas que cada um desses elementos ocupa na semiose (o signo é um primeiro, o objeto um segundo e o interpretante um terceiro).

- Interpretante não é sinônimo de intérprete (o intérprete, como veremos, ocupa o lugar de um dos tipos de interpretante), nem é sinônimo de interpretação, a interpretação se refere ao processo todo de geração dos interpretantes. Santaella privilegia a definição de signo peirceana, que lhe parece mais evidenciadora da trama lógica da semiose, a seguinte:

Um signo intenta representar, em parte (pelo menos), um objeto que é, portanto, num certo sentido, a causa ou determinante do signo, mesmo que o signo represente o objeto falsamente. Mas dizer que ele representa seu objeto, implica que ele afete uma mente, de tal modo que, de certa maneira, determina naquela mente algo que é imediatamente devido ao objeto. Essa determinação da qual a causa imediata ou determinante é o signo e da qual a causa mediada é o objeto pode ser chamada de interpretante. (C.P. 6.437).

*Um signo é um signo porque representa algo que não é ele, que é diferente dele. Representa o objeto numa certa medida e dentro de uma certa capacidade, de uma determinada maneira e, portanto, com algumas limitações. Por isso o signo é sempre parcial, por natureza incompleto.*[9]

O mapa lógico peirceano precisa da interação com outras teorias específicas da semiose sob exame. Necessita do contato estreito com seu objeto. Exige a intimidade com as teorias específicas para se compreender, a familiaridade com as obras literárias que se pretende analisar mais o conhecimento das teorias literárias específicas que fundamentam a reflexão analítica. A síntese final e brilhante de Santaella:

A semiose é um processo pluridimensional, enredado no tempo e no espaço, múltiplo, em que semioses de várias espécies se misturam (qualquer existente é infinitamente determinado). A definição do signo, portanto, é geral e tanto pode se referir a uma unidade constitutiva (o conto *Desenredo,* por exemplo), quanto a uma complexidade mais vasta sem limites definidos (o conto na moderna Literatura brasileira) e até uma complexidade dificilmente delimitável (o pensamento renascentista). (...) Peirce já entendia como abrangendo desde uma palavra, sentença, livro, biblioteca, literatura, língua ou qualquer outra coisa, por mais vasta que seja (...).[10]

Parece indispensável acrescentar mais um parágrafo das reflexões de Santaella, pois ele é nosso suporte, para o denserolar

---

[9] SANTAELLA, Lúcia. *A assinatura das coisas.* p. 189.
[10] Idem, ibidem, p. 198 et seq.

desta contemplação da migração do Mito *Eros e Psique*. Assim transcrevo:

> É evidente que para tudo isso, o mapa lógico peirceano precisa, veementemente necessita, da interação com outras teorias específicas da semiose sob exame (o ecletismo teórico, quando se trabalha com os diagramas de Peirce, é não apenas bem-vindo mas também indispensável). Além disso, como todo mapa, este também precisa do contato estreito com seu objeto; exige a familiaridade e intimidade do analista com a semiose específica que ele quer compreender. Assim sendo, no caso da semiose literária, tomando-se como pressuposto, de um lado, a familiaridade e mesmo a morosidade do estudioso com as obras literárias que ele visa examinar, junto com a intimidade com as teorias literárias específicas sobre o problema que foi focalizado, e de outro lado, tomando-se também por pressuposto o conhecimento relativamente seguro da obra peirceana, pode-se compreender a especificidade da semiose literária em vários níveis, desde o nível da Literatura em geral (que características tem a semiose literária em geral); então o nível de cada tipo de gênero, forma ou série; então o das obras de um período (o perfil particular que elas apresentam); então o das obras de um autor, e por fim, o de uma obra específica, e até mesmo o de uma única estrofe de um único verso (...). *Esse é um traçado geral, o horizonte de possibilidades que se abre.*[11]

A citação acima nos pareceu plataforma que sustentou esta nossa proposta de leitura do Mito em percurso longo, no tempo, no espaço e que, temos certeza, prosseguirá enquanto o Homem buscar o casamento da matéria com a sabedoria, equilíbrio esse intensamente almejado pelo ser humano individual e coletivamente. Como homem, como casal, como família, como nação, como continente, como etnias, como crenças, como habitante do Planeta Terra.

Finalizando, a leitura estabelece uma rede de relações:

- Dos signos entre si e dos signos apreendendo a mensagem literal do texto.

---

[11] SANTAELLA, Lúcia. ibidem, p. 200, 201. (O grifo é nosso).

- Dos signos e seus interlocutores para mapeamento da situação social de onde provém o texto, e do mapeamento dos elementos de seu surgimento (construção da mensagem).
- O autor do texto no momento histórico da concepção do texto e, também, situá-lo no espaço histórico-social.
- Descrever as coordenadas ideológicas do texto.

O texto é uma tessitura de signos, responsável pela formação global do significado de suas mensagens. Indo da compreensão literal do texto, sua temática, sua ideologia, que interfere, modifica a interpretação do leitor crítico. A leitura das produções textuais, em especial de obras da contemporaneidade, exige a leitura das diversas linguagens, além da verbal (imagética, visual, grafo-tipográgica, diagramática e outras), que compõem o que denominamos hoje, Objeto Novo, livro de literatura de vanguarda. Leitura re-conhecimento do autor, do contexto, do leitor, da obra.

## 2.3 Formas de tempo e de cronotopo no romance

### (Ensaios de poética histórica – Síntese para este ensaio)

Mikail Mikailovitch Bakhtin[12] (1895-1975) propôs uma "história do romance" ou "proto-história" do romance grego dividindo-a em três grandes modelos ou cronotopos de romance. Com esta proposta bakhtiniana podemos localizar o autor no momento histórico da concepção do texto e, também, situar o texto no espaço histórico-social.

---

[12] BAKHTIN, Mikail Mikháilovith. *Questões de literatura e de estética*. A teoria do romance. 3. ed. São Paulo: Unesp, 1993. (A síntese é de nossa autoria em virtude do espaço)

I) *Romance de aventuras de provações.*
II) *Romance de aventuras e de costumes*
III) *Romance biográfico*

Bakhtin coloca a *teoria da imagem* e que tem uma relação mais essencial com a teoria do objeto estético. Dois são os momentos na criação artística: *a obra material exterior* (com as leis físicas, matemáticas ou lingüísticas) e o *processo psíquico* (da criação e da percepção) – sensações, representações, emoções e outros, leis puramente psicológicas.

*O problema da forma*: a forma artística é a forma de um *conteúdo*, mas inteiramente realizada no material, como que ligada a ele. É estudada em duas direções:

a) a partir do interior do objeto estético puro, como forma arquitetônica, axiologicamente voltada para o conteúdo (um acontecimento possível) relativa a ele.
b) a partir do interior do todo composicional e material da obra: esse é o estudo da técnica da forma.

Breve introdução ao método da análise estética da forma enquanto forma arquitetônica na teoria literária. A forma entendida apenas como *técnica* é característica tanto do formalismo, como do psicologismo na teoria literária. Já Bakhtin examina a forma num plano puramente estético, como *forma artisticamente significante*. O problema como a forma (sendo inteiramente realizada no material), torna-se, no entanto, a forma de um conteúdo e relaciona-se axiologicamente com ele?

Bakhtin[13] coloca:

> eu devo experimentar-me, numa certa medida, como criador da forma, para realizar inteiramente uma forma artisticamente significante enquanto tal. (...)

---
[13] Idem, ibidem, p. 55-70.

Nisso está a diferença essencial entre a forma artística e a cognitiva; esta última não tem autor-criador: a forma cognitiva eu a encontro no objeto, nela não encontro nem a mim mesmo, nem à minha atividade criadora. (...) a ciência enquanto unidade objetiva do objeto não tem autor-criador. O autor-criador é um momento constitutivo da forma artística.

Bakhtin completa esta meridiana distinção sobre criador e forma artística ao prosseguir:

Só porque ouvimos algo não quer dizer que percebemos sua forma artística; é preciso fazer do que é visto, ouvido, e pronunciado a expressão da nossa relação ativa e axiológica, é preciso ingressar como criador no que se vê, ouve e pronuncia, e desta forma superar o caráter determinado, material e extra-estético da forma, seu caráter de coisa. (...) Assim, a forma é a expressão da relação axiológica ativa do autor-criador e do indivíduo que percebe (co-criador da forma) com o conteúdo.

Em sua proposta torna-se indispensável o conceito por ele proposto: o *cronotopo*. O termo foi usado na ciência Matemática, introduzido e fundamentado com base na teoria da relatividade (Einstein). Escreve o autor: "entendemos o cronotopo como uma categoria conteudístico-formal da literatura (aqui não relacionamos o cronotopo com outras esferas da cultura)". O cronotopo tem sentido fundamental para os gêneros... sendo que em literatura o princípio condutor do cronotopo é o tempo.

Nos ensaios de poética histórica, diferentes variedades do gênero de romance europeu, começando pelo chamado "romance grego" e concluindo com o romance de Rabelais. Só há pouco tempo foi iniciado no exterior um trabalho sério de estudo das formas de tempo e de espaço na arte e na literatura. O Romance Grego (uma proto-história do romance) foi dividido por Bakhtin na Antigüidade em três cronotopos de romance que determinaram todo o desenvolvimento do *romance de aventuras* até a metade do século XVIII.

## I – O primeiro tipo de romance clássico: *romance de aventuras de provações*

O assim chamado romance "grego" ou "sofista" que se desenvolveu durante os séculos II-IV da nossa era. Exemplos: *A Novela Etíope ou Etiópica* de Heliodoro, *As Efesíacas* de Xenofonte de Éfeso, *Dafnes e Cloé* de Longus e outras. Os *romances bizantinos* são seus sucessores mais próximos e diretos. É o tempo do romance de aventuras. Como pólos de ação do enredo temos:

- O ponto de partida da ação do enredo é o primeiro encontro do herói com a heroína e a repentina explosão de paixão entre eles.
- O ponto de chegada dos dois em matrimônio. Tais pontos – pólos de ação do enredo – são essenciais na vida dos heróis, trazendo em si o significado biográfico que não deixa nenhum vestígio no caráter e na vida dos heróis. A idade dos heróis é sempre a mesma; não há crescimento biológico elementar no romance grego (...). Aqui também há o hiato extratemporal entre os dois momentos biológicos, é o despertar do amor e sua realização. Bakhtin coloca que – dentro de si mesmo – o romance compõe-se de uma série de breves segmentos que correspondem às aventuras; estas se inserem e cruzam pelos temas específicos do *de repente* e do *justamente*. Essas são as características mais adequadas de todo esse tempo. A iniciativa do *tempo de aventuras* não pertence às pessoas... esses momentos são reconhecidos com a ajuda de adivinhações, auspícios, lendas, profecias de oráculos, sonhos proféticos, pressentimentos. "O verdadeiro homem de aventuras é o homem do acaso", motivo do encontro com o cronotopo da estrada.

- *O ponto de partida da ação do enredo* é o primeiro encontro do herói com a heroína e a repentina explosão de paixão entre eles.
- *O ponto de chegada* da ação do enredo é a feliz união dos dois em matrimônio. Tais pontos – pólos de ação do enredo- essenciais na vida dos heróis, trazem em si o *significado biográ- fico*.

A ruptura, a pausa, o hiato surgido entre os dois momentos biográficos... não entra na série biográfica temporal encontra–se fora do tempo biográfico. Trata-se exatamente de um hiato extratemporal. No romance grego há um hiato puro entre os dois momentos do tempo biográfico que não deixa nenhum vestígio no caráter e na vida dos heróis. Aliás, a idade dos heróis é sempre a mesma. Não há crescimento biológico elementar no romance grego. Apenas acontece o despertar do amor e sua realização.

## II – Segundo tipo de Romance Grego: o Romance de Aventuras e de Costumes

Trata-se da associação do *tempo de aventuras* com o *de costumes* que Bakhtin denominou de *"romance de aventuras e de costumes"*. É natural que não se possa falar da associação mecânica (fusão) desses dois tempos. Apenas duas obras correspondem às características deste grupo: *Satiricon* de Petrônio e o *Asno de Ouro* de Apuleio. São variantes da literatura hagiográfica cristã primitiva (uma vida de pecados repleta de tentações e posteriormente a crise e a transformação do homem). Constitui-se em um novo tipo de tempo de aventuras, nitidamente diverso do grego, e um tipo particular de tempo de costumes. *O Asno de Ouro*, a carreira do herói Lúcio é justamente, em seus *momentos* decisivos, o enredo desse romance.

*Particularidades:* 1) A carreira de Lúcio apresentada no invólucro de uma "metamorfose". 2) A carreira liga-se com o *caminho real* das peregrinações e da vida errante de Lúcio sob a forma de um asno.

A carreira de Lúcio (no invólucro de uma "metamorfose") é apresentada no romance tanto no seu próprio enredo principal como na *novela intercalada sobre Amor e Psique*, que se constitui uma variante semântica paralela do enredo principal. 3) A terceira ramificação representa a vida ulterior dos motivos de transformação do folclore popular. Naturalmente, esse folclore não chegou até nós, mas sabemos que ele existiu devido à sua influência e ao seu reflexo na literatura (por exemplo, naquela mesma novela sobre *Amor e Psique*, de Apuleio).

4) Finalmente a quarta ramificação é o desenvolvimento da idéia de metamorfose na literatura". A metamorfose (transformação), é a transferência humana junto com a identidade e pertence ao acervo do folclore mundial pré-clássico. (Abro um parêntese na lição de Bakhtin, para lembrar que, por exemplo, entre as nações indígenas do Brasil, a metamorfose é crença natural, sendo que o índio não separa a realidade do mundo espiritual. É comum em suas narrativas, que um índio morto, esfolado, apenas esqueleto, seja picado por um marimbondo e possa retornar imediatamente à forma humana e, então, recuperar a vida. Qualquer índio pode assumir a forma de um pássaro, de um réptil e assim, por diante).

Resumindo, os *Motivos de transformação e de identidade* estão na construção desses motivos profundamente unidos na imagem folclórica do homem. Na Antigüidade a idéia de metamorfose percorreu um caminho de evolução bastante complexo e ramificado. Uma das ramificações desse caminho é a filosofia grega mais o invólucro mitológico dessas idéias que permanece até Demócrito e Aristófanes (sem ser explicado totalmente). Na novela *Amor e Psique* de Apuleio, temos o invólucro mitológico da metamorfose:

- idéia do desenvolvimento (aos saltos);
- na forma definida de série temporal.

Em Apuleio a metamorfose adquire aspecto ainda mais privado, isolado e já francamente mágico. A metamorfose tornou-se um modo de interpretação e de representação do destino particular do homem, separado do conjunto cósmico e histórico. Apuleio dá três imagens de Lúcio:

Lúcio antes da transformação em asno.
Lúcio asno.
Lúcio purificado e regenerado por mistérios.

No enredo paralelo são dadas duas imagens de Psique: antes e depois da purificação por sacrifícios expiatórios; aqui é dada a via lógica do renascimento da heroína sem que se obtenha disso três imagens absolutamente diferentes. Nas hagiografias de crise do cristianismo primitivo, temos apenas duas imagens do homem, desunidas e unidas pela crise e pela regeneração. A imagem do pecador (antes da regeneração) e a imagem do justo e do santo (depois da crise e da regeneração). Esse tipo de romance não se desenvolve num tempo biográfico. Ele representa apenas momentos excepcionais da vida humana.

*Tempo de aventuras do segundo tipo.* É o tempo (ao contrário do tempo do romance grego), ele deixa uma marca profunda e indelével no próprio homem e em toda a sua vida. Paralelamente é um tempo de aventuras, tempo de acontecimentos excepcionais e fora do comum, pelo acaso e caracterizados pela concomitância fortuita. Temos, neste segundo tipo, maior complexidade das relações dos signos, mas ainda distante das produções textuais dos séculos dezenove, em especial, da segunda metade do século XX e início do XXI.

Mas a lógica do acaso, a volúpia, a leviandade juvenil e a descabida curiosidade impeliram Lúcio a uma aventura perigosa com feitiçaria. Ele é o culpado. É uma iniciativa de falta, do erro, do engano (na hagiografia cristã do pecado). Iniciativa negativa. Toda a série de aventuras de Lúcio é interpretada como um castigo e uma redenção.

*Eros e Psique*: a série de aventuras fantásticas no enredo paralelo está organizada exatamente do mesmo modo (que a de Lúcio) na novela citada.

- A culpa pessoal de Psique é o primeiro nó da série e a proteção dos deuses, o último.
- As próprias aventuras e as peripécias são percebidas como castigo – redenção. O papel do acaso e do "destino cego" está aqui mais limitado e dependente.
- A série de aventuras, com seu caráter imprevisto, está inteiramente subordinada à série que a engloba e lhe confere sentido: *culpa – castigo – redenção – beatitude*.

Essa série já não é mais regida pela lógica das aventuras, mas por outra bem diferente. A série é ativa e determina em primeiro lugar a própria metamorfose.

A terceira ramificação representa a vida ulterior dos motivos de transformação do folclore popular.

A quarta ramificação é o desenvolvimento da idéia de metamorfose na literatura. Exemplo: a tradição dos mistérios eleusicos sobre a tragédia grega. *Invólucro mitológico da metamorfose*; idéia do desenvolvimento aos saltos; forma definida de série temporal.

Em *Os Trabalhos e os Dias*, de Hesíodo, encontra-se, como na *Teogonia*, a série particular da sucessão de cinco séculos de gerações (o mito dos cinco séculos: do ouro, da prata, do cobre, dos heróis e do ferro), além de outras. Metamorfose do agricultor. No *processo teogônico*, a era de Cronos é sucedida pela era de Zeus, os séculos e as gerações (idades do ouro, da prata e outras) se alternam com as estações.

*Metamorfoses* de Ovídio. Metamorfose: com o caráter de transformação exterior maravilhosa. Cada metamorfose se auto-satisfaz e representa um todo poético fechado. O tempo se decompõe em segmentos temporais independentes que se ordenam mecanicamente, numa série.

Em Apuleio, a metamorfose (como vimos) em seu caráter privado, isolado e mágico tornou-se um modo de interpretação e representação do destino particular do homem, separado do conjunto cósmico e histórico. Cria-se o cronotopo romanesco original que exerceu papel enorme na história desse gênero. Sua base é o folclore, metáfora do caminho da vida. O cruzamento é sempre o ponto que decide a vida do homem folclórico; etapas etárias da vida; os signos da estrada são os signos do destino. Por isso o cronotopo romanesco da estrada é tão concreto e circunscrito, tão impregnado de motivos folclóricos.

## III – Terceiro tipo de Romance: o biográfico

Na Antigüidade não foi criado tal romance, o romance biográfico que em nossa terminologia pudéssemos chamar de romance, mas formas biográficas e autobiográficas notáveis que exerceram enorme influência para o seu desenvolvimento na Europa. Tais formas antigas baseiam-se em um novo tipo de tempo biográfico e em uma nova imagem especificamente construída do homem que percorreu o seu caminho de vida.

Foram dois os tipos desse romance no classicismo grego:

- *o tipo platônico* (nas obras de Platão) como na *apologia de Sócrates e Fedon*. Ligava-se às formas rígidas de metamorfose mitológica e em sua base encontra – se o cronotopo *"o caminho de vida do indivíduo em busca do verdadeiro conhecimento"*. Tal caminho passa pela ignorância presunçosa, pelo ceticismo autocrítico e pelo conhecimento de si mesmo para o verdadeiro conhecimento (Matemática e Música).

• O segundo tipo grego é a *autobiografia e a biografia retóricas*. Como base desse tipo temos o *Enkomion*, o discurso civil, fúnebre e laudatório, que substituiu o antigo "lamento" (trenos). A forma do encômio determinou uma autobiografia antiga: *O discurso de defesa de Isócrates*. Em atos verbal-cívico-políticos de glorificação ou autojustificação públicas. O cronotopo real é a *ágora* (praça pública). Foi ali que pela primeira vez surgiu e tomou forma a consciência autobiográfica do homem e da sua vida na Antigüidade clássica.

A Idade Média desenvolve formas folclóricas e semifolclóricas (três figuras terão grande presença e influência posterior: *o trapaceiro, o bufão e o bobo e com cronotopos especiais)*. O caráter satírico e, paródico, dá origem a ciclos fazendo surgir o *epos paródico-satírico* permitindo o surgimento do posterior romance europeu. Surgirá o *romance picaresco:* em *Dom Quixote*, em Quevedo e Rabelais. Mas estaríamos extrapolando em muito este excerto bakhtiniano, para os propósitos deste trabalho. O romance picaresco seguirá o cronotopo do romance de aventuras e de costumes. A postura do trapaceiro é análoga à do Lúcio-asno. Bakhtin descreve:

> Em *Dom Quixote,* é característico, o cruzamento paródico do cronotopo do "mundo estrangeiro maravilhoso" dos romances de cavalaria, com a "grande estrada do mundo familiar" do romance picaresco.

A alegoria prosaica terá o nome de seus heróis: "pantagruelismo", "shandyismo". O romance tornava-se sempre mais complexo em planos, fazendo surgir cronotopos intermediários, como o *cronotopo do teatro*. Exemplo: a *Feira das Vaidades* de Thackeray. O cronotopo intermediário do teatro de marionetes estaria em *Tristam Shandy*. Bakhtin escreve que o estilo de Sterne seria o da marionete de madeira, manipulada e comentada pelo autor. Nessa mesma classificação – a do cronotopo oculto do *Nariz* e de *Petruchka* de Gógol. Na Renascença destrói-se a vertical do além. *A categoria do crescimento*, escreve Bakhtin é uma das mais fundamentais do mundo rabelaisiano.

Rabelais[14] e seu cronotopo. *Ele se oporá às dimensões medievais* criando a *originalidade do seu realismo fantástico*. Pantagruel significa etimologicamente "sedento de tudo". O tema do sal, como o da seca, reforçam o tema principal da sede. Série grotesca. A série ritual imbrica-se com a série dos excrementos. Este tempo (o de *Gargântua*) volta-se para o futuro. É um tempo caracterizado por ser da terra. Rabelais, escreve Bakhtin, é o realizador de um riso popular milenar. Nele há a recriação "de um mundo espaço-temporal adequado, um cronotopo novo para um homem novo, harmonioso, inteiro, e de novas formas para as relações humanas". Também soma-se o corpo humano e todas as suas partes, seus órgãos e funções que são inovadoramente apresentados por Rabelais".

É um magnífico ensaio esta obra de Bakhtin que consideramos indispensável sintetizar, em redução drástica, enfim, um aperitivo para que possíveis leitores deste estudo busquem a fonte límpida e vivificante. Acredito que *Eros e Psique* saiu ganhando com esta moldura bakhtiniana.

---

[14] RABELAIS, François. *Gargântua*. Paris: Garnier – Flammarion, 1968. cap. VI, p. 65.

## 2.4 Migração e transmigração das formas: paráfrase, paródia e suas variantes

Como premissa inicial devemos recorrer a Júlia Kristeva[15] que nos faz recordar que: "ler para os antigos era também recolher, colher, espiar, reconhecer os traços, tomar, roubar".

Mito: para Jesualdo[16] "o mito é a objetivação psicológica de todos os fenômenos que é dado ao homem perceber".

Dois momentos presidem o surgir do mito: a) a animação de todas as coisas; b) a qualificação surgindo das narrativas, da invenção novelesca sob a forma de aventuras. Fernando Segolim[17] observa:

> Sabemos, com Eliade, que o que se costuma chamar de mito, em geral é uma história sagrada e verdadeira (nunca fictícia ou fantasiosa) referente a acontecimentos que tiveram lugar no tempo primordial, no tempo fabuloso não no sentido fantasioso, mas de extraordinário, de fora da ordem comum do cotidiano).

Prosseguindo com as reflexões de Segolim, o professor refere-se a um a-tempo, um primeiro nos dois sentidos. Primeiro enquanto tal tempo é puro presente, pura presença, o *primeiro* (peirceano) não afetado por vínculos reativo-indiciais e ou representacionais com um passado ou um possível futuro. Quase inimaginável revelação epifânica, hierofânica, de ser sendo.

Lembrando Segolim, a presença de seres sobrenaturais (ou seres naturais movidos por energias, forças ou poderes sobrenaturais) de uma realidade que não existia e passa a existir graças a esse gesto criador, quer seja a realidade total, o Cosmos, quer seja um

---

[15] KRISTEVA, Júlia. *Recherches pour une sémanalyse. Essais.* Paris: Seuil, 1969.
[16] JESUALDO, J. *La literatura infantil.* Buenos Aires: Editorial Losada, 1955.
[17] SEGOLIM, Fernando. "O mito e o herói: do caos ao cosmos e do cosmos ao caos". In: *Anais* – 15ª. Bienal Internacional do Livro de São Paulo, Câmara Brasileira do Livro, maio de 1998.

fragmento, uma ilha, uma espécie vegetal, um comportamento humano, uma instituição. Temos aqui contribuição teórica de Mircea Eliade,[18] que insiste na configuração do tempo primordial ou como vimos no a-tempo, criação. Caos e Cosmos são, efetivamente, estados reais do ser, não são nomes; não existe a entropia absoluta ou a negüentropia absoluta, enfatiza Segolim. Temos um Cosmos gerundial, permanente estado de vir a ser. Qualquer herói (para qualquer nome) verdadeiro e sagrado é a de somar ao longo de sua aventura criadora ao caos / cosmizante, gestos transgressivos capazes de fertilizar / cosmizar o Caos com o fito de arrancar a ordem do ventre prenhe da desordem. Narrativas, essas, todas metáforas simbólico-icônicas do movimento sistólico-diastólico do Cosmos, da Vida da Natureza Humana.

Philippe Sellier[19] no artigo *"Qu'est ce qu'un mythe littéraire"* lembra que a obra literária constitui-se um receptáculo natural à oralidade em que o mito se desenvolve. Sellier assinala três aspectos em que essas duas formas de criação podem se encontrar.

Para André Siganos[20] "o mito literalizado tem por hipotexto uma narrativa fundadora, coletiva, oral, arcaica e decantada pelo tempo".

Sabemos que três elementos entram em jogo nas influências entre os textos: *o intertexto* (o novo texto), *o enunciado estranho* que foi incorporado e o texto de onde este último foi extraído.

Sandra Nitrini:[21] *"escrever* seria o "ler" convertido em produção, indústria: a escritura-leitura, a escritura paragramática seria a aspiração de uma agressividade e de uma participação total. Em outras

---

[18] ELIADE, Mircea. *Mito e realidade.* Trad. Pola Civelli. São Paulo: Perspectiva, 1972.
[19] SELLIER, Philipe. – *"Qu'est ce qu'un mythe littéraire".* In: MELLO, Ana Maria Lisboa. *Revista de literatura comparada: teoria e prática.* Porto Alegre: Globo, 1996.
[20] SIGANOS, André. *Le minotaure et son mythe.* Paris: PUF, 1993.
[21] NITRINI, Sandra. *Literatura comparada.* História, teoria e crítica. São Paulo: Edusp, 1997.

palavras, a escritura-leitura, a escritura paragramática seria a participação de uma agressividade e de uma expropriação ativa do outro. Explicação de o "escrever" seria o "ler" convertido em produção, indústria.

A linguagem poética surge como um diálogo de textos. Toda seqüência está duplamente orientada: para o *ato de reminiscência* (evocação de uma outra escrita) e para o *ato de somação* (a transformação de outra escritura). O livro remete a outros livros e, pelo processo de somação (modificação semântica), confere a esses livros um novo modo de ser, elaborando assim sua própria significação. *Soma* é palavra de origem grega, (que quer dizer corpo). Nestas perspectivas, o *texto literário* se apresenta como um sistema de conexões múltiplas que poderíamos descrever como uma estrutura de *redes paragramáticas*, acima referido, na melhor lição de Sandra Nitrini.

Laurent Jenny[22] conceitua intertextualidade como o trabalho de transformação e assimilação de vários textos, operado por um texto centralizador, que mantém o comando de sentido. Há três elementos em jogo, pontos essenciais nessa definição: o reconhecimento da presença de outros textos em toda e qualquer obra literária; o trabalho de modificação que os textos estranhos sofrem ao serem assimilados; o sentido unificador que deve ter o *intertexto*, entendido como *"texto absorvendo"* uma multiplicidade de textos, mas ficando unificado por um sentido.

Paul Van Tieghen[23] estabelece ligação entre *literatura comparada e estudo das influências.* Também é útil saber que o termo *doxologia* para os estudos sobre o sucesso ou a *fortuna* de um escritor no estrangeiro, diferenciando-o do estudo das influências. *Fortuna* é o conjunto dos testemunhos que manifestam as qualidades de uma obra. Inclui as noções de sucesso e influência. *Sucesso* é um conceito de

---

[22] JENNY, Laurent. "La stratégie de la forme". *Poétique,* n. 27, p. 257-81, 1976.
[23] VAN TIEGHEN, *La littérature comparée.* Paris: Armand Colin, 1951.

ordem *quantitativa:* indica o número de edições, traduções, adaptações, objetos que se inspiraram na obra e leitores que a leram. O estudo do sucesso constitui um dos ramos da sociologia dos fatos literários.

A este conceito opõe-se o da influência, de ordem *qualitativa*, que se circunscreve no âmbito de um "mecanismo sutil e misterioso através do qual uma obra contribui para o nascimento de outra".

Nos anos 60, a Universidade de Constança reuniu filólogos, entre eles Robert Jauss e Wolfang Iser, portanto, coloca-se a possibilidade do *conceito de recepção* vir a substituir os de *influência e fortuna*, englobando-os em uma perspectiva mais vasta.

Hans Robert Jauss,[24] no Congresso, o IX da Associação Internacional de Literatura Comparada, quando surgiu nos anos 60, a "teoria da comunicação literária". O objeto de suas pesquisas é a história literária definida como um processo que envolve três actantes: o autor, a obra e o público. Trata-se de um processo dialético, no qual o movimento entre produção e recepção passa sempre pela comunicação literária. Daí o fato de recepção ter um duplo sentido: acolhida ou apropriação e troca ou intercâmbio.

Parece-nos importante transcrever o que escreve Sandra Nitrini:[25]

> Recepção como estética abrange um duplo sentido: passivo e ativo ao mesmo tempo. Define-se como um ato de face dupla que compreende, simultaneamente o efeito produzido pela obra e a maneira como esta é recebida pelo público. Este ou o destinatário podem reagir de vários modos: consumir simplesmente a obra ou criticá-la, admirá-la ou recusá-la, deleitar-se com sua forma, interpretar seu conteúdo, assumir uma interpretação reconhecida ou tentar apresentar uma nova. Finalmente, o destinatário pode responder a

---

[24] JAUSS, Hans Robert. "Estética da Recepção e Comunicação Literária", IX Congresso da Associação Internacional de Literatura Comparada".
[25] NITRINI, Sandra. Op. cit. (nota 21), p. 171.

uma obra produzindo ele próprio uma outra. E assim se realiza o circuito comunicativo literário: o produtor é também um receptor quando começa a escrever. Por meio dessas diversas atividades, o sentido de uma obra está sempre se renovando como resultado do horizonte de expectativas.

Nitrini explica que para evidenciar a complexidade da ótica proposta por Jauss, o *conceito de horizontes de expectativas* desempenha um papel metodológico essencial: abarca os pressupostos sob os quais um leitor recebe uma obra. Faz-se necessário distinguir o *horizonte de expectativas intraliterário*, implícito na obra (entendido como a "pré-compreensão dos gêneros" e a "contraposição da linguagem poética e prática)". Também conhecer *um horizonte de expectativas extraliterário*, entendendo este como o que é dado pelo mundo vital prático do leitor individual ou dos estratos de leitores.[26]

O destinatário pode reagir de vários modos como vimos: criticá-la, admirá-la ou recusá-la. E pode responder a uma obra produzindo ele próprio uma outra.

Welleck e Warren[27] na *Teoria da Literatura* dedicam todo o capítulo V ao comparatismo. Citam Paul van Tieghen ao afirmar que a literatura geral estuda aqueles movimentos e moda da literatura que transcendem a linha nacional, enquanto a literatura comparada estuda as inter-relações entre duas ou mais literaturas.

Também invocamos aqui W. Propp,[28] para quem o tema se decompõe em *motivos*, elementos irredutíveis, aos quais o referido tema acrescenta, apenas, uma operação unificante, criadora para integrá-los.

---

[26] COSTA LIMA (Org.). *A leitura e o leitor:* textos de estética da recepção. Rio de Janeiro: Paz e Terra, 1979.
[27] WELLEK, René; WARREN, Austin. *Teoria da literatura.* 2. ed. Publicações Europa América, 1971. (Cap. V – "Literatura Geral, Literatura comparada e Literatura nacional". p. 57-66).
[28] PROPP, W. *Morfologia do conto popular.* Org. de Bóris Schnaiderman. Trad. Jasma P. Sarhan. Rio de Janeiro: Ed. Forense Universal, 1984.

O *Motivo* é uma noção central da investigação dos contos populares (os Märchen).
Trata-se de unidades que aparecem nas mais diversas combinações. Posso citar em uma das recolhas de Ana de Castro Osório (de contos maravilhosos e outros) no conto *"Tio Novelo"* surge o famoso diálogo do conto (Grimm-versão) "Chapeuzinho Vermelho", em que a menina interroga o lobo sobre seus olhos, braços, boca...
Um assunto pode ser fixo quanto ao local, tempo e às figuras. Um assunto pode incluir muitos *motivos*. Concretizações típicas do motivo respectivo tomam a designação de *traço* (colocações também de Kayser).[29]

Lembramos, ainda, que na lírica fala-se também de *motivos* (a corrente do rio, o túmulo, a noite, o erguer do sol, a despedida e outros). No pré-Romantismo surge, em especial, a Balada.

De modo bastante sucinto, quase uma pontuação, citamos outro teórico Gérard Genette[30] que procede ao estudo das relações *transtextuais* na obra *Palimpsestes*. O teórico define *transtextualidade* "ou transcendência textual do texto, como tudo aquilo que o coloca em relação manifesta ou secreta, com outros textos".

O autor nomeia os seguintes tipos de relações transtextuais:

• *Intertextualidade:* presença de um texto em outro, com ou sem referência, citação, plágio, alusão etc.
• *Paratextualidade:* relação menos explícita e mais distante entre dois textos (títulos, subtítulos, advertências, prólogos etc.).

---

[29] KAYSER, Wolfang. *Análise e interpretação da obra literária.* (Introdução à ciência da literatura) 4. ed., trad. da 12., alemã, Coimbra, Portugal: Arménio amador, 1967.
[30] GENETTE, Gérard. *Palimpsestes. La littérature au seconde degré.* Paris: Seuil, 1982 apud MELLO, Ana Maria Lisboa de in *Literatura comparada. Teoria e prática.* org. BITTENCOURT, Gilda Neves da Silva. Porto Alegre: Sagra Luzzato, 1996.

- *Metatextualidade:* relação ou comentário que une um texto a outro (crítica literária).
- *Hipertextualidade:* toda relação que une um texto B (o hipertexto) a um texto A anterior (hipotexto) no qual o texto derivado se enxerta de uma forma que não é a do comentário.
- *Arquitextualidade:* relação muda, que só articula uma menção paratextual (a de título: poesia, ensaio, etc.) e alude a um conjunto de características gerais ou transcendentes ao texto (gênero, tipos do discurso) de caráter taxionômico.

Após essa classificação, Genette ocupa-se exclusivamente da hipertextualidade em seu aspecto mais cristalino: a derivação de forma maciça. Toda obra B derivando de A – e declarada de maneira mais ou menos oficial. É o caso dos gêneros oficialmente hipertextuais tais como a *paródia, o disfarce, o pasticho.* Entre os hipertextos, Genette *reconhece todo texto derivado de um anterior por transformação direta simples* (que passa a chamar simplesmente de *transformação)* ou por *transformação indireta* (designada *imitação).* A imitação é uma espécie de transformação, porém mais complexa.

Lembrando que há confusão e diversidade de definições em torno de tal prática intertextual, Genette apresenta várias definições de *paródia.* A etimologia da palavra é formada de dois segmentos: ode, que significa *canto* e para, que significa ao lado, ao longo de. Etimologicamente, portanto, paródia significa *cantar ao lado,* ou seja, *cantar falso* ou *cantar em outro tom.* Várias modificações poderiam ser introduzidas pelo rapsodo.

Genette introduz ao lado da *paródia e do disfarce,* o *termo transposição,* para dar abrigo a hipertextos tais como a *Electre* de Giraudoux, que ele designa como *paródia séria,* e o termo *invenção* (forgerie). Este termo tem origem no verbo francês *forger* que (além do sentido de trabalho com metal em forja) teria o de *elaborar,* que por extensão remeteria a *inventar*. Assim, *a paródia, o disfarce e a transposição* manteriam uma relação de *tranformação* com o hipotexto, em regimes lúdico, satírico e sério, respectivamente, enquanto o *pasticho, a charge e a invenção*, uma relação de *imitação* (de estilo), realizadas dentro dos mesmos regimes. Genette, propõe o quadro a seguir para esquematizar sua proposta:

| RELAÇÃO \| REGIME | LÚDICO | SATÍRICO | SÉRIO |
|---|---|---|---|
| Transformação | Paródia | Disfarce | Transposição |
|  | (*Chapelain decoiffé* Boileau) | (*Virgilie travesti*, de Scarron) | *(Docteur Fausto* Thomas Mann) |
| IMITAÇÃO | PASTICHO | CHARGE | INVENÇÃO |
|  | (l'Affaire Lemoine) | (A La Manière de...) | (La suite d' Homere |
| de Proust | Reboux e Muller |  | Quintus de Smyrne) |

Sintetizando: a *paródia* é vista como uma transformação textual em regime lúdico. Preferencialmente realiza-se com textos breves, como fábulas e provérbios. Genette lembra que a deformação paródica de um provérbio é uma brincadeira tão antiga quanto o provérbio propriamente dito. (O autor cita ainda o *oulipema, de Oulipo, transformacional*). Não nos alongaremos, pois nosso objetivo é mais geral.

O *disfarce burlesco* (*travestissement burlesco*) é um hipertexto cuja tranformação produz uma relação satírica com o hipotexto. O disfarce seria uma espécie de prática paródica bem mais recente, desconhecida anteriormente (na Antigüidade clássica), e conhecida como proposta inovadora da idade barroca. As transformações podem ser do estilo nobre para outro mais familiar, ou vulgar... (lembro aqui, a proposta de Bakhtin quando cita a *sátira menipéia,* ao falar da carnavalização). A *transposição* já é a de caráter sério, das mais importantes práticas hipertextuais pois refere-se à produção hipertextual de obras de grandes dimensões. Genette lembra as *de caráter puramente formal* (tradução, versificação, prosificação, transmetrificação, transmodalização e outras); *as de caráter abertamente temático*, nas quais podem ser percebidos muitos tipos ou elementos constitutivos que mantêm relação funcional ou instrumental na transformação temática. Configuraria uma *transformação semântica*.

## 2.5 Temporalidade e espacialidade – Irene Machado[31]

Irene Machado na parte IV ("O Cronotopo") do livro acima citado, ao discorrer sobre "*o tempo como categoria formal na narrativa*" escreve:

> Tendo em vista que, na prosa romanesca, o tempo é fenômeno organizador tanto dos episódios narrados quanto da linguagem e seus signos, não é de se estranhar que a preocupação com o "narrar o tempo" tenha se tornado uma questão central nos estudos literários.

Citando Aristóteles e a leitura feita por C. Castoriadis sobre Aristóteles fundamenta que o primeiro em *Physics IV* é reiterado que "tempo não é a mudança (movimento) mas é uma das determinações essenciais da mudança a ser mensurável. Tempo é medida, duração. Se o mesmo movimento ocorre com diferentes durações, então ele não é simplesmente o mesmo movimento".

Irene Machado, assim ancorada, indica duas linhas de compreensão do tempo nos estudos literários: "o tempo do narrar a história (o discurso) e o tempo do narrado (o vivido)". E a Mestra destaca que "afinal, os eventos passados são transmitidos por uma voz presente. A teorização sobre o tempo passa, necessariamente, pelo confronto destes dois planos", prosseguindo:

> uma focaliza o tempo como medida do movimento e como duração, revelando um caráter estrutural. Outra, volta-se para o conjunto da composição, entendendo o tempo como agente formador dos gêneros literários.

---

[31] MACHADO, Irene. *O romance e a voz*. A prosaica dialógica de Mikhail Bakhtin. Rio de Janeiro/São Paulo: Imago/Fapesp, 1995. p. 243 et seq.

Nas correntes estruturalistas o tempo é visto através da organização lógica dos episódios narrativos. O estudo do tempo deverá ler o confronto destes dois planos. Machado recorre, então, a G. Genette[32] que transcrevemos, pois utilizaremos sua sistematização:

> *Seqüência normal:* o relato segue a ordem dos eventos vividos. *Seqüências anacrônicas:* quebram a cronologia e instauram dois outros ordenamentos: *analepse,* quando há retrospectiva de eventos passados, inclusive no início da narrativa, caso do começo *in media res* da narrativa épica homérica; e, *prolepse,* em que o discurso avança em direção a momentos posteriores. Tais anacronias são ainda consideradas segundo o tipo de interferências no relato: *heterodiegéticas,* que não alteram o relato interrompido; *homodiegéticas,* que interferem no relato. *Duração:* trata da relação entre o tempo da leitura e o tempo dos eventos.

As relações espaço-temporais, a partir de um ponto de vista, dependem da lei do posicionamento que Bakhtin concebeu como fundamental para reproduzir a figura do homem e de sua vida na representação estética. "Dentre a variedade de cronotopos literários, Bakhtin elegeu aquele relativo ao tempo histórico: história dos modos de vida, dos costumes, das instituições e das sociedades".

É importante saber que o gênero é um conceito nuclear da poética histórica de Bakhtin, pois ele é o ponto de partida para configurar a imagem espaço-tempo da representação, e porque o gênero orienta todo o uso da linguagem, (sintetiza Irene Machado) como Bakhtin demonstrou teoricamente em seu estudo sobre os gêneros discursivos. Machado conclui com esta colocação: "*o gênero é, assim, o princípio construtivo elementar da estética da criação verbal*".

Encerrando esta síntese teórica, transcrevemos mais uma vez, a colocação de Irene Machado, *expert* por excelência em Bakhtin:[33]

---

[32] GENETTE, Gérard apud MACHADO, Irene. Op. cit., p. 244.
[33] MACHADO, Irene. Op. cit. (nota 31), p. 252.

A poética histórica de Bakhtin, através da teoria do cronotopo, considera, no mínimo, dois campos culturais em interação dialética: a cultura popular e a cultura oficial.

Tanto a cultura popular, como a cultura erudita são trabalhadas em suas transformações espaço-temporais, projetadas nos gêneros e formas através das migrações do Mito *Eros e Psique,* núcleo e razão deste estudo.

## 2.6 A idade média: o meio social atuando nas literaturas[34]

Os escritores e artistas dão a expressão sintética, que acharam pelo seu modo de sentir individual, refletindo a marcha da corrente histórica.

Dante mostra-nos em toda a sua luz a Idade Média na grande luta do poder espiritual e do temporal, emergindo a libertação da consciência, no julgamento da *Divina Comédia.*

As transformações históricas do século XII até o presente acham-se caracterizadas em três épocas fundamentais: a Idade Média, a Renascença e o Romantismo.

Portugal apresenta liames fortes com as Literaturas Românicas da Idade Média até o Romantismo.

Theophilo Braga coloca:

> *Quinta Monarquia,* o seu individualismo étnico fortaleceu-se de uma expressiva Literatura.

É na raça lusitana (Portugal e Galiza) que se revela o gênero lírico trovadoresco influenciando as demais cortes peninsulares. Fato

---

[34] BRAGA, Theophilo. *História da Literatura Portuguesa – Idade Média.* Porto: Publicações Europa-América, 1909.

reconhecido pelo Marquês de Santillana no século XV. A influência que a Literatura Portuguesa recebeu de outras literaturas românicas pode ser descrita pelo avançar da Idade Média em suas crises de nacionalidade.

PRIMEIRA ÉPOCA: *IDADE MÉDIA*[35] – "Preponderância dos elementos tradicionais sob o influxo dos esboços estéticos franceses; começo da transição para o estudo da Antigüidade clássica".

*1º Período* – (Século XII a XIV) – Predomina o lirismo trovadoresco em todas as cortes européias, e essa corrente propaga-se a Portugal, primeiramente, acordando os latentes germes populares, depois pelas relações da corte portuguesa com a de Leão, à qual convergiam os trovadores italianos, como Sordello e Bonifácio Calvo, referidos e imitados nos nossos Cancioneiros; e por fim, pela emigração de alguns fidalgos portugueses, que acompanharam D. Afonso III, quando Conde de Bolonha, durante sua permanência na corte de S. Luis, que era então o meio ativo da imitação da poesia provençalesca modificada pelo norte da França. Uma fase nova de desenvolvimento lírico começa com o rei D. Dinis, que imita diretamente a poética provençal, elaborando ao mesmo tempo as formas tradicionais populares dos *Cantares de amigo, das Serranas e Dizeres galexianos*. Por último, a poesia provençalesca decai do gosto da corte, sendo preferidos os Lais bretãos, que pelo seu desenvolvimento narrativo levaram à criação da Novela em prosa do *Amadis de Gaula*. Os lais narrativos tinham dado tema aos poemas galo-bretões de *Tristão e de Flores e Brancaflor*, muito lidos na corte portuguesa, que também influía na corte castelhana de Afonso XI, depois da batalha de Salado.

Na grande época da primeira Renascença, refletiu-se e em Portugal a cultura das Escolas de Paris, onde iam estudar os cônegos

---

[35] Idem, ibidem, p. 86.

de Santa Cruz de Coimbra. Figuram nessa época, os grandes luminares Pedro Hispano, cujas *Súmulas Lógicas* dominaram até ao século XVI em todas as escolas da Europa; o místico S. António de Pádua, e Frei Gil de Santarém, que antes de entrar na ordem dominicana se entregou aos estudos médicos. A cultura latina coadjuva o desenvolvimento da independência do Poder real; cria-se a Universidade de Lisboa-Coimbra, e a língua portuguesa, que se mostra na sua beleza nas narrativas episódicas dos *Nobiliários*, enriquece-se por um grande número de traduções do latim da *Bíblia, dos Santos Padres e tratados dos Moralistas*.

2º *Período* – (Século XV) – Não se continua o desenvolvimento da Poesia Provençal, como sucedeu na Itália, com Petrarca, e na Espanha já secundariamente por Micer Imperial. Quando sob a Regência do Infante D. Pedro se reconciliam as Cortes de Portugal e Castela, o lirismo castelhano da escola de Juan de Mena é imitado pelo próprio Infante D. Pedro, por seu filho o Condestável de Portugal, e em Portugal são imitadas e por vezes traduzidas as poesias do Arcipreste de Hita, do Marquês de Santillana, de Jorge Manrique e de Herman Perez de Gusman, predominando essa fascinação do *castelhanismo* no *Cancioneiro geral* de Garcia de Resende. Ainda a influência galo-bretã se manifesta na predileção das Novelas da Távola-Redonda, em *Demanda do Santo Graal*, no Joseph ab Arimathêa, e em outras que o rei D. Duarte coligira na sua magnífica biblioteca. A predileção pelas obras da antiguidade clássica já se revela em obras compiladas ou traduzidas de livros latinos, como Sêneca, Tito Lívio, também coligidas na biblioteca do rei D. Duarte. A História recebe a sua forma literária sob o influxo do poder real, nos cronistas Fernão Lopes, Gomes Eanes de Azurara e Rui de Pina, através das tentativas da redução latina definitiva da história nacional. Indroduz-se a Imprensa: a mocidade portuguesa vai a Itália frequentar as escolas dos humanistas da Renascença. Começa a Era dos grandes Descobrimentos.

**SEGUNDA ÉPOCA:** *RENASCENÇA* – "Predomina a imitação da Antiguidade clássica: é renegada a Idade Média, chegando ao esquecimento das Tradições nacionais".

*1º Período: Os Quinhentistas* (Século XVI)
Assinalamos os momentos mais expressivos.
- Elaboração literária simultânea com as grandes navegações e descobrimento da Índia e do Brasil.
- Gramática da Língua Portuguesa por Fernão de Oliveira e João de Barros.
- Funda-se o Teatro Nacional por Gil Vicente sobre as formas hierárquicas populares.
- A poesia lírica mantém a forma medieval a par do *Dolce stil nuovo* da Itália, divulgado por Sá de Miranda, nesse conflito dos *Poetas da Medida Velha* com os Petrarquistas.
- A poesia épica recebe a forma italiana da *ottava rima* de Ariosto moldada sobre o poema virgiliano por Camões. A Literatura Portuguesa do século XVI deriva destes três poemas por uma relação muito clara.
- Gil Vicente é o representante da Literatura Portuguesa.
- Sá de Miranda apresenta seus novos *endecassílabos*.
- *Camões* por sua genialidade funde os dois elementos medieval e clássico nos *Lusíadas*. Assim como Shakespeare na Inglaterra.
- O castelhanismo predomina na corte portuguesa graças ao casamento dos reis D. Manuel e D. João III e o príncipe D. João (pai de D. Sebastião) aparece escrito por todos os poetas quinhentistas, que transigiam com a moda palaciana, mesmo apesar do seu consciente nacionalismo, como Gil Vicente e Camões.

- A *História* é cultivada por João de Barros, Castanheda, Damião de Góis e Diogo de Couto.

- O ensino jesuítico exerceu nas novas gerações uma forte *desnacionalização*, que, aumentando o influxo castelhano, servido pela reação católica, de que era chefe Filipe II, levou ao espectáculo vergonhoso de os próprios Governadores do Reino em 1580 reconhecerem o direito do *Demónio do Meio-Dia* para incorporar Portugal na unidade ibérica.

*2º Período: Culteranistas* (Século XVII)

- Apesar do forte serem as *Comédias famosas* de capa e espada, destacam-se Francisco Rodrigues Lobo – *Novelas pastorais.* D. Francisco Manuel de Melo, como líricos, continuando o impulso de Sá de Miranda e de Camões. (Revolução de 1640). Portugal requer sua autonomia. Época das Epopéias históricas seiscentistas que não inspiraram o sentimento nacional, época da cisão da Casa de Áustria da Espanha.

*3 º Período: Arcadistas* (Século XVIII)

- Os escritores viviam confinados em suas Academias: *Arcádia Lusitana, Nova Arcádia, Academia dos Ocultos, Academia das Humanidades, etc.*, imitando Horácio e promovendo o gosto da cultura latina e a autoridade dos modelos quinhentistas, contra qualquer liberdade da elocução da fantasia culteranista. Destacam-se quatro superiores arcadistas: Garção, Dinis, Quita e Manuel de Figueiredo. O gênio lírico irrompe nos poetas portugueses nascidos no Brasil.

- O espírito científico do século entra em Portugal e fundou-se em 1779 a *Academia de Ciências de Lisboa.* Aí foi lido o *Elogio de d'Alembert.*

**TERCEIRA ÉPOCA:** *ROMANTISMO* – "Revivescência das Tradições nacionais pela idealização e reabilitação da Idade Média, reconhecendo a solidariedade histórica da Antigüidade clássica".

- Com o Absolutismo apostólico de D. João VI é rasgada a Constituição de 1822 e começa em 1823 a segunda emigração, depois em 1824 e a de 1828.
- O regresso dos emigrados fez-se sentir na Literatura, iniciando as normas do gosto romântico.

Pela primeira vez depois da época dos Quinhentistas, a Literatura se ligou na *elaboração das lendas nacionais* e nasceu o interesse pela *poesia das tradições populares*.

- Assim, Garrett ensaiando todas as formas literárias: líricas, épicas, dramáticas – produzindo o mais belo estilo da prosa portuguesa. Herculano mais erudito do que artista.
- Estéril fase do *Ultra-Romantismo* provocando a reação da chamada Escola de Coimbra.

*É importante considerar o grupo das Literaturas do NORTE* em suas relações com as Literaturas meridionais ou românicas. Só levando-se em conta essas relações, pode-se avaliar a ação reflexa exercida pelo Romantismo. Assim os dialetos da França meridional (do Languedoc, da Provença, Delfinado Leonês, Auvergne, Limousin e Gasconha), cuja latinização facilitava a comunicação com o Ocidente europeu, os da França setentrional (normando, picardo, flamengo, valão).

- No século XVII: escritores burgueses (...) criaram a forma do Romance moderno. Temperados pela dura realidade da vida: Daniel Deföe *(Robinson Crusoé)*; Fielding (*Tom*

*Jones*-vida de um filho natural); Smollet (*Roderick Random, Humphry Clinker)*; Richardson (*Pamela, Clarissa Harlow, Sir Charles Grandisson*); Goldsmith; Swift e Sterne.
- Deföe foi criador das *Revistas.*

Podemos reiterar o conflito permanente entre a corrente *Tradicional* e a *Erudita* em toda a Idade Média. 1190 a 1253, quando a Arte Provençal atinge seu auge.

Lembrar de *Os Aquitânios* – raça de cabelos pretos que os celtas encontraram na sua invasão, mas não sucumbia à mestiçagem na região entre os Pireneus, o Garona, o Golfo da Gasconha, (fonte Paul Broca). Jograis e Menestréis, representantes dos antigos Bardos. Cantos – *Sirventes* (sátira dos bardos gauleses).

As novas *Pastorellas*, as canções de *alvorada, da malmaridada* (reqüintadas ou licenciosas).

Em Portugal, as *Cantigas de Amigo; Canções de dança; de romaria e de despedida.* Os Cancioneiros.

Parece-nos que neste breve percurso pontuado por paragens importantes da Idade Média, ainda cabe citar: Subordinada a Escola trovadoresca portuguesa em relação direta com suas fases históricas, forçosamente passou por modificações estudadas por pesquisadores em face dos documentos literários cronologicamente agrupados, assim, pode-se demarcar seus estádios:

– *Ciclo pré-Afonsino* (1185-1248) que abrange os três reinados de D. Sancho I, D. Afonso II e D. Sancho II.

– *Ciclo Afonsino* (1248-1279) em que durante o reinado de D. Afonso III a poesia lírica é cultivada principalmente pelos fidalgos que estiveram com ele na corte francesa.

– *Ciclo Dionísio* (1279-1385) em que o rei D. Dinis, como mais fecundo e mais talentoso trovador português cultiva e protege a lírica artística e ao mesmo tempo os que conservam a simpatia pelas cantigas populares.

– *Ciclo pós-Dionisio* (1325-1357) em que as Canções provençalescas são substituídas pela imitação dos Lais bretãos que tornando-se narrativos determinam a forma da Novela.

Lembramos que o título de *Trovador* era dado exclusivamente àquele que canta e compõe por amor. Por esse motivo, aparece como distinção nobiliárquica dos velhos livros de *Linhagens: que trobou ben, torbador e mui saboroso.*[36]

Achamos importante acrescentar mais uma citação de Theophilo Braga,[37] para que possamos situar com segurança, as origens de parte dessa produção da Idade Média, já que incluímos nesta pesquisa, uma Cantiga de Amigo, e citamos Romances e Rimances. Assim registrou o histórador e oralista português:

Sobre o *Grande Cancioneiro galécio-português,* e pela inclusão do gênero lírico. Foi por sentimento de gratidão, que o Conde de Barcelos deixou por testamento, de 30 de março de 1350, o seu *Livro de Cantigas a Afonso XI.* Com tantas trocas e relações pessoais, inferiu-se qual a disposição do Grande Cancioneiro,[38] que foi recomposto da forma seguinte:

*I – Cantares de Amor (*Grã Mestria)
*Cantares de Amigo* (Mestria Menor)
*Cantigas de Maldizer e de Escárnio*
II – Coplas de Burlas e Jogretes Certeiros.

---

[36] BRAGA, Theophilo. Op. cit. (nota 34), p. 133.
[37] Idem, ibidem, p. 146-9.
[38] Idem, ibidem, p. 147.

III – *Cantigas sacrais* (Marial e Santoral)

As 2019 Canções, que possuímos (descontando as 310 Canções repetidas) são uma parte das composições líricas que andaram dispersas nas seguintes coleções de que há apenas notícia e nas que se conservaram:

1 – *Pequenos Cancioneiros individuais:*
   *Livro dos Sons* do Dayam de Cales.
   *Os Cadernos* de Afonso Eanes de Cotom
   *Cantares* de Lourenço Jogral; de Picandon, etc.
2 – *Livro das Trovas de El-Rei D. Afonso:*
   Cancioneiro da Ajuda.
   Il Libro de Portoghesi
   *Codice* de Bembo
   *Codice lemosino*
   Libro sagnuolo di Romanze
3 – *Livro das Trovas de El-Rei D. Dinis*
4 – *Livro das Cantigas do Conde de Barcelos:*
   Cancioneiro da *Bibi* Do Vaticano
   *Cantigas, Serranas, Dizeres portugueses,* de D. Mécia Cisneros.
   *Cancioneiro,* de um Grande de Espanha (dos Duques do Infantado, segundo Sarmiento ?)
   *Cancioneiro,* apógrafo de Angelo Colocci.
5 – *Cantigas de Santa Maria:*
   Milagres de Nossa Senhora.

No testamento do rei Afonso o Sábio, de 22 de janeiro de 1284, ele chama a atenção a esta sua coleção – *Cantares de loor de Santan Maria,* e também de *Cantares de Santa Maria.*

# Capítulo III
# Formas em resgate – origens, migração e miscigenação – análise de relatos

A – Do mito aos romances e rimances

3.1 (Descrição: traços distintivos) – Pontuando Apuleio – *Amor e Psique* – Mito

> TODOS OS ESTUDIOSOS da Novelística sabem da transformaçao do Mito em Canto Heróico em História ou Conto Popular. As pequeninas Fábulas, com sua moralidade, o seu epimitio, conclusão sentenciosa a breve narrativa, deram criação aos contos populares pelo processo amplificador das peripécias, pela insistência do pormenor nas situações, pela apreciação crítica, pela descrição da fauna e flora e valorização da paisagem evocada. Muitos contos populares vieram das Fábulas... semente explicadora do arbusto.
>
> Luís da Câmara Cascudo[1]

---

[1] *Fabulário de Portugal e do Brasil.* Lisboa: Edições Artísticas Fólio, 1961. 2 v. (Edição Especial).

Algumas informações sobre Apuleio. Nasceu em Madaura, na África, estudou em Cartago, Atenas e Roma. Homem versátil, tornou-se conhecido por seus talentos. Orador distinguido, filósofo erudito, dominava o latim e o grego, e ainda levava fama de ter domínio sobre artes e artimanhas do ocultismo. Foi acusado de bruxaria, mas defendendo-se, conseguiu a absolvição... porém a dúvida permaneceu. Apuleio escreveu o *Asno de Ouro,* romance em que o herói Lúcio é metamorfoseado em asno e somente retorna à figura humana após comer um "ramo de rosas".

As aventuras são relatadas pelo próprio personagem, portanto, personagem-narrador. O próprio autor registra que se inspirou e depois resumiu um romance grego *Lúcio e o Asno* para escrever a sua obra romanesca. Vênus movida pelo ciúme dá origem a todos os acontecimentos. *Psyché* é um termo grego que significa "alma".

Apuleio, neoplatonista, transformou o que era um conto grego antigo em uma alegoria. Esta poderia simbolizar o progresso da alma racional na direção do amor intelectual. Portanto, pela orientação platônica, a alma humana teria na matéria um obstáculo para atingir sua verdadeira pátria, próxima a Deus. Só o alcançaria depois de passar por difíceis provas, auxiliada pelo amor. Esta leitura, já bastante antiga, não agradou a Perrault,[2] que no prefácio de sua obra *Ma Mère L'oie (Histórias de Mamãe Gansa)*[3] registra:

> Bem sei que Psique significa a alma; não compreendo, porém, que se deve entender por esse Amor apaixonado por Psique, isto é, pela Alma, e ainda menos o que se acrescenta a saber, que Psique devia ser feliz enquanto não conhecesse aquele que a amava, isto é, o Amor, e ficaria infeliz logo que viesse a conhecê-lo. Tudo isso, para mim, é um enigma impenetrável. Tudo o que se pode dizer é que esta fábula, como a maior parte das que os antigos

---

[2] PERRAULT, Jean. *O Chapeuzinho Vermelho – outras histórias bonitas.* Trad. Oliveira Ribeiro Neto. São Paulo: Editora do Brasil, s.d.

[3] Utilizou-se para tradução o texto latino da edição Garnier: *L'Âne d'Or Les Métamorphoses,* [s.d.] – tradução, introdução e notas de Henri Clouard.

nos deixaram, foi feita apenas para nos agradar, sem o respeito aos bons costumes, de que ele cuidava muito pouco.

Talvez se Perrault conhecesse as interpretações psicanalíticas, como as propostas por Bettelheim na atualidade,[4] seu posicionamento fosse outro. Bettelheim alia às setas de Eros / Cupido o despertar dos desejos sexuais incontroláveis. Ser levada por uma serpente, remeteria à inexperiência da moça sentindo ansiedades e emoções indefinidas. A procissão fúnebre, metáfora da morte-fim da condição de donzela. A vida no palácio onde todos os seus desejos são satisfeitos indiciaria um viver essencialmente narcisista. Amor ingênuo, muito diferente de um amor maduro baseado no conhecimento e até no sofrimento.

A entrada de Psique no inferno simbolizaria as conseqüências de se desejar uma consciência madura, pois esta traz riscos para a própria vida (Psique tenta o suicídio). É o homem espiritual, não o homem físico quem deve nascer para ficar pronto para o casamento da sexualidade com a sabedoria. O problema edípico, o ciúme da mãe Vênus é evidente no mito. Não há dúvida de que a narrativa é uma tessitura mítica, pois as personagens são deuses, e Psique se torna, no final, uma deusa. Na versão de Apuleio não se tem um conto de fadas.

Neste mito *surge pela primeira vez* o motivo de duas irmãs mais velhas, que se tornam más pela força do ciúme da beleza e virtude da irmã mais nova, e que por suas qualidades é muito superior a elas. A ocorrência das visitas do noivo serem unicamente noturnas, representaria a tentativa de separar os apectos sexuais dos demais, com o que Psique não concorda. Portanto, a jovem procura conjugar, unir os aspectos de sexo, do amor e da vida em um todo único. Enfrentará duras e dolorosas provas – obstáculos, mas conse-

---

[4] BETTELHEIM, Bruno. *A psicanálise dos contos de fada*. Trad. Arlene Caetano. 2. ed. Rio de Janeiro: Paz e Terra, 1979, p. 332.

guirá sair vitoriosa ao final. O autor Bettelheim chega à conclusão que se a mulher supera a visão do sexo como algo bestial, não se contenta em ser mero objeto sexual, ou submeter-se a uma vida ociosa, conseguirá a harmonia. Para que ambos conquistem a felicidade, deverão percorrer um caminho dificílimo. Esta é a mensagem oculta, como veremos, de muitos contos "*do ciclo do noivo – noiva animal*".

Somente um conto, escreve Menendez y Pelayo,[5] presente em *As mil e uma noites*, incorporado, desde tempos muito remotos à literatura popular castelhana, por transmissão direta do original árabe e, certamente, não traduzido por Galland, refere-se à *Historia de la Doncella Teodor (História da Donzela Teodora)*, que figurava nos livros de cordel, apesar de lastimosamente modernizada, e cujas edições conhecidas remontam ao ano de 1524, no mínimo.

Passemos, então, ao exame, ainda que de modo breve desse transformar, renovar de narrativas.

*O Asno de ouro* de Lúcio Apuleio[6] foi recebido na época como um romance misterioso e pleno de magia. Lúcio transforma-se em asno por um malefício e só recuperará a forma humana depois de comer um ramo de rosas. A seguir, pontuamos o relato, em suas unidades narrativas, índices, informativos e catálises, quer no recontar diacrônico, (quer nas derivações deste conto, ou mesmo de outras estórias, estarão presentes, no todo ou em parte):[7]

• Um rei, uma rainha e três filhas de grande beleza, a mais nova extraordinariamente dotada.

---

[5] MENÉNDEZ Y PELAYO. *Orígenes de la novela*. Madrid: Santander Aldus, 1943.
[6] APULEIO. *O Asno de ouro*. In: HOLANDA FERREIRA, Aurélio Buarque de; RONÁI, Paulo. *Mar de Histórias*. 3. ed. rev. Rio de Janeiro: Nova Fronteira, 1980.
[7] Estória: adotamos esta grafia, pois lingüistas do porte da Prof.ª Dr.ª Nilce Sant'Anna Martins, nos asseguram não se tratar de anglicanismo, visto que *story* = *narrativa*; portanto, estória para narrativa ficcional, ou na terminologia tradicional *enredo, assunto, trama, e outros*; história já é terminologia formalista estruturalista, também para narrativa ficcional, enquanto *discurso*, os formalistas preferem ao termo *efabulação*.

- Muitos concidadãos, muitos forasteiros reverenciavam-na com religiosa adoração tal como se venera Vênus.
- Psique como nova Vênus seria o milagre do século. As preces são dirigidas não mais à deusa, mas à menina.
- Violenta ira acendeu-se no coração da verdadeira Vênus.
- Pede vingança a seu filho Eros (Cupido), que faça a menina apaixonar-se pelo mais indigno e abjeto dos homens.
- Quanto à Psique, sua formosura não lhe traz proveito algum. Nenhum príncipe ousa pedir-lhe em casamento, e ela sofre e deplora sua solidão terrível.
- Desesperado com o sofrimento da filha, o pai consulta o oráculo do templo de Mileto[8]
- Resposta do oráculo, por Apolo:

Deixa tua filha no alto de um rochedo,
Com os atavios de funéreas bodas.
Não esperes genro de mortal estirpe,
Mas um monstro horrível, fero como serpe
Que, aos ares librando-se, a todos aflige,
E com ferro e fogo fere e queima a todos,
Que os deuses detestam, e Joyce receia,
Que as estígias ondas negras faz tremer.

- E seus pais cumprem o fado cruel; segue Psique com passo firme à frente do fúnebre cortejo.
- No alto do rochedo, Psique tremia de pavor quando uma aura suave do brando Zéfiro transportou-a e a reclinou sobre florida relva do fundo vale.

---

[8] O oráculo de Mileto. Mileto foi fundada por colonos jônios na Ásia Menor. Por possuir um templo nessa cidade, Apolo torna-se Jônio.

- Um profundo sono a restaura. Caminhando à beira da fonte, chega a principesco palácio, edificado por arte divina: colunas de ouro, teto de cedro e marfim. Psique entrega-se à voluptuosa contemplação.
- "Psique ouve uma voz que não saiu de nenhuma boca" – compreendeu que sobre ela velava a providência divina. (Nota que apenas *vozes* comandam e executam os serviços necessários, os luxos, enfim, tudo, integralmente: sono, banho, lauto banquete, música divina...).
- Noite adiantada, foi dormir, quando doce voz lhe chega aos ouvidos. Fica "inquieta por sua virgindade". Ali se achava o *misterioso* consorte. Subiu ao tálamo e fez Psique sua mulher. Desaparece antes do raiar do Sol. As vozes a consolam.
- Durante muito tempo, assim decorrem os fatos.
- Seus pais, entretanto, envelheciam em luto e aflição.
- Como a "Fama" divulgasse o acontecido, as duas irmãs mais velhas souberam de tudo.
- Fala o marido, que embora *invisível*, podia ser ouvido e tocado.

Minha gentil Psique e amada esposa, a Fortuna cruel te ameaça de mortal perigo, contra o qual te deves armar da maior prudência. Turbadas com a notícia de tua morte, em breve tuas irmãs chegarão ao rochedo em busca de teus vestígios. Se acaso lhes ouvires as lamentações, não lhes respondas, senão causarás a mim profunda mágoa, e te exporás a ti mesma a extremo risco. (temos: ameaça, obstáculo e interdição – funções proppianas).[9]

- Prometeu Psique obedecer-lhe em tudo. Porém, mal desapareceu ele, ela ia a chorar e lamentar-se, considerando-se realmente perdida, encerrada na prisão de sua felicidade, privada do conforto da palavra humana, sem poder ver as irmãs. À noite, percebe o espo-

---

[9] PROPP, Wladimir. *Morfologia do conto*. Org. e Pref. de Boris Schnaiderman. Trad. do russo Jasna P. Sarjan. Rio de Janeiro: Forense Universitária, 1984.

so, suas lágrimas, recrimina-a, mas ordena que siga o próprio capricho. Ela usa de todos os argumentos, ameaças, afirmando morrer se o marido não lhe permitir ver as irmãs. Arranca-lhe o consentimento, expressando o seu amor apaixonado: "amo-te seja quem fores".

• Ao ouvir os lamentos das irmãs, ordena a Zéfiro que as traga até o vale. As três abraçam-se, e no palácio revela-lhes suas riquezas, e oferece-lhes o suntuoso banho e a mesa desconhecida dos mortais. As duas donzelas já principiam a sentir os germes da inveja no íntimo do coração.

Uma delas, assedia a irmã com perguntas sobre o dono de tanta riqueza. Como é? Psique, obediente à ordem do esposo, inventa que ele é jovem, que passa a maior parte do tempo a caçar nas paragens. E para afastar o perigo de revelações, presenteia-as com ouro e jóias. Pede a Zéfiro que as reconduza.

• Mal seguem o caminho da cidade, envenenadas pelo fel da inveja, trocam impressões e lamentações. Dizem-se escravas dos maridos, vivendo longe dos pais, em exílio. É já quase uma Deusa! Dá ordem aos ventos! Eu, apenas ganhei um

> marido mais velho que meu pai, porém mais calvo que uma abóbora, mais anão que qualquer menino, que fecha tudo a ferrolhos! Quanto a mim – disse a outra – meu marido anda vergado pela gota, meio quebrado, e muito raramente se lembra de acariciar-me;

passam a comentar a soberbia, a arrogância da mais nova, que apenas atirou-lhes umas migalhas, e a contragosto! *"Prefiro não mais ser mulher, prefiro até morrer, se não conseguir derribá-la do cume de sua felicidade"*.

• Repete o misterioso esposo de Psique as suas admoestações noturnas:

— Não vês o perigo que de longe se adensa contra ti? As bruxas preparam-te uma armadilha, e a pior cilada que te armam consiste em persuadir-te a explorar o meu rosto... Mas a este *não mais verás depois de uma só vez o teres visto.* Revela que a família estará aumentada, *quase criança tu mesma, darás à luz uma criança.* Avisa que se o segredo for guardado, a criança será um deus, mas se o profanares, será apenas um mortal.

• Psique, ao ouvir o anúncio rejubila-se. Exultava com a futura glória de sua prole. Porém, as duas fúrias repelentes se aproximam. O marido adverte Psique estar próximo o dia mais decisivo, a crise mais grave. "Não olhes, não escutes aquelas que o ódio assassino as leva a renegar os laços de sangue. *Deixa-as uivar do alto rochedo, como as Sereias, lugubremente*".

• Pois ela o cumula de carícias e promessas, e pede em compensação por não poder ver-lhe o rosto (segundo interdito), que permita ver novamente as irmãs. E voltam, reconhecem a gravidez, tornam a questioná-la sobre quem e como é o pai. A ingenuidade de Psique a faz, esquecida do que antes dissera, inventar nova fábula. Zéfiro, soprando levemente, as faz retornar ao rochedo.

• E confabulam. Ela não conhece o marido, assim ele só pode ser um deus. Dará a luz a outro deus. Preferem enforcar-se a ver tal acontecimento. Vamos visitar nossos pais e contar-lhes mentiras sobre ela e o que lhe acontece. No dia seguinte correm ao rochedo. Dali aos gritos expelem seu veneno:

> quem todas as noites vem a furto descansar a teu lado é cobra desmedida, uma serpente enroscada em inúmeros anéis, com a fauce cheia de venenoso sangue e a boca larga como um abismo. Agora, lembra-te da predição pítica, que te proclama destinada ao tálamo de uma fera cruel.

• Psique, crédula e sensível em extremo, fica aterrorizada com as palavras ditas, perde toda a lembrança dos avisos do marido, agrada as irmãs e pede seus conselhos. Confessa nunca ter visto o rosto de seu marido, nem saber de onde ele vem. As invejosas ordenam que tome um "punhal bigúmeo" e uma lampadazinha, assim, com a claridade, que vibre o golpe na horrenda serpe, separando-lhe a cabeça do colo.

• As Fúrias atormentam Psique que, em sua solidão, no mesmo corpo odeia à serpente e ama ao esposo. Decidida age. Acesa a lâmpada vê a mais gentil de todas as feras, o próprio Cupido, esse Deus formoso. Psique empalidece, treme, cai de joelhos. Nos ombros do *deus voador,* duas asas orvalhadas; ao pé do leito avista o arco, a aljava e as setas, suas armas submissas. Apanha-as e fere-se com uma seta e torna-se espontaneamente apaixonada de Cupido.

A lampadazinha ("ou de pérfida ou de invejosa") faz cair gota de óleo fervente no ombro direito do Deus ("esqueces que foi um amante que te inventou?")[10]

• O Deus vendo-se traído, sua fé traída, levanta vôo no mesmo instante. Fala do castigo pedido por Vênus e não cumprido por ele; do amor que lhe ofereceu... "Tuas conselheiras, castigarei sem demora; quanto a ti, punir-te-ei apenas fugindo de ti". (Podemos registrar o motivo recorrente: o castigo do conhecimento proibido, no caso o do Deus). Psique desesperada, corre e atira-se em um rio. Este a devolve (nova antropomorfização). Também registram-se vários *auxiliares mágicos:* além do rio, Pã, ver o relato sobre a ninfa *Sírinx, metamorfoseada em caniços, e de sete deles Pã fez sua flauta. O povo de seis pernas, (formigas), um Caniço verde, humano e simples (ensinou o caminho da salvação à infeliz), a Águia rapace, ave real de Júpiter, a alta Torre de onde pretendia se atirar).* O benfeitor máximo, o deus Júpiter.

• Também enfrentará os *inimigos: a Gaivota tagarela,* as deusas *Ceres e Juno* que embora não a prejudiquem por ação direta, negam-lhe refúgio por temor e parentesco com *Vênus; Mercúrio,* além

---

[10] APULEIO, op. cit. (nota 6), p. 91, nota 26: *foi um amante quem te inventou,* alusão a algum mito desconhecido. Um dos lugares-comuns da poesia greco-latina era o elogio dos inventores (verdadeiros ou supostos) de vários objetos de uso geral.

*das servas Hábito, Inquietação, Tristeza, ovelhas raivosas, água do Rio Estige (rio do Inferno), dragões ferozes, águas falantes, Orco, o Tênaro, respiradouro do inferno, o barqueiro Caronte, ancião de mãos apodrecidas, o cão Ceres de três monstruosas cabeças, asneiro coxo, o sono estígio.*

• As duas irmãs são castigadas, pois ao ouvirem de Psique, que fora punida e expulsa de sua presença, Cupido afirma que iria casar com ela (a cada uma disse o mesmo). Movidas por paixão insana e criminosa inveja atiram-se do alto dos rochedos.

• Psique percorre seu caminho de provas, dor e sofrimento. Cupido adoece com a ferida da queimadura, preso a pequena câmara de estreita janela.

• A descida ao mundo subterrâneo a que é obrigada Psique é outro motivo recorrente encontrado em mitos, contos, lendas em quase todas as culturas dos povos primitivos, aborígenes, povos indígenas do mundo todo.

• Psique ao abrir a caixinha enfatiza quanto à curiosidade e à ambição, "Trago a beleza divina, e nem guardo um pouco para mim?", assim falou, tentada por ambas. É este o tipo de raciocínio que perde tantas criaturas, sendo este *interdito* o último e quase a leva à morte.

• Cupido liberta Psique do sono que a oprime, depois de a repreender, manda-a cumprir a missão ordenada pela mãe e que deixasse o resto com ele. Voa até o Céu e defende sua causa junto ao grande Júpiter. Ao ouvir dele o inventário de seus crimes, de suas faltas, cita a Lei Júlia e a moral pública. Convoca o Conselho dos Deuses, declara a união legítima conforme o direito civil, e não morganática, avisa à orgulhosa Vênus. Ordena a Mercúrio que rapte Psique e a traga ao céu. Recebe ela, de imediato um copo de ambrosia e diz ele: "Sê imortal. Jamais Cupido ficará livre deste enlace, pois o vosso casamento será perpétuo. Dessa união nasceu depois uma filha, a quem chamamos Volúpia".

### 3.1.1 Mohammed-El Fasi – "O Manto de Amor Manchado de Paixão"

*Contes Fasis-Recueillis D'Après la Tradition Orale.*[11] Entre outros, nele se encontra o conto "Le Caftan d'Amour tacheté de passion qaftan el houbb lamnaqqat bel lahoua".

Para M. P. Saintyves, o eminente folclorista e historiador das religiões, chefe da escola ritualista e tradicionalista, sobre esta variante marroquina d'*Eros e Psique,* quando consultado pelo editor sobre esta versão, respondeu com a seguinte carta:

> Le conte où figure le Caftan de l'Amour tacheté de passion (Quel admirable non!) rappelle en effet étroitement la fable d'Apulée dont j'ai d'ailleurs signalé maintes variantes.
>
> Rechercher l'origine d'une fable ou d'un conte, le lieu de naissance, la route ou les chemins de dispersion, est chose vaine. C'est l'opinion de M. J. Bedier (*Les Fabliaux),* c'est aussi la mienne. Il y aura toujours vingt intermédiaires ignorés et dix hypothèses ignorés et dix hypothèses possibles. Une fable née en Afrique peut avoir émigré en Orient e y revenir par un tout autre chemin.
>
> Dans le cas présent, on ne saurait oublier qu'Apulée de Madaure est né dans l'Afrique du Nord e qu'après avoir visité l'Asie, la Grèce et l'Italie, il revint finir ses jours dans sa patrie. Il est peu probable qu'il ait inventé la fable de Psyché: elle se présente comme un conte et tout porte à croire qu'il l'a recueillie de la tradition orale. L'a-t-il entendue em Grèce, ou reçue de la tradition africaine, nous l'ignorons; mais on peut admettre que ce conte se colportait en Afrique et que c'est des lèvres d'une vieille femme de Maudaure qu'il l'a recueilli. Et si cette hypothèse est exacte, pourquoi cette tradition ne se serait-elle pas perpetué sur les lieux mêmes jusqu'aux Arabes? Encore une fois, dix autres hypothèses sont possibles et toutes invérifiables.
>
> El est cent fois plus utile et plus intéressat de se demander, ainsi que je l'ai fait, quels sont les liens d'un semblable récit avec le coutumes anciennes, et, lorsqu'on le peut, avec le rituel primitif.

---

[11] MOHAMED EL FASI, Dernenghein, Emile. *Contes Fasis.* Paris: Ed. Rieder, 1926. "Editions D' Aujourd'hui" 1977, exemplar de n. 367, des 400 exemplaires a eté fait par L'imprimerie de Provence. p. 225.

Avec mes regrets de ne pouvoir répondre de façon plus précise, je vous prie, cher Monsieur d'agréer mes sentiments les plus distingués.
P. Saintyves.

A seguir nossa tradução:

O conto onde figura o Caftan (Manto/ Vestuário) de Amor marcado de Paixão (Que nome admirável!) recorda com efeito, estreitamente, a fábula de Apuleio da qual já assinalei muitas variantes.

Procurar a origem literária de uma fábula ou de um conto, o lugar de seu nascimento, a estrada ou os caminhos de dispersão, é coisa vã. Esta é a opinião de M. J. Bedier (*Les Fabliaux*), e é também a minha. Haverá sempre vinte intermediários ignorados e dez hipóteses possíveis. Uma fábula nascida na África pode ter emigrado no Oriente e daí retornar por um outro caminho diferente.

No presente caso, não se pode esquecer que Apuleio de Madaura nasceu na África e que depois de ter visitado a Ásia, a Grécia e a Itália, veio terminar seus dias em sua pátria. É provável que ele tenha inventado a fábula Psyché: ela apresenta-se como um conto e tudo leva a crer que ele a recolheu da tradição oral. Poderia ele tê-la ouvido na Grécia, ou recebido da tradição Africana, esse fato ignoramos: mas pode-se admitir que este conto era vendido nas ruas na África e que foi dos lábios de uma velha mulher de Madaura que ele a tenha recolhido. E se esta hipótese é exata, porque esta tradição não tenha por sua vez se perpetuado nos mesmos lugares até os Árabes? Ainda uma vez, dez outras hipóteses são possíveis e todas inverificáveis.

É cem vezes mais útil e mais interessante de se perguntar, assim como eu o faço, quais são os vínculos de uma semelhante narrativa com antigos costumes, e se for possível, com seu ritual primitivo.

Com meus sentimentos por não poder responder de modo mais preciso, eu lhe peço, prezado Senhor, de aceitar meus sentimentos os mais louváveis.
P. Saintyves.

Continuando o texto de M. P. Saintyves:

"Le caftan d'amour tacheté de passion qaftan el houub lamnaqqat bel lahoua"

Un homme qui avait trois filles et voluait partir em pèlerinage, demanda à chacune d'elles ce qu' elle voulait qu'il lui rapportât. "Des bracelets d'or et d'argent incrustés de bijoux", dit l'aînée. "Des souliers dor´s", dita la seconde. Mais la plus jeune demanda à réfléchir.

Or comme elle se trouvait un instant seule dans sa chambre, une *rouhania* apparut sous forme humaine à la jeune fille et lui dit:

– Demande à ton père le *caftan d'amour pointillé de passion*. Puis elle disparut; et le moment du départ venu, la petite dit à son père qu'elle ne souhaitait rien d' autre que le caftan d' amour pointillé de passion. Son père promit de le chercher, partit sur chemin d'Allah, fil le pèlerinage de la ville sainte, y acheta de beaux bracelets pou l'ainée, des souliers dor´s pour la cadette, mais oublia le caftan.

A mi-chemin sur la voi du retour il se rappela pourtant sa promesse et demanda à chacun où il pourrait trouver ce vêtement. Tout le monde le prenait pour un fou. Les uns lui riaient au nez, d'autres répondaient doucement qu'ils ne sabaient: d'autres se contentaient de soupirer en silence et s'éloignaient au plus vite. Mais personne ne le renseignait.

Un jour enfin el rencontra dans um lieu solitaire un vieillard vénérable dont la blanche chevelure et la barbe descendaient jusqu'à ses genoux et que était assis au pied d'un arbre, paraissant plongé dans une profonde méditaiton. Comme il lu posait sa question habituelle, le cheikh lui dit:

– Mon pauvre enfant, que cherches-tu? Ignores-tu qu'il est impossible à un humain de voir le Caftan de l'amour? si pourtant tu tiens absolument à essayer, il te faut suivre de point en point mes indications: A une demi-journée d' ici, tu arriveras devant un grand arbre: assieds-toi dessous et attends. On te présentera sept plats, dans une mida, l'un après autre. Goûte à chacun d'eux; pous va au bord de la mer, bois quelques gorgées de son eau, et attends. Aie du courage et *Allah ihannik*.[12]

Le voyageur suivit ces conseils, et tout se passa en effet comme avait dit le cheikh. Puis, dès qu'il eut bu de l'eau de mer, un être sous l'aspect d'un homme surgit des flots et lui dit:

— Celui qui a mangé de notre nourriture et bu de notre eau est digne qu'on lu accorde ce qu'il demande. Qu'es-tu venu faire ici et que veux-tu?

— Je veux, dit-il, le Caftan d'amour pointillé de passion.

— Bon, dit l'homme mysterieux. Jette-toi donc à la mer et tu verras ce que tu verras.

Ayant plongé il trouva une porte qu'il franchit, puis la cour d'un vaste palais où se promenaient quelques esclaves.

— Que veux-tu? dit l'un d'eux.

— Qaftan el Houbb, répondit-il.

— Entre dans cette chambre, dit l'esclave.

Ce qu'il fit; et dans la chambre il vit un homme d'aspect imposant assis sur un trône splendide. Il le salua par trois fois comme on salue les Sultans[13] et lui demanda le Caftan de l'Amour.

Ce personnage l'accueilit avec bienveillance et lui remit un morceau de bois de santal.

— Donne-le, recommanda-t-il, à celle qui le demande et dis-lui de se mettre du henné, de laver très soigneusement sa chambre, d'aller au hammam, puis de s'enfermer seule dans sa chambre et d'y faire brûler ce morceau de santal. *Allah ihannik*.

---

[12] Que Dieu t'accorde la paix, c'est-à-dire: adieu.
[13] Ce salut s'appelle *et- thandiq*. Le jour de *l'Aïdel Kebir*, par exemple, les mokhaznis, les pachas, les caïds, etc., viennent rendre hommage au Sultan au cours de sa promenade solennelle après l'égorgement du premir mouton, puis le lendemain en apportant les cadeaux de la *hédia*. Ils s'inclinent alors (à cheval dans le premir cas et à pied dans le second), à trois reprises, disant chaque fois: *Allah ibarak fa'mar Sidi!* Que Dieu prolonge la vie de notre seigneur !

Content de faire plaisir à sa fille, le voyageur retourna chez lui, remit ses cadeaux et transmit à la petite les recommandations du roi des *djnoun*.

Elle les exécuta sans tarder et aussitôt qu'elle eut allumé le santal, une troupe de gens porteurs de lanternes vinrent a frapper à la porte, demandèrent au père de faire sortir sa plus jeune fille et de la leur remettre. Quand il aurait envie de la voir, il n'aurait, lui dirent-ils, qu'à se rendre à tel endroit, et à les appeler mentalement; ils viendraient aussitôt le chercher pour le conduir jusqu'à son enfant.

La jeune fille partit donc avec eux et arriva au palais du Caftan de l' Amour. On la mit dans une chambre avec un petit nègre pour la servir. Celui-ci lui servit un diner et lui fit le thé; mais dans le dernier verre, il mit une pincée de poudre qui la plongea aussitôt dans un profond sommeil.

Or le Caftan de l'Amour était un *djinn* de la race des *djnoun* qui était tombé amoureux de la jeune fille un jour que, voyageant à travers les airs, il l'avait aperçue à sa fenêtre, pleine de gentilesse et de beauté. Il était le fils du roi du palais sou-marin et ce palais communiquait par un tuyau de verre avec la chambre où se trouvait maintenant la jeune fille. Le Caftan de L'Amour arriva donc par ce tuyau de verre et contempla avec joie l'objet de son amour. Il ne réveilla pas la petite, mais se coucha près d'elle jusqu'au matin, et repartit avant qu'elle ne se fût éveillée.

Il en fut de même chaque jour, et ainsi s'écoula la vie de la jeune fille que le petit nègre endormait chaque soir avec du bang avant la venue de son époux mystérieux. Au but de quelques mois elle commença à s'ennuyer um peu, ne voyant d'autre figure humaine que celle de cet esclave, et ne faisant que manger et dormir. Pendat ce temps ses soeurs commençaient à la regretter et avaient grande envie de la voir. A leur demande le père se rendit à l'endroit indiqué et ferma les yeux em pensant a ses filles. Quand ils rouvrit au vout d'une second, el était au bord de la mer et voyait venir un petit nègre que lui demandait ce qu'il voulait.

— Je suis veu, dit-il, chercher ma fille pour la reconduire chez moi, car ses soeurs désirent la voir.

— Elle n'a pas de bonheur à ce départ.

— J'y tiens beaucoup. Et ses soeurs ont grand besoin de la revoir.

— Je vais doc le dire à mon maître.

Et le l'esclave disparut, puis revint bientôt dire que Qaftan el Houbb consentait à la condition que le petit nègre vint la rechercher le lendemain au *moghreb*.[14]

Le père promit, ferma les yeux, se retrouva chez lui, et, le soir même, sa fille vint frapper à la porte, accompagnée du petit nègre.

Après l'avoir tendrement embrassée, sa mère et ses deus soeurs l'interrogèrent sur sa vie et son mari:

— Es-tu heureuse? Où vis-tu?

— Là-bas, dit-elle.

— Et ton mari? Comment est-il? T'aime-t-il? Est-il gentil pour toi? Où habite-t-il?

— Là-bas, dit-elle simplement, sans rien ajouter.

Mais, la nuit venue, comme elle était allée se coucher avec ses soeurs, celles-ci la pressèrent de nouvelles questions, cherchant à s'informer des détails de sa vie mystérieuse et spécialement de son époux.

— Mon mari! finit-elle par dire, je ne l'ai jamais vu. Je ne vois que ce petit nègre que s'occupe de moi, me sert e me donne tout ce

---

[14] Selon la saison entre 5 h. et 7 h. ½ du soir. C'est l'usage de compter ainsi selon l'heure des cinq prières. *L'aser et le moghreb* sont des heures importantes pour les *djnoun*.

dont j'ai besoin. Le soir el me fait du thé et je m'endors tout de suite aprés le dernier verre. Le lendemain, je me réveille dans mon lit, toujours seule.

— Oh! s'écrièrent les soeurs, comment peux-tu accepter de vivre dans de telles conditions, d'une manière si monotone et si mystérieuse à la fois, ne sachant pas même quel est ton mari? Cela ne peut durer ainsi. Suis nos conseils. Voici une serviette, une bougie et des allumettes. Demain, lorsque l' esclave te donnera le verre de thé, il ne faut pas le boire; mais verse-le dans cette serviette; puis fais semblant de t'endormir. Ainsi tu pourras tout voir.

Toute heureuse à l'idée d'éclaircir sa situation, la jeune fille repartit le lendemain avec le nègre qui s' était présenté exactement au moghreb, et fit tout ce que ses soeurs lui avaient dit.

La croyant endormie, le jeune esclave la prit comme d'habitude dans ses bras et la mit dans son lit. Vint alors *Qaftan el Boubb* qui mangea les restes du repas, but le thé et vint dormir près de son épouse humaine, après l'avoir regardée et caresser avec tendresse. Quand celle-ci fut sûre qu'il était bien endormi, elle tira la bougie de sa poche, l'alluma e l'approcha de la figure du *djinn.*

Elle vit um beau jeune homme, qui avait les paupières closes e dont la poitrine se soulevait régulièrement sous un caftan de soie. En regardant de près se vêtement, elle remarqua que les boutonnières que le fermaient étaient munies d'un petit cadenas à la clef minuscule. Poussée par la curiosité, elle fait marcher la serrure, entr'ouvre le caftan... et voilà qu'elle se trouve devant un escalier et descend dans une grande maison. Suivant les marches de cet escalier elle parvint a une chambre remplie d'or en lingots, puis à une chambre pleine d'or en poudre, puis à une autre que débordait de toutes sortes de pierreries. Les ayant visitées, elle remonta l'escalier et referma le cadenas.

Mais par sa maladresse une goutte de cire brûlante tomba de la bougie qu'elle tenait toujours à la main sur le visage de son mari que s'éveilla tout mécontent, devinant ce qui s'était passé.

– Je t'avais bien dit que ce voyage chez ton père n'était pas de bon augure.

– C'était écrit, répondit-elle humblement. C'était dans ma destinée. Mais mon intention n'était pas mauvaise.

– Je veux bien te pardonner cette fois. Mais tu ne retourneras plus chez ton père.

Depuis ce jour Qaftan el Houbb entra ouvertement chez sa femme, sans la faire endormir par la poudre de bang. Ils vécurent ainsi pendant six mois, au bout desquels le père vint comme la première fois la demander pour la conduire un jour chez lui. Le petit nègre lui fit connaître la volonté de son maître; mais le père insista tant qu'il fut reçu par Qaftan el Houbb. Celui-ci dit qu'il avait pardonné à sa femme sa première indiscrètion, mais qu'lil n'en supporterait point une seconde. Il lui permittait pourtant de s'absenter encore une fois entre deux moghrebs.

Arrivée chez ses parents, ses soeurs la pressèrent de nouveau de questions, et elle leur raconta comment, grâce à leur stratagème, elle avit réussi à voir son mari que ne se cachait plus jamais à ses yeux.

– Comment s'appelle-t-il? demandèrent alors les soeurs.

– Je ne sais pas. Je ne lui ai pas demandé.

Il faut le lui demander; et s'il refuse, fâche-toi, montre-toi triste, refuse de manger, de boire et de parler jusqu'à ce qu' il céde et te dise son nom. C' est ainsi qu' il faut faire avec les hommes.

La petit répondit par l'ouïe et par l'obéissance, et, rentrée chez elle, prit un air chagrin, reprochant à son mari de ne lui avoir point encore dit son nom.

Qaftan el Houbb fut bien contrarié, et lui réppondit qu'il ne pouvait le dire, l'assurant qu'il valait mieux pour elle-même l'ignorer.

– Mon mari ne m' aime plus, s' écria-t-elle alors toute en larmes. Comment une femme peut-elle vivre sans connaître le nom de son mari?

Et elle repoussa les plats qu'apportait l'esclave. Puis après avoir boudé quelque temps elle revint à la charge. "Je ne puis. Tais-toi", disait son mari. Mais il n'est pas facile de venir à bout de l' entêtement d'une femme. A la fin, exaspéré, il sortit dans la cour, et là, aspirant fortement de l'air, il se mit à gonfler, à grandir, à grandir tant que sa tête atteignit le toit de la maison. Alors il cria plusieurs fois de toutes ses forces:

– Mon nom est *Qaftan el Houbb maqout belahoua! Qaftan el Houbb! Qaftan el Houbb manqout belahoua!*

Et, saisissant sa femme dans ses mains géantes, il la prit et la jeta au loin dans un affreux désert.

La pauvre se mit à pleurer des rivières de larmes et à se lamenter sur son indiscrétion; puis sentant la faim elle se mit à marcher au hasard, jusqua' a ce qu'elle arrivât dans une grande ville. Là elle acheta de quoi manger, ainsi que des habits d'homme et um *Dalil el Khairat*.[15] Ayant ainsi l'air d'un jeune *taleb* elle entra dans une mosquée, fit ses ablutions, sa prière et se mit à lire à hauts voix le saint livre que le grande Jazouli (qu'Allah répande sur lui ses dons le plus choisis) composa à la gloire du plus grand des Prophètes d' Allah, notre seigneur Mohammed ben'Abdallah (sur lui la prière et la bénédicion!).

Comme elle avait une jolie voix, plusieurs personnes vinrent s'asseoir à côté d'elle pour l' entendre. Il en fut de même le lendemain et les jours que suivirent. Des vizirs même se joignirent aux auditeurs attirés par le charme avec lequel elle psalmodiait selon la prosodie les prières. On lui demanda son nom.

– Je m'appelle *Si'Ali,* dit-elle.

Si'Ali eut tant de succès que les vizirs délaissaient pour cette mosquée *Dar el Makhzen* et que le Sultan, s'en étant aperçu, le demanda un jour la cause de leur irrégularité.

---

[15] Le *Guide des bonnes oeuvres,* recueil fameux de prières et de litanies en l'honneur du Prophète, par Jazouli; cf. le conde *La Fille du Sultain que causa la chute de cent têtes moins une tête.*

– Un certain Si'Ali, répondirent-ils, jeune étranger à belle voix, lit chaque jour le *Dalil el Khaïrat* dans la mosquée de Bab el Guissa.[16] Et c'est la beauté de sa voix, ô emir des Croyants, qui nous retient sous son charme; c'est la douceur ensorcelante de sa lecture qui nous empêche d'arriver ici à l' heure dite.

Fort étonné, le Sultan résolut de juger par lui-même, et descendit de Dar el Makhzen avec sa suite. Dès qu'il eut entendu Si'Ali, il ne voulut plus rentrer au palais, mais en fit venir ce jour-là tout ce dont il avait besoin pour dîner et pour coucher à la mosquée, et le lendemain il pria le bel étranger de venir avec lui à Dar el Makzen.

Se Sultan se prit bientôt d'une telle amitié pour Si'Ali qu'il ne le quittait pas un instant et ne faisait plus rien sans son avis, si bien que les vizirs commencèrent à le jalouser.

Un jour qu'il se promenait dans les jardins du palais, l'heure de la prière étant venue, Si'Ali fit ses ablutions dans un ruisseau, étendit sa *lebda* sur le sol, fit sa prière, puis s'assit et se mit à lire selon son habitude. Or cet endroit était juste au-dessous de la fenêtre de la fille du Sultan qui fut aussitôt émue jusqu'au fond du coeur en l' entendant psalmodier, se pencha par la fenêtre et dit:

– Si'Ali, ya Si'Ali, aime-moi pour que je t'aime!

Mais Si'Ali répondit simplement, sans lever les yeux, d' une voix douce:

– Par Celui que t'a élevée et que m'a abaissé, ya Lalla! Mon amour ne peut s'attacher à ton amour.

Aussitôt après cette entrevue, la princesse tomba malade sans qu'aucun médecin du royaume parvînt à la guérir; et cela faisait le

---

[16] Bab Guissa, poste septentrionale de Fès, construite au début du XIIIe siècle de l'ère chrétienne par le Almohades, s'élevant à côté de la mosquée et de la Medersa du même nom devant le cimetière du même nom et conduisant du quartier nommé *Fondouk el Ihoudi* (Les Juifs y vivaient avant la création au XIVe siècle du *mellah* de Fès-Jedid) au Borj Nord et aux Tombeaux Mérinides d'où l'on a sur toute la Medina une vue si remarquable. C'est à Bab Guissa que se tient chaque soir un conteur professionnel bien connu.

désespoir de son père. Un jour enfin, on fit venir à son chevet un vieux rabbin juif expert en sciences magiques[17] qui resta seul quelque temps auprès d'elle, l'observa en silence, puis lui dit brusquement:

– Ce qui rend malade, c'est l'amour que tu as conçu pour Si'Ali!

– Tu l'as dit, avoua la princesse.

Alors le vieux rabbin vint trouver le sultan et se fit fort de guérir la malade si l'on suspendait au cou de celle-ci le petit doigt coupé de Si'Ali.

Le Sultan leva les bras au ciel, protestant qu'il ne ferait jamais subir pareil traitement à un ami, fût-ce pour sauver la vie de sa fille. Mais tous les vizirs se mirent à lui dire;

– C'est si peu de chose. Ce doigt, ce petit doigt, à quoi sert-il à Si'Ali? Lui-même serait content de le donner pour sauver la princesse. En faisant cela tu guériras ta fille, sans faire un vraie tort à personne.

Si bien qu'ébranlé par ces conseils, le roi donna l'ordre de couper le petit doigt de Si'Ali, qui fut suspendu ao cou de la princesse. Celle-ci guérit pour lors. Mais quelque temps après, la même scène se reproduisit.

– Si'Ali, ya Si'Ali. Par Celui qu't'a élevée et m'a abaissé, mon amour ne peut s'attacher à ton amour.

Et la princesse tomba plus malade encore que la première fois. Le magicien conseilla alors de couper le lobe de l'oreille, et les vizirs jaloux persuadèrent encore le Sultan d'ordonner ce cruel traitement. Mais les mêmes choses s'étant encore reproduites, le Juif dit qu'il fallait cettte fois la cervelle de Si'Ali.

---

[17] Au Maroc les israélites, spécialement les vieux rabbins, passent pour détenir des arcanes et être parmi le magiciens les plus savants. De nos jours encore en 1926 de notre ère, 1344 de l'Hégire, sous la Résidence générale de M. Steeg, on entend couramment parler Fès-el-Bali, de telle ou telle femme de la médina qui use, pour se faire aimer de son mari, des enchantements d'un *hazzane* connu du mellah.

Comme le Sultan se récriait en menaçait le médecin de sa colère, un vizir dit:

— Considères, Seigneur, que la fille du Sultan vaut mille fois mieux que ce Si'Ali, qui n'est somme toute qu'un inconnu, un aventurier dont personne ici ne connît même l'origine. La vie de la princesse a infiniment plus de valeur que celle d'un homme de rien.

— C'est la chose que je ne ferais jamais, protesta le Sultan.

Et l'on n'en parla plus ce jour-là; mais comme l'état de la princesse emirait, les vizirs jaloux, à force d'insister, finirent par triompher de la volonté du Sultan que donna em pleurant l'ordre de mettre à mort Si'Ali.

Heureux de se débarrasser du favori, les vizirs emmenèrent le jeune étranger hors de la ville, au bord d'une source et ordonnèrent au bourreau de lui trancher la tête. Mais Si'Ali demanda quelques minutes pour faire ses ablutions et sa prière. Il se pencha sur le ruisseau pour prendre de l'eau dans le creux de sa main, et à ce moment même disparut à tous les yeux.

Les vizirs stupéfaits rentrèrent au palais et annoncèrent la chose au Sultan qui se réjouit fort et rendit grâce à dieu de n' avoir point permis qu'il eût sur lui le sang de son ami, satisfait de penser que Si' Ali n'était mort, et pensant même qu'il devait être un grand saint ou peut-être un *djinn*.

Or c'était *Qaftan el Houbb oualahoua,* le mari du soi-disant Si'Ali qui avait enlevé à ses bourreaux et emporté avec lui dans les eaux son éppouse déguisé en jeune homme. Il la conduisit aussitôt dans leur maison et lui fit, tout en lui pardonnant, de sages remontrances.

— Tu a vu maintenant les suites de ton impertinence. Tout ce qui est arrivé est de ta faute et aussi de la faute de tes soeurs qui t'ont poussée par leur conseils et leur vaine curiosité. Contente-toi désormais du bonheur sans chercher à en savoir davantage. Si tu veux vivre tranquillement, reste ici, ne pense plus à tes parents, ni à tes bavardes de soeurs, et sois sage désormais.

Em nota, os autores, destes *Contes Fasis* enfatizam que não se pode deixar de reconhecer, nesta variante marroquina, outra versão da famosa narrativa *Eros e Psique*. Podemos enumerar os pontos essenciais que são comuns aos dois contos:

1 – O casamento de uma jovem de grande beleza com um ser sobre-humano, em um castelo mágico.

2 – Esposo que somente vem ao leito durante a noite, e cuja esposa não pode ver seu rosto.

3 – Os conselhos das duas irmãs mais velhas ciumentas da sorte da mais nova.

4 – A lucerna, ou vela, que acesa deixa cair gotas escaldantes (de cera ou de óleo) sobre o esposo.

5 – Ele acorda, há o exílio da esposa desobediente e o caminho de longas e difíceis provações.

6 – Seu salvamento pelo ser sobrenatural (na versão de Apuleio, é um deus) que lhe acompanha invisível e amoroso.

7 – A reconciliação final.

Em que pesem as teorias contrárias, não se pode deixar de reconhecer quer influências quer uma fonte comum.

Vejamos o exame das hipóteses agora, retomando os responsáveis pela publicação acima apresentada, e sua argumentação:

"Poderia tratar-se de um fato recente, supondo que um Fasi contemporâneo tenha lido Apuleio, ou escutado por um Europeu, a estória de Psyché (conhece-se a estória de M. Maspero que a ouviu recontada por um barqueiro do Nilo antigo, conto egípcio dos *Dois*

*Irmãos* em que uma criança aprendeu graças aos trabalhos do próprio M. Maspéro) e o repetiu para uma mulher.

Os costumes, todo o conjunto das condições nas quais evolui o ciclo que estudamos do folclore fasi, o aspecto mesmo bastante modificado do conto, o tornam de fato inverossímil. De outro lado, este conto não é propriedade de uma família: todos os Fasis o conhecem; os autores passaram por essa experiência. Enfim os diversos traços do tema Psique são encontrados no folclore da África do Norte. M. Henry Basset assinalou o fato (no *Essai sur la littérature des Berbères*, p. 114) quanto ao pormenor das formigas auxiliando a heroína a contar os grãos.

Quanto ao ponto em que a lucerna é acesa e a gota quente desperta o esposo, os Fasis lhe afirmaram que ele se encontra em outros contos que não puderam ser recolhidos pelos pesquisadores.

Uma ligação direta com Apuleio poderia se fazer a uma data relativamente antiga? Todos os Marroquinos aos quais foram submetidas esta hipótese são unânimes em rejeitá-la, julgando absolutamente inverossímil e contrário aos costumes que um letrado mulçumano: 1º tenha lido o *Asno de Ouro* em qualquer língua possível; 2º tenha tomado o castigo de recontar a estória a sua mulher.

Apuleio, aliás, não foi traduzido para o árabe, nem mesmo foi conhecido pelos árabes. No século II da Hégira, sob o califa *abbasside* El Mamoun, foram traduzidos numerosos trabalhos gregos ou latinos, mas somente aqueles de ciência ou de filosofia, não obras literárias, nem mesmo Homero ou Virgilío. Os Árabes traduziram, com efeito, os livros que julgaram faltar-lhes ou lhes serem indispensáveis, e estimavam que em literatura seus próprios poetas ante- e pós-islâmicos eram largamente suficientes. Se obras históricas e literárias persas e hindus foram, entretanto, traduzidas em árabe, é por que tais obras entre os Persas e os Hindus que, convertidos ao Islam e agregados ao império árabe, precisavam mostrar aos árabes propriamente ditos que eles possuíam uma cultura respeitável. Se os gregos ou os romanos estão no mesmo caso, eles fizeram, sem dúvida, pela mesma razão as traduções árabes de seus principais escritores. Tal fato deve nos espantar menos que o *Asno de Ouro* tenha sido ignorado pela maior parte da Idade Média européia, que não conhecia Apuleio a não ser por suas obras filosóficas. Foi o que respondeu M. Gédéon Huet (em *Idade Média,* 1909, p. 23-8, e em *Notes d'histoire littéraire,* II, Paris, 1.917, peça, in-8°) a aqueles que desejavam ver imitações diretas de apuleio em certos romances, tais como *Partenopeu, Flore et Blanchefleur, Aucassin et Nicolette, Huon de Bordeaux, Le Chevalier au cygne, Cligès, Berte e outras.* Os manuscritos atualmente conhecidos de o *Asno de Ouro* descendem de um manuscrito de Laurentienne de Florence do qual fizeram no século XIII várias cópias, mas, apenas na Itália. O mais antigo manuscrito francês é do século XV. O primeiro escritor europeu que conheceu Apuleio foi Vincent de Beauvais (XIII° século); mas ele ignorava Psique. O primeiro autor que, por exceção, conheceu esse conto e o utilizou, foi Bocaccio (*Décaméron,* V, 10 e VII, 2).

Assim, podemos admitir que o *conto fasi* tenha vindo indiretamente de Apuleio, via transmissão do folclore oral berbere da África do Norte, pátria do escritor latino, desse modo, e com a narrativa o *Asno de Ouro,* ambas tiveram uma fonte comum.

Sendo várias as versões existentes do romance de Apuleio, tendo como berço o folclore universal. Constatasse ter existido o tema em tempo anterior ao do autor africano, como o provam os textos hindus e gregos, assim como os monumentos da antigüidade clássica. Esta é a opinião de Saintyves, ainda que o conto fasi aproxime-se de vários outros contos, em especial os europeus, mais do que da narrativa de Apuleio.

A variante mais próxima, mas bastante diferente do conto fasi, parece ser um conto italiano de nome *O rei Cristal,* que se encontra em Marc Monnier, *Les contes populaires en Italie,* p. 44-8. Repetem-se as invariantes: um pai e três filhas; as mais velhas desprezam a menor, há o pedido de cada uma, para ver quem terá a melhor chance. Um cavaleiro a leva permitindo ao pai de vê-la, mas somente ele. Ela possui domésticas e um belo quarto do qual não deve sair. As mesmas ações: a desconfiança das irmãs, o uso da lâmpada, a gota cai sobre o nariz do marido, que a visita somente à noite. Ele a devolve. Encontrando dois eremitas, calça sapatos de ferro, chega ao palácio do Rei Cristal, de onde as fadas tinham tirado a criança.

Assim, encontram-se contos, numerosos, de vários países, com invariantes e também modificações. Pode-se enumerar: Polonia, Tyrol, no país basco, na Lituânia, Islândia, Itália (Sicília, Toscana, Roma, em Mantoue, Abbruze), em Portugal, Alemanha do Norte, Chipre, Noruega, no *Pentameron, no Pantchatantra...*

Na seqüência são citadas narrativas com traços do *qaftan el houbb* e que não estão em *Eros e Psique.*

*O Lobo Branco,* conto loreno. Um homem tem três filhas e parte em viagem. As mais velhas lhe pedem roupas, a mais jovem deseja *a rosa que fala.* Ela a procura muito tempo, em vão. As pessoas caçoam dele. Ele a encontra e a colhe no castelo do Lobo Branco, o qual é um homem encantado, que lhe ordena, sob pena de morrer, que lhe seja enviada sua filha mais nova. Ela casa-se com o Lobo Branco que retoma a forma humana à noite. Ela está feliz. A irmã mais velha vem visitá-la, arranca-lhe o segredo. O marido morre.

[Comentário nosso: podemos adiantar que este conto apresenta os pormenores que surgirão nas versões derivadas de *Eros e Psique,* porém nos contos de "A Bela e a Fera" que será comentado neste estudo; a viagem, o pai e as três filhas, a fera (acima o Lobo) o pai apanhando sem licença a rosa (sem outro atributo que a beleza e pertencer ao jardim do castelo do Monstro). Este morre em algumas versões, em outras o final é feliz.]

Em narrativa piemontesa de Gubernatis *Zoological Mythology, II, 38* a mulher reencontra seu marido. Há um conto norueguês, onde se encontram a luz e a gota (Cosquin, *Les contes populaires em Lorraine* II, 215-230, que segundo Saintyves se esforça muito engenhosamente, mas de forma vã, em mostrar ligações com a Índia, enumerando diversas variantes, notadamente os seguintes contos:

*Conto romano.* Um mercador com três filhas, trazendo para as mais velhas enfeites, e para a mais nova um pote de arruda (esta planta em Marrocos tem efeito mágico). Quando ela queima uma folha desta planta, o filho do rei aparece. As irmãs põem fogo na casa. A planta queima também; o príncipe acorre e é ferido. A jovem veste-se de homem, parte à procura do príncipe, cura-o com gordura de ogro e casam-se.

*Conto bengalês.* Um rei tinha seis filhas. Às mais velhas deu jóias e tecidos, à mais nova uma caixa com um leque, o qual sendo abanado, faz aparecer um príncipe. No dia em que será celebrado o casamento, as irmãs enciumadas espalham vidro moído no leito do príncipe que se fere e desaparece. A jovem se disfarça em *yoghi* (fato que se aproxima bastante do conto fasi), retoma seu esposo que ela cura com receita fornecida pelos pássaros.

*Conto hindu moderno de Benares: Tulisa e o rei das serpentes.* A filha de um açougueiro casa com o rei das serpentes, sob forma humana. Vive no seu belo palácio, só o vendo à noite. Com o conselho de uma velha mulher enviada traiçoeiramente pela rainha mãe que deseja retomar o poder, ela pergunta a seu marido seu nome (como em Lhengrin); ele desaparece sob a forma de uma serpente. Graças a diversos animais, após várias provas, ela triunfa (derrotando a velha rainha) e recoloca seu esposo no trono.

Segundo M. Gédeon Huet (*Les contes populaires,* 1923, p. 91-5), Psique provém da fusão de dois tipos: "A Bela e a Fera", "A jovem filha e a Feiticeira". Mas esta segunda série não pode ser essencial. Notamos, entretanto, que o papel da feiticeira (ou de Vênus) está ausente do *Qafatan el Houbb* como também de muitos outros textos. Aquele das irmãs ciumentas parece mais geral e mais importante.

Os especialistas, notadamente P. Saintyves (*Les contes de Perrault... 1923, ch. VIII*), ligaram os contos do tipo *Eros e Psique* àqueles dos tipos de *A Bela e a Fera, e do Riquet de topete,* testemunhando todos o poder soberano do amor.

A família de *A Bela e a Fera* compreende muitas variantes: uma jovem esposa, um sapo, que logo ela lhe corta a cabeça a seu pedido, e então reaparece como um jovem príncipe, um homem encantado retoma sua forma natural à noite. Um ser humano muçulmano nos sugeriu: *Lahoua* com efeito não é equivalente de *houbb.* Aquilo que traduzimos por *paixão* em relação ao *amor,* em árabe tem um sentido pejorativo. *Lahoua* não pode se aplicar como *houbb* às formas elevadas do amor. De outro lado, traduzimos *lamnaqqat* por manchado ou pontilhado; mas de *tacheter a tacher,* pintar ou pontilhar a sujar ou marcar, a distância é pequena. E marcar poderia equivaler a estragar, corromper, profanar... Nós pensaríamos, portanto, do seguinte modo: "o Amor celeste corrompido pelo casal terrestre" – que é a primeira parte do mito, a queda antes da redenção, a separação da alma de seu esposo divino, antes de sua reconciliação e sua apoteose.

## 3.2 Almeida Garrett – *O Romanceiro: Donzella Teodor*

*Donzella que vae a guerra.*[18]
Já se apregoam as guerras
Entre a França e Aragão:
Ai de mim que já sou velho,
Não nas posso brigar, não!

---

[18] GARRETT, Almeida. *O Romanceiro.* Porto: Livraria Simões Lopes, 1949.

De sete filhas que tenho
Sem nenhuma ser varão!...
Responde a filha mais velha
– Venham armas e cavallo
Que eu serei filho varão.
"Tendes los olhos mui vivos
Filha, conhecer-vos-hão".
Responde a filha mais velha
Com toda a resolução:
– Venham armas e cavallo
Que eu serei filho varão.
"Tendes los hombros mui altos
Filha, conhecer-vos-hão".
– Venham armas bem pesadas,
Os hombros abaterão".
"Tende'-los peitos mui altos
Filha, conhecer-vos-hão".
– Venha gibão apertado,
Os peitos encolherão.

Vemos que estão relatadas as provas de ocultação da feminilidade, para depois termos a revelação da jovem. Os olhos são o elemento a que se rende o amor do conde, e a causa de sua inquietação. Ele socorrerá à experiência materna para acalmar seus temores. A mãe é quem ditará todas as provas, a que deve ser submetido o jovem. A todos, ela responde com segurança, assim até o momento em que durante o banho desnudará seus ombros revelando os seios e sua condição de mulher. Ela aceita seu pedido de casamento e cavalgam até o pai que está muito doente. Veremos adiante as paráfrases e resgates de forma por que passou *A Donzela Teodora* desde os rimances e romances.

Em todos, porém, são nítidas as marcas do mito, quer pelo caminho de provas, peregrinação, até cumprirem os requisitos exigidos para que se realize a harmonia necessária entre a união de alma e corpo, matéria e espírito.

## 3.3 Menéndez y Pelayo – *Historia de la Doncella Theodor: Donzel Teodor Straparolla – Notte 4, Favola I – "Aventuras de Constança que vestida de homem"*

Fazendo comparecer Menéndez y Pelayo, em nota, lê-se: as mais antigas versões estão nos registros de Don Fernando Colón (n. 2.172 e 4.062) ambas sem um final, impressas em Segovia e Sevilha, ambas existentes na Biblioteca Imperial de Viena. Em Madri, 1726, foi impressa por Juan Sanz a *Historia de la Doncella Todor, em que trata de su grande hermosura y sabiduria*. Esta foi traduzida para o português por Carlos Freeyra, Lisboa, anos de 1735-1758; a tradução, informa M. y Pelayo, antecedeu, de pelo menos um século, a versão proibida que o índice expurgatorio de 1624 fez ao *auto da historia da Theodora Danzella*.

Encontramos outra versão semelhante à transcrita por M. y Pelayo em Trancoso.[19] É o "Conto VII", p. 305. Situa-se na cidade de Florença um mercador muito rico, cada vez mais avaro. Ele vai até o Duque alegando perda de uma bolsa, achada por pobre mulher que vive só com sua filha Donzela. O Duque, que não era menos piedoso para quem viesse buscar socorro, mandou logo apregoar pela cidade que quem achasse a bolsa com quatrocentos cruzados em ouro que a trouxesse diante dele, que ele faria logo dar quarenta cruzados de achado. Logo soube do pregão, quem achara a bolsa, uma mulher viúva, muito pobre e virtuosa. Citamos:[20] Achou o dinheiro muito bom: "entendendo que ficar-se com a bolsa seria infernar sua alma e que melhor era, para quietação de sua consciência". O duque ficou compadecido ao ver sua pobreza e perguntou que mulher era e do que vivia, ao que ela lhe respondeu:

---

[19] TRANCOSO, Gonçalo Mendes. *Contos e Histórias de proveito e exemplo*. Lisboa: Imprensa Nacional-Casa da Moeda. 1974.
[20] Idem, ibidem, p. 305-11.

Não tenho, senhor, outra coisa de meu senão o que eu e minha filha Donzela, com quem só, vivo em companhia, ganhamos com nossa agulha, vivendo em amor e temor de Deus, e passamos com nossa pobreza muitas necessidades que só Nosso Senhor, sabe.

O Duque, convencido da virtude daquela mulher, chamou o mercador à sua presença. Este, porém, em extremo avarento, já se arrependia do pagamento dos quarenta cruzados que devia cumprir. E inventou um ardil, afirmando que, na bolsa em cima da mesa faltavam trinta e quatro escudos venezianos que ali estavam, além dos em ouro que ela lhe devolvera. A boa velha ficou afrontada, e argumentou que se fosse ladra não devolveria as moedas em ouro, pela pequena recompensa. Esta acrescentou que não tocara na bolsa, nem contara o que ali dentro havia.

O mercador gritava. O Duque percebeu a malícia do mercador. Refreou sua ira, já desejando cortar-lhe a cabeça, pois cometia perjúrio ao pregão e afirmação que ali fizera, mas conteve-se. E disse: um criado meu, perdeu uma bolsa com o ouro que afirma. Ora, alguém que faz questão de um ceitil, como haveria de esquecer trinta e tantos ducados venezianos, que dizeis, vos faltam nessa bolsa? Sendo assim, essa bolsa a mim pertence e não a vós.

Boa mulher, pois quis Deus que achastes esta bolsa com estes cruzados de ouro e que não seja a que este mercador perdeu, senão minha, pois a perdeu meu criado. Eu vos faço graça dela com o dinheiro que tem, para casamento de vossa filha e, se em algum tempo achardes outra bolsa eu tenha os quatrocentos cruzados de ouro e trinta e quatro ducados venezianos, que ele diz que tinha a sua, levai-lha logo a sua casa sem que lhe tomeis dela nenhuma coisa.

O mercador ainda ousou reclamar, mas o Duque mandou-o retirar-se pois, se esta honrada dona achasse a bolsa que seria dele, ele, Duque, tinha certeza de que ela a devolveria. Que ele fosse embora logo, pois, do contrário, lhe aplicaria o castigo por tão desavergonhadamente, diante dele "pedirdes o que não é teu".

A velha dando as mais encarecidas graças que pôde ao Duque, dali a poucos dias casou a filha com os quatrocentos cruzados, com quem viveu muito honradamente.

É a versão da "*Patranã n° 6,* de Timoneda. João Palma – Ferreira", ainda, fornece as seguintes fontes: na *disciplina clericalis*, a do aragonês Pedro Alfonso; na novela IV da coleção de Giovanni Sercambi de Luca; na *novela IX, da década I,* da coleção de Giraldi Cinthio, nas próprias fontes a que recorreu Sercambi e que foram pormenorizadamente estudadas por Alejandro D'Ancona nas notas da novela do já citado contista. Pelayo vê no tratamento dado por Trancoso uma expressão mais popular e independente do tema.

O *tema do achado da bolsa* é um dos mais antigos e, utilizado por muitos contistas. Mas é praticamente impossível localizar a fonte de que se serviu Trancoso. Esta versão diverge da forma com que Timoneda trata o tema; além do mais a obra de Giovanni Sercambi só foi publicada em 1816, sendo pouco provável que dela circulassem versões manuscritas no século XVI.

Citamos:[21] "imediatamente, lhe trouxesse de volta, senão que tomasse a ela tudo quanto havia/(possuía). (...)"

---

[21] Idem, ibidem, p. 305-11.

## 3.4 Acta Universitatis Coonimbrigenssis – Afonso X, O Sábio *Cantigas de Santa Maria*[22] – Walter Mettmann V. III 369 (E 369) Tradução do Prof. Dr. Oswaldo Ceschin:[23]

*Cancioneiros*. As 'cantigas de escárnio e mal-dizer', assim como as 'cantigas de amigo e as cantigas de amor' estão incluídas nos *Cancioneiros*. Já as *Cantigas de Santa Maria*, encontram-se na *Acta Universitatis Conimbrigensis*, v. I, II e III, Coimbra 1959-61-64.

Como Santa Maria guardou de mal úa bóa moller de *Santarem dum*
Alcayde malfeitor, que a quisera meter en perdeda de quant' avia
Por húa sortella que lle deitara en pen[n]or.
(Como Santa Maria protegeu do mal uma boa mulher de Santarém de um alcaide malfeitor que havia querido tomar dela tudo quanto possuía por causa de um anel que ela havia penhorado (recebido em troca de uma dívida)

*Como Jesu-Cristo* fezo | *a San Pedro que pescasse*
un pexe en que achou ouro | que por ssi e el peytasse,
outro ssi fez que sa Madre | per tal maneira livrasse
a húa moller mesquynna | e de gran coita tirasse.
(Como Jesus Cristo fez a São Pedro que pescasse um peixe em que achou ouro que pagasse por si e ele, outrossim fez que sua Madre por tal maneira livrasse uma mulher muito pobre (miserável) e a tirasse de grande sofrimento)

E de tal razon com'esta | vos direy un gran miragre | sol que me bem ascoitedes,
que fezo Santa Maria, | por que muy mais d'outra cousa | sempr' en ela confiedes;
ca nunca o stal fezo | que s' en muy bem non a achasse
e que llo a Santa Virgen | pois bem non gualardóasse.

---

[22] MARQUES, A. H. de Oliveira. *História medieval portuguesa*. Lisboa: Edições Cosmos, 1964.
[23] CESCHIN, Oswaldo. Prof. Dr. de Filologia e Língua Portuguesa, Departamento de Letras Clássicas e Vernáculas (DLCV) da Faculdade de Filosofia, Letras e Ciências Humanas, USP.

*Como Jesu-Cristo fezo / a San Pedro que pescasse...*
(E de tal razão como esta, vos contarei um grande milagre, desde que me escuteis, que fez Santa Maria, para que muito mais sobre outra coisa sempre nela confieis. Pois nunca o tal fez que não a achasse muito bem para isso e que a Santa Virgem depois não o galardoasse bem.
Como Jesus-Cristo fez a São Pedro que pescasse.(...)

En Santaren contiu esto | a uá moller tendeyra, | que sa çevada vendia,
e dizia ameude: | "Aquel é de mal guardado | que guarda Santa Maria".
E collera – o por uso | en que quer que razóasse
e en toda merchandia | que vendess' e que comprasse..
*Como Jesu-Cristo fezo / a San Pedro que pescasse...*
(Em Santarém aconteceu isto a uma mulher feirante que vendia sua cevada e dizia a miúdo: Aquele que guarda Santa Maria é protegido contra o mal.
E escolhera (o dito) por costume, em qualquer coisa que dissesse.(...)

Un alcayd' era na vila, | de mal talan e sannudo, | soberv' e cobiiçoso
que per el nyun dereyto | nunca bem juygado; | demais er *orgulloso*
e cobiiçava muito | por acchar en que travasse
a quem quer, ou pobr' ou rico, | per que algo del levasse.
*Como Jesu-Cristo fezo a San Pedro que pescasse...*
(Havia na vila um alcaide de mau caráter e irado, soberbo, que por ele nada era bem julgado; além disso era orgulhoso, e muito 'desejoso de achar o que pudesse incriminar em quem quer que fosse, pobre ou rico, para que pudesse tirar algo dele.(...)

Ond' aveo un dia | seus omees do alcayde, | estand' ant' el razóavam
daquela moller, dizendo | que a tiinna[n] por louca, e muit' ende posfaçavan.
Diss' o alcayde:"Quen ll'ora fizesse per que errasse
e que daquela paravla | por mentiral en ficasse!
*Como Jesu-Cristo fezo a San Pedro que pescasse...*
(Onde/ Quando/(ou Assim) Aconteceu/ que, um dia, estando os homens do alcaide diante dele, /falavam/comentavam sobre a mulher, dizendo que a tinham por louca e caçoavam/ escarneciam/ muito disso. Disse o alcaide: "Ah

quem lhe ora fizesse de modo que cometesse um erro e que da palavra ficasse por mentirosa!")

"Mais ei agora osmado | húa cousa, per que logo | en est' erro a metades:
fillad' esta mia sortella | e dade-lla por çevada, | que me log' aqui tragades"
E enviou dous, dizendo | a cada úu que punnasse
en lle furtar a sortella, | per que pois se ll [e] achasse.
*Como Jesu-Cristo fezo | a San Pedro que pescasse...*
"Mas/ acabei de imaginar/ imaginei agora uma coisa, para que logo a metais este erro; Tomai este meu anel e daí-lhe em troca da cevada, que me tragais aqui logo". E enviou os dois, dizendo a cada um que se esforçasse por lhe furtaro anel, Para que depois se/lhe/achasse. (...)

E eles assi fezeron; | ca forum ali correndo | e compraron-ll' a çevada
E ar deron- ll' a sortella, | que em pen[o]s a tevesse | ata que fosse pagada.
Mais non quiso úu deles | que o anel lle durasse,
ante buscou soteleza | per que llo logo furta[s]se;
*Como Jesu-Cristo fezo | a San Pedro que pescasse...*
(E, eles assim fizeram, pois foram ali correndo e compraram-lhe a cevada e, também, deram a ela o anel que o tivesse em penhor, até que fosse paga. Mas não quis um deles que o anel com ela durasse, buscou com sutileza logo furtar-lho. (...)

Ca enquanto úu deles | reçebia a çevada | que ll' a bóa moller dava,
O outro de sobr' un leyto, | hu posera a sortella | atan toste lla furtava.
E tornaron-ss' a seu dono | dizendo que ss' alegrasse,
e a sortella lle deron, | mais que os non mesturas[s]e.
*Como Jesu-Cristo fezo | a San Pedro que pescasse...*
(Pois enquanto um deles recebia a cevada que lhe dava a boa mulher, o outro, de sobre um leito onde pusera o anel, bem depressa lho furtava. E voltaram a seu dono dizendo que se alegrasse e, lhe deram o anel, mas que não os denunciasse. (...)

Outro dia o alcayde | mandou aos dous ma[n]çebos \ que enviara primeiros,
que fossen logo correndo | a aquela moller bóa | e lhe dessen seus dinneyros,
que logo a ssa sortella | mantenente lhe tornasse, e se non, que quant'avia |
a moller que llo fillasse.

*Como Jesu-Cristo fezo / a San Pedro que pescasse...*
(Outro dia o alcaide/mandou os dois mancebos que antes enviara, que fossem logo correndo àquela boa mulher e lhe dessem seus dinheiros, /e/que logo o seu anel, imediatamente, lhe trouxesse de volta, senão que tomasse a ela tudo quanto havia (possuía). (...)

Eles forum muit' aginna | e pagaron seus dynneyros | bem e muy compridamentea aquela moller bóa, | e pediron-ll' a sortella | d'ouro fin, ca non d'arente ond' a pedra foi vermelha; | [e] que [n] quer a catasse por rubi sem nulla dulta | cuydo que [a] juygasse.
*Como Jesu-Cristo fezo / a San Pedro que pescasse...*
(Eles foram bem depressa e pagaram /com/seus dinheiros muito bem e completamente àquela boa mulher, e pediram-lhe o anel de fino ouro, e não de prata, em que a pedra vermelha foi (posta) e quem quer que a olhasse, sem nenhuma dúvida, cuido(cogito, penso)que julgasse/por/rubi.(...)

A dona, quand' oyu esto, foi por fillar a sortella | dali onde a posera
mas non *achou nemigalla,* | pero a andou buscando; | e foi en gran coita fera
e rogou a un daqueles | que o alcayde rogasse
que se soffresse un pouco | atéen que [a] achasse.
*Como Jesu-Cristo fezo / a San Pedro que pescasse...*
(A dona, quando ouviu isso, foi pegar o anel ali onde o pusera, mas não encontrou nada, apesar de andar procurando; e ficou em grande sofrimento e rogou a um deles que rogasse (suplicasse) ao alcaide que se detivesse em pouco (que esperasse) até que o achasse.(...))

*Como Jesu-Cristo fezo / a San Pedro...*

A Cantiga pertence à série numerosa daquelas que se dirigiam a ricos-homens e infanções, criticando-os e punindo-os por sua avareza. O Alcayde era conhecido por seus malfeitos.

No século XIII, a forma do "virelais-vilancete" aparece notadamente consagrada nas *Cantigas de Santa Maria,* de Afonso X, o Sábio. Temos o signo religioso, Maria, impregnado do conteúdo mariano (*indicialidade*), que sinaliza toda *a simbolização,* a da *iconicidade* Maria que é a imagem que devemos ter em mente.

Os estudos de musicologia[24] são unânimes em indiciar nessas formas poético-musicais do *Cancioneiro Mariano* a influência da cultura francesa, que dominava a Europa no campo das artes. O esquema do vilancete mostra-se contaminado de paralelismo, que atravessa os séculos XIV e XV, acabando por cristalizar-se em formas consagradas. É a lírica galego-portuguesa. Assim, o estudioso conclui, esclarecendo que o lirismo dos povos românicos da Alta Idade Média alimentou-se de várias seivas. De um lado, temos o povo com seus cantares, e de outro a Igreja procurando influenciar o folclore, buscando uma arte mais requintada. *"Foi desta competição, mais tarde colaboração, entre o popular e o culto, que nasceu a arte dos trovadores".*[25]

### 3.5 As mais antigas versões – Gayancos

As origens da novela *A Donzela Teodora* trazem subsídios importantes sobre as fontes tradicionais da Península Ibérica, evidenciando a importância do elemento árabe apesar da reação católica. Nicolau atribui sua autoria a um "aragonez de nome Alfonso". Já Gayancos propõe como possibilidade Pedro Alfonso, judeu natural de Huesca, chamado Rabi Moseh, convertido ao cristianismo e batizado com o patronímico "Afonso" por ser seu padrinho o rei de Aragão D. Afonso, o Batalhador. Pedro Alfonso é o célebre autor da *Disciplina Clericalis* contos traduzidos do árabe para o latim. A seguir reproduzimos uma versão abreviada oferecida por Gayancos do argumento da redação árabe da Donzela Teodora cujo título é:

"Historia da dozela Teodora e do que aconteceu com o um astrólogo, um ulema e um poeta da corte harún ar-raxid" ou "qissar chariat tudur gua ma

---

[24] RODRIGUES LAPA, M. *Miscelânea de língua e literatura portuguesa medieval.* Rio de Janeiro: Instituto Nacional do Livro – Ministério de Educação e Cultura, 1965. p. 233.
[25] Idem, ibidem, p. 236.

cana min haditisiba maâmunachen, gua-l-áalen gua-u-nadham fi hadhati harun er-raxid"

"Um opulento mercador e droguista de Bagdad comprou uma escrava de tenra idade, e a educou com particular esmero, ensinando-lhe não só os trabalhos e prendas próprias do seu sexo, se não, também, as ciências mais abstractas e recônditas, sendo tal a sua disposição e tão grandes os seus progressos, que com grande brevidade chegou ao último grau de perfeição e sabedoria. Andando o tempo, o mercador, que tinha pela sua escrava e pupila o amor mais terno, viu-se reduzido à miséria em conseqüência de uma especulação arrojada, que lhe arrebatou de uma só vez todas as riquezas. Nestes apuros decidiu-se, depois de ter consultado a sua própria escrava e a seus amigos e parentes mais próximos, a ir oferecê-la ao Califa, e utilizar-se na sua necessidade do preço, que por ela lhe dessem. Para este fim, vestiu-a com as suas melhores roupas, adornou-a com ricas jóias, e tendo solicitado uma audiência apresentou-se com ela na côrte do Califa, expôs o motivo que ali o trazia, os vários dotes que adornavam a sua escrava, as ciências que possuía, e concluiu pedindo por ela dez mil dinheiros de ouro (dez mil dobras de bom ouro vermelho, diz a versão castelhana). O Califa, assim que viu Teodora, ficou muito cativado da sua formosura; porém parecendo-lhe exorbitante o preço que o mercador pedia por ela, propôs sujeitá-la a um exame rigoroso, oferecendo pagar por ela as dez mil dobras pedidas se saísse bem da prova, e no caso contrário dar só mil, preço que lhe pareceu justo e razoável. Aceite a proposta pelo mercador, Harún Ar-Raxid mandou logo vir à sua presença um célebre doutor e poeta chamado Ibraim (a novela castelhana chama-lhe Abraham, o Trovador) o maior letrado dos seus reinos, assim como a de outros dois, um grande teólogo e moralista, filósofo e o outro mestre nas sete artes liberais. Todos três foram vencidos pela discreta donzela na disputa ou certâmen que na presença do Califa e da sua corte se entabulou, resultando por último, um daqueles rasgos do generoso desprendimento que os escritores árabes se comprazem tanto a atribuir-lhe, renunciou à escrava e presenteou com ela o mercador".

O ilustre arabista Gayangos aponta apenas para a diferença de detalhes acidentais entre as versões árabe e castelhana: substituição tão somente de pormenores secundários, como o do mercador de Bagdad pelo mercador cristão e inverossímil da Hungria; a colocação da cena em Tunis, então popular pela conquista de Carlos V; o nome de Har'n Ar-Raxid é substituído pelo tipo lendário de miramolin Almanzor, das crônicas espanholas; as questões teológicas e metafísicas da religião mulçumana, modificadas nas fórmulas análogas do catolicismo. As questões científicas têm a mesma ordem que na redação árabe.

O texto foi muito popular na literatura espanhola e foi argumento de uma comédia de Lope de Vega, que tem o mesmo título. Pelayo faz um extrato breve do conto, que por economia de espaço não transcrevemos, mas que evidencia a analogia com algumas das perguntas e respostas da Donzela Teodora com as de outro livro, igualmente popular na Idade Média, encontrado na *Crónica Geral de Alfonso el Sabio*, além de outros. Pelayo observa as semelhanças dessas versões com o gênero de sabedoria prática, muito em voga e utilizado na educação dos príncipes, os *Aforismos e Sentenças*. (Entre outros a obra *Libro de los doce sabios e as flores de philosophia*) geralmente do reinado de São Fernando.

Transcrevemos algumas das perguntas:

– Qué es la tierra? – Fundamento del cielo, yema del mundo, guarda e madre de los frutos, cobertura del infierno, madre de los que nascen, ama de los que viven, destruymiento de todas las cosas, cillero de vidas.

– Qué es el omne? – Voluntad encarnada, fantasma del tiempo, asechador de la vida, sello de la muerte, andador del camino, huesped del lugar, alma lazrada, morador del mal tiempo.

gentes. — Qué es la fermosura? — Flor seca, bienandança carnal, cobdicia de las

As máximas nem sempre dependem de um determinado texto, embora na maioria tenham uma mesma origem e estão expressas nos mesmos termos, enquanto outras há de sentido cristão e derivadas dos moralistas clássicos. Mas o colorido, o selo asiático (árabe, sírio, persa, indiano) é o que predomina nesta saborosa e familiar doutrina, que por ter sido estudo predileto de insígnes monarcas da Idade Média, e terem descido do trono para o povo e fazer patriarcalmente a educação política das multidões, foi qualificada gráfica e expressivamente de filosofia régia.

Evidentes, são as relações desta Literatura Infantil didática com as primeiras produções da Literatura novelesca, com a qual se enlaça por suas origens, por sua tendência, por muitos elementos e até pela contínua invasão de uma em outra.

> Esta a razão de Amador de los Rios tê-las juntado sob uma denominação um tanto enfática, mas no fundo, exata, de *gênero didático simbólico*. Com variações, esses livros contêm apólogos, e alguns começam com uma fábula geral, a qual empresta certa unidade a seus capítulos, repetindo-se muito o ensinamento de sábios e filósofos que dividem a tarefa da doutrinação em outros, a parte da ficção é maior.[26]

Theophilo Braga escreve que em 1624, quando o "index" condenou o *Auto ou História da Teodora Donzela,* esta é considerada a autêntica versão original castelhana, na primeira metade do século XVIII traduzida por Carlos Ferreira Lisbonense com o título de *Auto ou Historia de Teodora Donzela, em que se trata de sua grande formossura e sabedoria* (Lisboa 1758). Sobre este conto, como referido anteriormente, o gênio de Lope de Vega criou uma das mais belas comédias e que foi continuada em Portugal em outro folheto

---
[26] Tradução nossa.

com o título: *"Acto de um certâmen político que defendeu a discreta Donzela Teodora no reino de Tunees; conttém novee conclusões de Cupido, sentenciosamente discretas e retoricamente ornadas.* (Lisboa, 1745 folhas, 14 páginas)".

Na época em que o *índex* de 1624, nos lembra Theophilo Braga, condenou o *Auto ou História de Teodora Donzela,* também o grande escritor *Tirso de Molina,* na sua comédia *El Vergonzoso en Palacio,* ao pôr na boca de um amante o elogio da sua alma, alude a este tipo proverbial: "Qué Doncella Téodor!" Depois cita Ticknor ao datar esta pequena novela como não sendo anterior à conquista de Granada, e Ferdinand Denis caracteriza as noções expressas como inteiramente medievais. A edição mais antiga conhecida pelos eruditos Gayangos y Vedia[27] é a de Burgos de 1537, in - 4º gótico, geralmente unida à História del Conde Ferran Gonzales e à de *Los Siete Infantes de Lara,* impressas no mesmo ano por Juan de Junta.

Entre as acima citadas, mais antigas versões-Gayancos, pode-se acrescentar às mais antigas versões de Gayancos, aquelas consideradas as mais belas versões de Minas Gerais, *"A Bela e a Fera"* que "é uma das mais completas". Autores, como o Prof. Lindolfo Gomes, já a ligavam ao mito de Cupido e Psique. Como A Bela e a fera nórdicas, que pode ser encontrada na bonita estória da "Terra a leste do Sol e a oeste da Lua", que também veremos.

## 3.6 Donzela Teodora em versão de Juazeiro – Brasil

Na temática tradicional, temos dois tipos de narrativas: as que pertencem à História e podem ser lidas nos livros de História de qualquer povo; outras, permanecem, graças à tradição, e constituem o autêntico romanceiro popular, tradição que se perde nos começos

---

[27] GUAYANCOS Y VEDIA. *Historia del Conde Ferran Gonzales.* Burgos, in-4º, gótico, Burgos, 1537.

do tempo: entre outras a da Donzela Teodora. Citamos a versão de José Bernardo da Silva, em edição de Juazeiro de 1964, que narra a estória conservando os elementos tradicionais conhecidos.[28]

Comprada por um húngaro, na cidade de Túnis, tornou-se a fonte de riqueza de um mercador, pois salvou-o da miséria, depois dos ensinamentos que recebeu. Pois o mercador

> Mandou ensinar primeiro
> Música e filosofia
> Ela sem mestre aprendeu
> Metafísica e astrologia
> Descrever com distinção
> História e anatomia.

O poeta popular compara-a a Salomão, por seu grande adiantamento – referindo-se aos conhecimentos científicos, filosóficos e históricos – "tocava música e cantava/ em qualquer instrumento"; também estudou as sete artes liberais, conhecia botânica e zoologia, descreve os doze signos do ano. Não se podia estranhar que todo mundo admirasse o saber da Donzela, pois o "professor que ensinou-a/ depois aprendeu com ela". Temos que o signo, Donzela, nesta versão de Juazeiro, Brasil, inscrevem os recursos específicos de organização estrutural e condeudística, que a caracterizam como variante evidente da migração do mito *Eros e Psique*. As correlações sígnicas explicitam a imposição ao leitor – receptor a necessidade de um percurso recepcional norteado pelos princípios semióticos de Peirce (fundamentar-se na obras citadas de Santaella – 1984, 1992, 1998, 2001 – sem a exclusão de outras) pela visualização da *Iconicidade*, pela abrangência dos índices (*Indicialidade*), somadas à leitura da *Simbolização* inscrita na narrativa, que justificam sua inclusão nesta *Passagem* por inúmeros portais de metamorfose.

---

[28] MOREIRA, Thiers Martis. *Literatura popular em verso. Estudos*. Rio de Janeiro: Ministério da Educação e Cultura, 1973. Tomo I.

Segue-se a interpelação dos sábios do rei Almançor a Teodora; responde ela a todas as perguntas que lhe foram feitas. Trata-se de perguntas muitas delas que se tornaram tradicionais, por serem inseridas em textos referentes a outras figuras – a de João do Grilo ou a de Camões, por exemplo – ou porque se incluem entre advinhações, que tornaram-se muito populares. Um pequeno confronto pode ser encontrado, por exemplo, entre algumas perguntas à Donzela Teodora e a João Grilo.

*Donzela Teodora*

– Donzela, qual é a coisa
que pode ser mais ligeira?
Respondeu: o pensamento
que voa de tal maneira
que vai ao cabo do mundo
num segundo que se queira.

*João Grilo:*

– Qual é a coisa no mundo
Mais rápida que o vento?
João Grilo lhe respondeu
Isto é o pensamento
Que percorre o universo
Em um pequeno pensamento.

Dois aspectos são importantes e interessantes de se observar quando se atenta para o texto da Donzela, quanto à caracterização da beleza feminina feita por ela: um definindo a mulher formosa como de sobrancelhas, olhos e cabelos negros, brancos os dentes e as faces, compridos os dedos das mãos, o pescoço e a cintura, cútis, gengivas e lábios rosados, pequeno o nariz, a boca, e o pé, largos os ombros e as cadeiras; outro, identificar neste tipo de beleza Nossa Senhora pois, tais "sinais, teve-os todos, uma Virgem de Nazaré".

## 3.7 Theophilo Braga: *romance de Dom Martinho*

Theophilo Braga[29] no seu *Romanceiro Geral* titulava-a *Romance de Dom Martinho,* referindo que nas rodas da Ilha da Madei-

---

[29] BRAGA, Theophilo. *O povo português nos seus costumes, crenças e tradições.* Lisboa: Publicações Dom Quixote, 1986. t. II. p. 466.

ra o herdeiro da coroa francesa quase morre de paixão pelo "fidalgo de olhos de moça". Final apaziguador, segundo os bons costumes, depois das peripécias temperadas de malícia e de interdito.

Cita uma continuação ou imitação feita em português com o título: "auto de un certamen politico que defendeu a discreta donzella Theodora no reino de Tunes; contém nove conclusões de cupido, setenciosamente discretas e rhetoricamente ornadas".

Nosso Mestre-Guia neste percurso analisando o conto informa que seu estilo contém todas as características do século XIV (se é que não pertence ao fim do século XIII) e em todo o conteúdo adequa-se aos textos de *As mil e uma noites* modernamente impressos em Bulac e Beirut, além de outro atribuído a *Abu Bequer Al – Warrac*, célebre escritor do segundo século da Hégira, *historia de la doncella Teodor y de lo que le aconteció con un estrellero, un ulema y un poeta en la corte de Bagdad.*

A origem literária da novela *A donzela Teodora* é importante para o entendimento das fontes tradicionais da península, em que o elemento árabe é fundamental apesar de todos os esforços da reação católica. Em 1732, constituíam a literatura de cordel, Theophilo Braga[30] registra que em Portugal o povo só começou a ter vida Política nos concelhos, a partir das garantias estabelecidas nas *Cartas de Foral*, o que permitiu a existência de uma poesia lírica fecunda e tão bela que o que penetrou nos cancioneiros aristocráticos por imitação não tem nada que o exceda nos cancioneiros da Idade Média da Europa. No século XV o povo apresenta seus cânticos festivos e, no século XVI, surge a mais fecunda literatura portuguesa. Esta época é conhecida pelo nome de Quinhentista, rivalizando quase com a Itália. A literatura portuguesa inspirada teve seus *autos ou dramas hieráticos, trovas ou composições épicas e líricas, com as relações ou*

---

[30] BRAGA, Theophilo. Op. cit. (nota 29), p. 317 et seq.

*pequenas narrativas históricas* como as belas descrições dos naufrágios na busca do caminho para as Índias. Basta citar Gil Vicente, António Ribeiro Chiado, Sá de Miranda, Jorge Ferreira, que se inspiraram diretamente nas tradições populares. Esta literatura pela sua forma material de folha volante, chamada pelos espanhóis como *"pliego" suelto*, forma uma literatura especial e à qual se deu em Portugal o nome pitoresco de literatura de cordel, também muito amada no Brasil.

No século XVIII conservam-se no gosto popular os velhos autores das folhas volantes, Gil Vicente, Afonso Álvares, Baltasar Dias, Gomes de Santo Estevão e Gonçalo Fernandes Trancoso, mas também surgem novos escritores aclamados pela moral ingênua dos simples; Theophilo Braga os enumera: António José da Silva, Alexandre António Lima, Diogo da Costa, José Daniel, António Xavier e Jerónimo Moreira de Carvalho. Traduziram velhos autos, entre os quais o *Auto ou História de Teodora Donzela, proibido no index expurgatório de 1624*, foram novamente traduzidos para maior assimilação popular. Em 1735, Carlos Ferreira Lisbonense traduz, como fizera Moreira, a *História da Donzela Teodora*, ao qual seguiu-se em 1745, *Acto do Certâmen Político da Donzela Teodora, que se supõe ser o original português*.

Diante destes últimos exemplos, envolvendo romances e rimances, cantigas e vilancetes, Straparolla, Afonso X, o Sábio, Gayancos, Trancoso, são rios correntes, que durante o cadinho do tempo, com suas mesclas, resultaram, por exemplo, na *Donzella Teodora,* versão de Juazeiro, Brasil.

O núcleo, em comum, é a firmeza, a vontade forte, o caráter escorreito de mulheres, que não se atemorizaram nem diante dos representantes do Poder, nem diante das ameaças dos vilões, mas lutaram (*ipsis litterae*) empunhando armas de guerra, quer valeram-se da verdade, da força das palavras que brotam da honestidade, enfim, de valores universais de justiça e de amor.

## B – Resgates de forma – séculos XIX e XX
### 3.8 Antonio Torrado – *Donzela que vai à guerra*[31]

Damos o nome de resgates de forma aos textos que retomam um texto primeiro, o proto-texto, e neste caso, a escolha para a devolução textual recaiu na forma de *paráfrase*. Esta por sua vez poderia ser em diversas sub-formas. No caso, o autor preferiu a *pará-*

---
[31] TORRADO, António. Il. Daisy Startari. *Donzela que vai à guerra*. Aparecida / São Paulo: Ed. Vale Livros / Santuário, 1994. Série Santa Maria, Pinta e Nina.

*frase em estilização*, a que na proposta de Affonso Romano de Sant' Anna:[32] "para-phrasis que já no grego significava: continuidade ou repetição de uma sentença".

Temos dois eixos, o parafrásico e o parodístico: este situa-se ao lado do novo e do diferente e, o outro, o parafrásico, permanece na semelhança, na igualdade, da continuidade. Colocando-se frente ao estilo, Affonso Romano de Sant'Anna fala de efeito, mais o pró-efeito (paráfrase) e contra-efeito (paródia). Contrariando a colocação de Bakhtin e Tynianov, o teórico propõe que a *estilização seria o meio, o artifício (= técnica) e a paródia e a paráfrase são o fim, o resultado (= efeito)*. Outra proposta é a de pensar-se no desvio, e no caso, a paráfrase seria um desvio mínimo em relação ao primeiro texto ou prototexto, a estilização, um desvio tolerável e a paródia um desvio total. E o autor prossegue: "A diferença entre esses termos está em que a paródia deforma, a paráfrase conforma e a estilização reforma". Finalizando, acrescentamos que a estilização alinha-se, portanto, ao lado da paráfrase e a apropriação, ao lado da paródia. Em linhas gerais para este contexto, podemos, então, classificar a obra de António Torrado como *estilização*. É um *Rimance, no caso um rimance* popular na proposta de António José Saraiva.[33] "*Rimance*" se reserve para as narrativas populares em verso (rimance da *Nau Catrineta, por ex.*), que a palavra *Romanço* se reserve para a língua falada popularmente na Romênia (em oposição ao latim); que a palavra *Romance* se use no seu sentido mais corrente, tradução do espanhol "novela" e do francês "roman".

---

[32] SANT'ANNA, Affonso Romano de. *Paródia, paráfrase & Cia*. 4. ed. São Paulo: Ática, 1991. Série Princípios.
[33] SARAIVA, António José. *História da literatura portuguesa*. 8. ed. rev. Lisboa: Publicações Europa-América, 1963.

Torrado elege a versão de Garrett, conferindo à sua Donzela cativante acento musical, e naturalmente poético. Escreve Torrado:[34]

> Ao longo de quinhentos anos a Donzela teve muitos cultores e enamorados não haverá dúvida se compulsarmos as múltiplas versões, numa D. Martinho, noutras D. Carlos... Na mais longa, a do *Romanceiro Geral* de Theophilo Braga, fixação do "Romance Dom Martinho", como na ilha da Madeira era cantado, o filho do rei de França (...). Abreviando, nuns casos, e acrescentando noutros para manter a unidade rítmica, recompôs-se discretamente o poema o que também não há que levar a mal, dada a intenção do livrinho. Romance, para ser lido por crianças e adolescentes, enfim por todos, ou para lhes ser lido, como dantes, em pura oralidade, seria recitado nos remotos serões, para enleio dos mais novos, fertilizando-lhes a memória, moldando-os à música da palavra, este poema da *Donzela que vai à guerra*, tão do nosso tempo na recusa de uma feminilidade subalternizante (...).

Que pulsão rítmica confere a musicalidade, ao diálogo das filhas, Duardos, Guiomar, cujas falas são estrofes de dois versos, portanto dísticos ou parelhas, com rimas alternadas, encadeadas ou entrelaçadas (*abab*), em isomorfia, produzindo pulsação binária que lembra o ruflar de tambores como incitação à guerra. Seguindo-se ao diálogo:

> E Guiomar lá foi para a guerra  Sete anos andou na guerra
> Entre França e Aragão  com o nome de Dom João
> vestida de suas armas, conde  Daros, de olhos claros
> montada em seu alazão.  valente como os que o são.

O sistema semiótico elaborado apresenta diversidade nos seus sistemas simbólicos, em que entram em diálogo a linguagem, no caso a poética, na qual o ritmo binário e a rima forte remetem ao marchar dos batalhões. Trata-se de um rimance; este compreende, também,

---

[34] TORRADO, António. Op. cit. (nota 31), p. 22.

tanto pelo verbal, quanto pelo texto imagético com ilustrações a cores, texto histórico, espacial (entre França e Aragão). Esta complexidade das relações dos signos exige, por sua vez, competência na leitura da mensagem, e dos elementos constitutivos sociais e discurvivos integrantes deste rimance.

Temos três soldados com as armaduras de época, cota, capacete, lança, espada montados em ótimas montarias, a galope. Vestuário em verde claro, destacando-se da cor de suas montarias que variam do corcel branco para o cinza e o castanho claro.

A paisagem é de um verde em escala do claro ao escuro, linha sinuosa do horizonte identificando a pouca sinuosidade, campo aberto em suaves colinas. Do verde destacam-se em branco bordejado por marrom claro, rolos sobre rolos de nítida brancura, índices do galope desenfreado (basta atentar para as crinas erguidas, ondulantes; as patas dianteiras dos cavalos, dobradas, e erguidas no ar) como que paralisadas por flashes dos possíveis espectadores da cena. Arreios ajaezados, seguros em mãos enluvadas de seus soldados-cavaleiros indiciando, por sua vez, exércitos bem formados, de nobre comando.

O sol em céu de poucas nuvens ainda não está em posição próxima do meio-dia. Há um entrelaçamento de sistemas simbólicos (ilustrações, cores, poético, vestuário, espacial) compondo a eficácia da comunicação, que recupera na contemporaneidade guerras de séculos passados. Comunicação reveladora da preocupação com sua recepção, no caso, leitores infantis e juvenis. A tessitura dessas redes sígnicas, promove, assegura o interesse do leitor. Cada dupla página soma-se à anterior, despertando a curiosidade, o interesse pelo episódio histórico tão cantado e celebrado da Donzela que vai à guerra. Vamos analisar mais alguns painéis: Dom Marcos, o capitão apaixona-se por tão belos olhos e fala aos pais que lhe dão conselhos para o desvendamento da dúvida. O refrão ponteia a emoção:

Senhor Pai, senhora mãe
grande dor de coração,
que os olhos do conde Daros
são de mulher, de homem não.

As ilustrações a cores são em tons alegres, vivos, detonando imagens no leitor impregnadas de vida, burburinho: ocupam ora folhas duplas, ora recortes, em diagramação variada que alterna planos e perspectivas.

A leitura semiótica prossegue, por exemplo (p. 18 e 19), conferir pranchas, com a ilustração em página dupla, em que vemos como moldura, quase no limite superior da dupla página, uma árvore em tons pastéis do marrom, bege, onde um galho torna-se moldura desse plano superior. No limite inferior, o jovem está ajoelhado em relva verde, em escala de tons do verde forte ao mais claro. À esquerda a cena é ocupada por Dom Marcos que convidara a donzela para com ele nadar. O lago penetra esse relvado alargando-se e ocupando toda a página da direita, onde vemos, em círculos concêntricos, o movimento da água provocado pela imersão da donzela. Esta, de braços erguidos sustentando os cabelos, aparece desnuda até a linha do busto que se destaca generoso e arredondado. Reitera-se, para o leitor, a elaboração semiótica complexa deste rimance, onde as *palavras*:

A donzela enamorada
começou-se a desnudar...
Alvos ombros, alvos braços
e as faces a rosear...
Dom Marcos, que a olhava,
não parava de a olhar,
pois Dom João se despia
e descobria Guiomar.

*Cores, composição diagramática, roupas (armaduras de época), dados históricos, ilustração,* constituem um interdiscurso aberto à leitura crítica, minuciosa, de uma época em que os papéis femininos e masculinos eram completamente demarcados. Tornando mais atraente o registro de muitas "donzelas guerreiras" que não hesitaram em afrontar os mandamentos de sua época em nome do que consideravam defesa da honra, ou de outros valores maiores. Esta Donzela faz a ponte entre a pura oralidade (recitada nos longínquos serões de remotos tempos) e o acento poético de um português contemporâneo, e a firmeza da Donzela, em postura tão atual em sua recusa a uma feminilidade subalternizante.

### 3.9 Luiz Galdino[35] – *Viagem ao reino das sombras* (Romance)

Na página de rosto da obra vem explicitado "Mito de Eros e Psique" reescrito por Luiz Galdino. Mas, para melhor precisarmos essa colocação, nossa leitura reflexiva direciona para uma reescrita sim, porém, com várias liberdades. Assim, podemos classificá-la como "Resgate de Forma", mas não em Paráfrase, pois o prototexto não é repetido no todo e em extensão, nem Paródia, pelo fato de o texto referido não sofrer deformações ou reformas. Optamos, assim, propor como "romance", narrativa em prosa, mas na forma de Resgate em Apropriação. Consideremos:

---

[35] GALDINO, Luiz. *Viagem ao reino das sombras.* Il. Rogério Borges. São Paulo: FTD, 1987. Coleção Aventuras Mitológicas.

O início assemelha-se, pois pais têm três filhas, sendo a mais nova de beleza incomum. Logo sua fama espalha-se e passam a venerá-la como se deusa fosse. Foi o quanto bastou para que Afrodite recebesse essa admiração como afronta a si própria e pede a Eros que vá providenciar para que Psique se apaixonasse pela mais vil das criaturas. Ora, o próprio Eros ao ver a jovem sente-se tomado de grande paixão e amor. Desobedece à deusa e à sua mãe. A partir daí a narrativa apresenta suas licenças que fogem ao texto original.

- Eros irá preveni-la de que uma desgraça irá se abater sobre eles. Mas sua insistência arranca a permissão de trazer as irmãs até o castelo. No mito elas logo manifestam (pelo narrador) a inveja que sentem. Galdino faz com que a dor das irmãs por ela a comova. Perguntam quem era seu esposo, ela inventa respostas. As duas imediatamente desfilam pormenores que o apontam como horrenda serpente. Ela porém só sente felicidade na companhia fraterna. Presenteia-as com várias preciosas jóias. Quando regressam, as duas róem-se de inveja. Chegam à conclusão de que precisam vingar-se. Psique pede a Eros que a deixe vê-las mais vezes. Escreve Galdino:

– Já não basta a proibição de olhar o seu rosto?! Agora, estou também proibida de ver minhas irmãs, que tanto amo?

• Interrogada pelas irmãs, acaba convencendo-se de que na verdade nada sabia do esposo. Ele bem que a poderia devorar a qualquer momento. Então cede, mune-se da lâmpada e de uma faca. Aqui, o resgate parafraseia o mito. Cai a gota fervente de azeite sobre o belo jovem.

• Ele desaparece, e da escuridão, aos pedidos de perdão, Psique só ouve a voz magoada que se despede: – Não há amor sem confiança!

O resgate realiza forte síntese, a jovem compreende que vivera com o próprio deus do amor. Promete reencontrá-lo e jura seu amor por ele.

• Eros vai até Afrodite, mas esta se recusa a curá-lo. Psique implora à deusa que a perdoe, que a ajude. Mas só recebe uma recusa. Psique não o ama mais.

• Psique é submetida às provas: separar os grãos de variados cereais em montes; viu-se impossibilitada de realizar tão difícil tarefa. Verdadeiras ondas de formigas realizaram a separação rigorosa dos grãos segundo sua espécie. Tem que ir até o carneiro de lã de fios de ouro. Os caniços apiedados de seu sofrimento lhe dão todo o auxílio e ela realiza a tarefa.

• Foi obrigada a buscar um frasco com água do ameaçador Rio Estige. Quem a auxilia desta vez é uma enorme águia.

- A última missão seria descer ao Hades, ao reino das sombras, para onde vão somente os mortos. Diante da Rainha Perséfone, deveria convencê-la a trazer numa caixa, um pouco de sua beleza. Faz a travessia e segue as instruções da Torre que a ajuda. Quase tendo realizado a tarefa, ao invés de seguir as instruções, abre a caixa por curiosidade, e principia a transformar-se em pedra... motivada por sua enorme curiosidade... ela é tomada por um sono de morte.
- O final parafraseia o mito. Eros pressente o perigo mortal que ameaça a amada e corre a salvá-la do sono pétreo. Envia-a para a mãe e pede a Zeus que os proteja. Consegue o perdão por seus erros e faltas; Psique alimenta-se de ambrosia, torna-se uma imortal e assim realiza-se o casamento dos dois. No mito ela está grávida e nasce-lhe uma filha que receberá o nome de Volúpia.

## 3.10 Domingos Olympio[36] – *Luzia-Homem* (Romance)

Este romance do realismo naturalista foi escrito em 1903. É um dos marcos do regionalismo nordestino. É elucidativo citar as paisagens – quadros, os tipos característicos de realização técnica aprimorada. Os lances dramáticos, a degeneração humana desencadeada e alimentada pelo agreste hostil. O núcleo do romance é Luzia-Homem: retirante nordestina e motor das paixões dos instintos de seus contendores que lutam por ganhar seu amor.

A linguagem merece estudo à parte quer pela contribuição de formas populares, variantes e outras.

Eis como temos a apresentação da personagem Luzia-Homem:[37]

---

[36] OLYMPIO, Domingos Braga. *Luzia-Homem*. 9. ed. São Paulo: Ática, 1983. Série Bom Livro.
[37] Idem, ibidem, p. 13 e 16.

Passou por mim uma mulher, extraordinária, carregando uma parede na cabeça. Era Luzia, conduzindo para a obra, arrumados sobre uma tábua, cinqüenta tijolos.

Entre seus atributos estão os belos cabelos chegando até o chão, o fato de ser mulher casta, toma banho ao alvorecer, é moça-donzela. Seu pai orgulhava-se de que ela valia por muitos homens, pela força fora do comum. Exercia o ofício de carregador nas obras do governo na frente de trabalho retirante de Sobral.

Ou já indiciando a mulher-homem:

Você está... mas é fisgado pela macho e fêmea arriscou o camarada Belota que lhe ouvia a confidênia – Aquilo tem mandinga... Quem sabe não te enfeitiçou!... Olha que ela tem uns olhos que furam a gente... E então aquela cabeleira... Acho melhor pedir a Chica Seridó uma oração forte para desmanchar quebrantos e fechar o corpo contra mau olhado.

Há todo um campo semântico ligado ao CABELO. Desde a presença significativa entre as tribos do Brasil, quanto de outras regiões. O cabelo em si, ou suas aparas, revestem-se de simbolismo correlacionado com as condições biológicas do ser humano e suas dimensões culturais. Suprimir, cortar o cabelo, pode figurar como castigo, penalidade e outros. Há mesmo o ritual em que a mulher, que vê os zunidores (os espíritos), quer em seu confinamento, seja fora, ter os cabelos arrancados pelas demais mulheres. As mulheres sempre foram, pelos primitivos, alvo de raptos, agressões.

Toda uma dimensão psicanalítica ligada a impulsos sexuais e sua repressão, à exaltação do super ego, envolvem, também, a antropologia quanto ao elo cabelo-sexualidade em muitos estudos.

No caso dos Romances, Rimances temos a ocultação dos atributos femininos, ocultação necessária para o disfarce e transmutação da Donzela em guerreiro. No caso de Luzia-Homem, é tentada a cortar os lindos cabelos, pois já lhe tinham feito a proposta, recusada, mas que a atraía pois lhe daria o dinheiro necessário para livrar o homem amado da cadeia. Outros atributos das mulheres guerreiras são os olhos, os quais cativarão seus amados, causando confusão, por sua profunda impressividade. A destreza no combate, o destemor, a coragem, a habilidade no manejo das armas, e neste caso o uso da força em sua lide diária. *Luzia-Homem* inscreve-se sem dúvida como herdeira de Psique.

## 3.11 Guimarães Rosa[38] – *Grande sertão – veredas* (Romance)

*Observações*

- Optamos por não citar a fonte, em nota de rodapé, todas as vezes que falarmos de Diadorim; preferimos registrar apenas a página na própria citação. Também o sublinhado que aparece nas citações é grifo nosso.

*Romances*

Diadorim viverá em si o mistério da queda na dualidade, o mistério da criação, a *transformação do um no dois*.

Entre as "donzelas guerreiras", não poderia ficar ausente a figura de Diadorim, um dos núcleos composto de forma ímpar por nosso romancista maior Guimarães Rosa. Não falta o diálogo, em vários momentos da negativa, da ocultação dos predicados femininos, durante todo o livro, para a exceção concretizar-se no final em forte estilo roseano, os jogos de sedução, o sofrimento de Riobaldo nascido como ele mesmo diz: "Explico ao senhor: o diabo vige dentro do homem, os crespos do homem – ou é o homem arruinado, ou o homem dos avessos. Ou quando várias vezes afirma: – Viver é muito perigoso...".

Quando fala a primeira vez de Diadorim:[39]

> Eu queria morrer pensando em meu amigo Diadorim, *mano-oh-mano*, que estava na Serra do Pau-d'Arco, quase na divisa baiana, com nossa outra

---
[38] ROSA, João Guimarães. *Grande sertão:* veredas 10. ed. Rio de Janeiro: José Olympio, 1976.
[39] Idem, ibidem, p. 19 e 22.

metade dos zôcandelários... Com meu amigo Diadorim me abraçava, sentimento meu ia-voava reto para ele... Ai, arre, mas: que esta minha boca não tem ordem nenhuma. Estou contando fora, coisas divagadas.

Ou mais adiante

De mim, pessoa, vivo para minha mulher, que tudo modo-melhor merece, para a devoção. Bem querer de minha mulher foi que me auxiliou, rezas dela, graças. Amor vem de amor. Digo. Em Diadorim, penso também – mas Diadorim é a minha neblina...

Logo depois, Riobaldo em suas divagações vai falar com embelezamento: dos altos claros das Almas, dos rios despenhando com afã em espuma próspero; dos tombos das cachoeiras, do cio da tigre preta na Serra do Tatu, da gargaragem de onça, da garoa rebrilhante, neblim que chamam de chererém e concluir "Quem me ensinou a apreciar essas as belezas sem dono foi Diadorim...".

– Eu estava todo o tempo quase com Diadorim.
Diadorim e eu, nós dois. A gente dava passeios. Com assim a gente se diferenciava dos outros – porque jagunço não é muito de conversa continuada nem de amizades estreitas: (...) Diadorim me pôs o rastro dele para sempre em todas essas quisquilhas da natureza.

O negaceio sentindo não desejando sentir, vendo sem querer ver, a clareza da atração se impondo, mas ele Riobaldo dando um basta. São momentos de lírica, de épica, de entremeios de rara beleza e força. Na página 121, Diadorim abriu-se em confidência, contando que ele era menino e Riobaldo também, e desde esse dia os dois eram amigos. E meu nome verdadeiro é Diadorim, guarda esse nome. E ele deu-me a mão, e com ela certezas. E então fala dos *Olhos*. Tal como em todas as Donzelas Guerreiras.

Enfim a revelação, chegada com os acontecimentos da dura peleja, das muitas mortes, dentre elas a de Diadorim. Aqui transcrevo. Não lograrei o leitor de sentir as três categorias primeiridade, secundidade e terceiridade, espoucando feito fogo de artifício nesta cena magistral.[40]

E a beleza dele permanecia, só permanecia mas impossivelmente. A mulher mandou todo mundo sair. Eu fiquei. E a Mulher apanhou brandamente a cabeça... Não me mostrou de propósito o corpo. E disse... Diadorim – nu de tudo. E ela disse:

– "A Deus dada. Pobrezinha...".
E disse. Eu conheci! Como em todo antes eu não contei ao senhor e mecê peço: – mas para o senhor divulgar comigo, a par, justo o travo de tanto segredo, sabendo somente no átimo em que eu também só soube... Que Diadorim era o corpo de uma mulher, moça perfeita... Estarreci. A dor não pode mais do que a surpresa. A côice d'arma, de coronha... (...) Uivei. Diabo! Diadorim era uma mulher. Diadorim era uma mulher como o sol não acende a água do rio Urucúia, como eu solucei meu desespero. (...) Mas aqueles olhos eu beijei, e as faces, a boca. (...)
– "Meu amor".
Foi assim. Eu me tinha debruçado na janela, para poder não presenciar o mundo".

Passamos, agora, a ter como apoio teórico Lúcia Santaella:[41]

Peirce dividiu os ícones em ícone puro e signos icônicos ou hipoícones, que se subdividem em imagem, diagrama e metáfora. Esta subdivisão foi sistematicamente explicitada por Peirce, tendo-se tornado bastante conhecida e explorada neste século.

Santaella nos informou em outras oportunidades, dos diferentes aspectos do ícone, pois há três níveis de iconicidade que se apresentam em seis subníveis, que vão do ícone puro à metáfora. Essa

---

[40] Idem, ibidem, p. 452-4.
[41] SANTAELLA, Lúcia; NÖTH, Winfried. *Imagem – Cognição, semiótica, mídia*. São Paulo: Iluminuras, 1998. p. 60 et seq.

variedade é fundamental devido às várias modalidades das imagens: perspectivas, óticas, gráficas, mentais e verbais.

No momento, nos interessa, dentre os três níveis de iconicidade, na lição de Santaella[42] o nível 1.1 *Ícone puro*; o 1.2 *Ícone atual*; e 1.3 *Hipoícones*. Passamos à sua descrição, nas palavras da Mestra:

> O nível dos signos icônicos ou hipoícones foi sistematizado por Peirce em três subníveis. Diferentemente dos níveis anteriores, estes agem propriamente como signos porque representam algo, sendo, portanto, intrinsecamente triádicos (...).Os subníveis são: (1.3.1) a imagem propriamente dita, (1.3.2) o diagrama e (1.3.3.) a metáfora, os quais Peirce definiu do seguinte modo: 1.3.1. As imagens propriamente ditas participam de simples qualidades ou Primeiras Primeiridades.

Essa definição de imagem se traduz (Santaella) em "primeiras primeiridades" por similaridade na aparência; e pode ser denominada hipoícone (C.P. 2.276)[43]

1.3.2 Os diagramas representam as relações – principalmente relações diádicas ou relações assim consideradas – das partes de uma coisa, utilizando-se de relações análogas em suas próprias partes. Assim sendo, os diagramas representam por similaridade nas relações internas entre signo e objeto (gráficos de qualquer espécie, por exemplo).

1.3.3 As metáforas representam o caráter representativo de um signo trançando-lhe um paralelismo com algo diverso (C.P. 2.277). É por isso que a metáfora faz um paralelo entre o caráter representativo do signo, isto é, seu significado, e algo diverso dele. Em síntese, pode-se afirmar que a imagem é uma similaridade na aparência, o diagrama, nas relações, e a metáfora, no significado. Pela lógica peirciana, no entanto, quando passamos da imagem para o diagrama, este embute aquela, assim coma metáfora engloba, dentro de si, tanto o diagrama quanto a imagem.

---

[42] Idem, ibidem, p. 60-2.

[43] C.P. 97, lembramos, refere-se aos documentos deixados por Charles Sanders Peirce, que ficaram conhecidos como *Collected Papers*, recebendo a numeração que lhe corresponde.

Podemos, com Santaella, fazer notar, que as cintilações conotativas da metáfora produzam nítidos efeitos imagéticos, assim como a metáfora engendra num processo de condensação tipicamente diagramático. A Mestra refere que a lógica de encapsulamento dos níveis mais simples pelo mais complexo também vai ocorrer nas relações entre o ícone, índice e símbolo. Daí que a relação entre o símbolo e seu objeto se dá por meio de uma mediação, normalmente uma associação de idéias que opera de modo a fazer com que o símbolo seja interpretado como se referindo àquele objeto.

Passemos, agora, a considerar as "figurações". Porém, antes, citaremos momentos em que o pensamento é fortemente diagramático nas figurações de Guimarães Rosa, nas falas entre Riobaldo e Diadorim. Citamos:

Riobaldo[44]

> Diadorim e eu, nós dois. A gente dava passeios.Com assim, a gente se diferenciava dos outros – porque jagunço não é muito de conversa continuada nem de amizades estreitas: (...) Diadorim, duro sério, tão bonito, no relume das brasas. Quase que a gente não abria a boca; *mas era um delém que me tirava para ele* – o irremediável extenso da vida.

Na obra maior de Nilce Sant'Anna Martins, *O léxico de Guimarães Rosa,*[45] encontramos a oração "Quase que a gente não abria a boca; *mas era um delém que me atirava para ele*. ND atração, sentimento amoroso.// Neologismo do autor, provável variação de dlém, onom. de sino. [O toque do sino é freqüentemente comparado ao bater do coração.]"

---

[44] ROSA, João Guimarães. *Grande sertão:* veredas. 10. ed., Rio de Janeiro: J. Olympio, 1976. p. 25.
[45] MARTINS, Nilce Sant'Anna. *O léxico de Guimarães Rosa.* 2. ed. São Paulo: Edusp, 2001. p. 151. (o grifo na citação é nosso).

A Prof.ª Nilce S. Martins acrescenta no verbete, que F. Utéza, estudando o passo em que aparece o vocativo, diz que a presença de Diadorim adquire a força de um imã, e nota no neologismo "delém" um eco de delícia, da raiz latina de delenio, "encantar", "amenizar", "apaziguar".

Também, no já citado *Imagem,* de Santaella, fica explicitado que as imagens verbais abrangem dois sentidos: como linguagem figurada, metafórica, ou no sentido empregado por Wittgenstein em seu *Tratactus*[46] ao conceituar proposição como um "retrato", "figuração" (*picture*) da realidade, "um modelo da realidade pois tem em comum com essa realidade (o afigurado), "forma da afiguração".

É dado destaque para a necessidade de termos presente a escrita musical, que parece ao primeiro olhar, ser figuração da música, e nossa escrita fonética (letras), figuração da linguagem falada, embora no sentido comum essas figurações simbólicas se apresentem como figurações do que representam.

Como citamos acima, a expressão *Mano-Oh-Mão p. 19-20,* segundo Nilce S. Martins,[47] é variação de mano-oh-mano, expressão afetiva para "eu queria morrer pensando em meu amigo Diadorim, mano-oh-mano" *GSV\** designar pessoa estimada como irmão. *Mão é variação de irmão.*

Santaella, citando Wittgenstein, insiste em que não se pode confundir *figurações* (*pictures*) com imagens gráficas, no sentido literal. Mas, antes, trata-se de *isomorfismos, homologias estruturais, forma simbólicas,* que obedecem a um sistema de regras tradutórias, homologias estruturais, formas simbólicas, os chamados *"espaços lógicos", ou "figuração lógica dos fatos"*. Próxima destas noções de

---

[46] WITTGENSTEIN, Ludwig (1922) 1971. *Tratactus lógico-philosophicus*. London: Routledge & Kegan, apud SANTAELLA, nota 74.
[47] MARTINS, Nilce Sant'Anna. Op. cit., p. 320.
\* Grande Sertão Veredas.

diagrama (Wittgenstein) encontra-se a noção de diagrama em Peirce, ou ícones diagramáticos, noções essas fundamentais no raciocínio e linguagem matemáticos e lógicos. Com Peirce, coloca Santaella, pode-se afirmar que todo pensamento é diagramático. Deduz-se dos CP* 4.544, que "sem os ícones, seria impossível captar as formas da 'síntese dos elementos do pensamento'". Trata-se do processo que ocorre quando compreendemos um enunciado. "O entendimento, explica Santaella, não se dá palavra por palavra, mas na captação da forma sintática, diagrama sintético dos elementos frásicos". O Modernismo, por exemplo, trouxe-nos na literatura a culminância lógica, pois poemas inteiros passaram a serem vistos/entendidos como imagens ou ícones verbais. Desta nova concepção é que surgiu a tríade de Ezra Pound[48] sobre os modos da poesia: melopéia, fanopéia e logopéia. E é na qualidade imagética da palavra escrita, de uma rara e inovadora poeticidade em Guimarães Rosa, que explicam estas nossas colocações e citações.

Prosseguindo, recortamos a afirmação: "E eu bem que já estava tomando afeição àquele diabrim" (p. 343).

Segundo Martins, diabrim é diminutivo de diabo ou, possível troca do sufixo -ete (de diabrete) por im. Conotação carinhosa.

– mas Diadorim é a minha neblina. Martins aponta para a variação neblim.

"os jagunços meus, os riobaldos, raça de Urutu-Branco" (p. 385).

Os exemplos acima são – figurações – formas simbólicas também chamadas espaços lógicos, sob um sistema de regras tradutórias. Lembrando a proximidade com a noção de diagrama em Peirce: são ícones diagramáticos que também constituem os padrões sintáticos, neste caso, na linguagem verbal. O sentido se dá na apreensão da forma sintática, diagrama sintético dos elementos frásicos. Em Gui-

---

* Collected Papers = CP.
[48] POUND, Ezra. ABC da Literatura. 3. ed. São Paulo: Ed. Cultrix, 1977.

marães Rosa temos fortíssima qualidade imagética da palavra escrita, que lhe confere grau "sui generis" de poeticidade. Também, para nós, não se pode ignorar a altíssima musicalidade do estilo roseano. A melopéia, a fanopéia e a logopéia poundianas, portanto as propriedades musicais de som e de ritmo conduzindo o sentido, o entendimento enlaçando as palavras, e a trama imagética é projetada na mente.

Passamos, agora, a referir a metalinguagem e a intratextualidade do mito *Eros e Psique* em *Grande Sertão Veredas*. Como nos *Romanceiros*, a ocultação da feminilidade, embora presente na contemplação de Diadorim, da natureza, nas filigranas de seu modo de sentir a vida, e os instantes, intensamente expressos em sua fala. Física, gestual, comportamental é o feminino emitindo seu alarme. Assim elencamos, não de forma total, mas apenas a título de exemplo:

### Olhos

...que vontade de pôr meus dedos, de leve, o leve nos meigos *olhos* dele, ocultando, para não ter de tolerar de ver assim o chamado, até que ponto esses *olhos*, sempre havendo, aquela beleza verde, me adoecido, tão impossível. (p. 38).

Mas Diadorim? De olhos agarrados: nós dois (p. 65).

Era o Menino! O Menino, senhor sim, aquele do porto do de-Janeiro, (...) E ele se chegou, deu do banco me levantei. Os *olhos* verdes, semelhantes grandes, o lembrável das compridas pestanas, a boca melhor bonita, o nariz fino, afiladinho (...) (p. 107).

O calor do dia abrandava. Naqueles *olhos* e tanto do Diadorim, o verde mudava sempre, como a água de todos os rios em sus lugares ensombrados. (p. 219).

### Mão-abraço

Ao que Diadorim me deu a *mão*, que malamal aceitei (p. 182).

E ele me deu a *mão*. Daquela *mão*, eu recebia certezas (p. 121).

Diadorim exclamou, se abraçou comigo. Parecia uma criança pequena naquela bela resumida satisfação.

> Mas, com minha mente, eu abraçava com meu corpo aquele Diadorim que não era verdade. Não Era?
> Que Diadorim era o corpo de uma mulher, moça perfeita...Estarreci.
> A dor não pode mais do que a surpresa. A coice d'arma, de coronha...

E como as Donzelas Guerreiras dos Romanceiros e dos Rimances, Diadorim combateu como "*homem humano a Travessia* "[49] (p. 460).

Assim pelas leis de correspondências e analogias, a lógica da correlação, levantamos os processos relacionais, entre o mito grego e o mitopoético da Vereda de Guimarães Rosa.

## 3.12 Do mito ao conto erudito – *Maria Gomes* – Ricardo Azevedo

Resgate de forma – Quadro comparativo dos relatos

I – Ciclo dos peixes encantados e benfeitores

II – Peripécias temperadas de malícia e interdito

– Em Portugal temos o conto "Sardinha", do Algarve, recolhido por Teóphilo Braga 14. p. 36.
– 15. v. No Brasil, Bahia, "Biacão".

*Maria Gomes*: Resgate do mito *Eros e Psique* em forma de Conto Erudito, prosa poética encantada e recontada de um conto popular por Ricardo Azevedo. O conto popular, em sua fonte última, é de tradição popular brasileira, via oralidade. *Temática central:* Pescador velho, sem recursos, faz trato com Voz Misteriosa. Barganha no escuro.

---

[49] O artigo "a" foi acréscimo licença nossa, justificando o paralelismo com as Donzelas Guerreiras.

Na coleção *Histórias de encantamento*, Ricardo Azevedo recria a Forma Simples com o título *Maria Gomes, versão de um conto popular*, indicando assim, sua intenção não de reprodução, mas de conversão em forma artística ou literária. Também estiliza, ficando este recurso literário entre a paráfrase e a paródia, na lição de A. R. de Sant' Anna.[50]

A narrativa tem início "in media res" com o texto:

> Pescador precisa ter fé. Sair de barco encarando onda pode dar em tudo. Estrela marinha. Tempestade de rebentar. Monte de peixe bom. Ressaca de repente. Pode dar em nada. Esperar e esperar. Voltar pra casa vazio. Pescador precisa ter fé, senão não.

O refrão "*Pescador precisa ter fé*" será o compasso "galope" do cavalo branco encantado, arquétipo mais à frente comentado. A voz misteriosa ecoa, propondo um trato. O pescador daria em troca da pesca farta, a primeira coisa que visse ao chegar em casa. Só poderia ser o louro, mas foi sua filha a primeira que seus olhos focaram, a moça Maria Gomes. Registra-se aqui, um *motivo invariante*, muitas vezes encontrado, em diferentes narrativas – o pedido satisfeito em troca da primeira coisa que fosse avistada. Por exemplo, ainda nesta obra, reaparecerá em "A Bela e a Fera".

Outro elemento, este identificando o mito *Eros e Psique*, a voz misteriosa que fala impondo um trato, definindo o encantamento.

> Bonita a Maria Gomes. Corpo solto e moreno. Arisca. Olhos alegres de jabuticaba. Aliás, ela inteira era fruta saborosa. Chegou faceira. Beijou o pai. O velho encarquilhou. Mil anos dobrando sua pele.

---

[50] Sant'Anna, Afonso Romano de. *Paródia, Paráfrase & Companhia*. 3. ed. São Paulo: Ática, 1988.

Ricardo Azevedo cria atmosfera de magia e encantamento, na visada do verbal burilado, cada palavra revelando ou velando não-falados, mistérios, sombras. Senão "Fantasma assim tão perto e tão distante. Dormir junto de feitiço".
Depois moça e cavalo chegaram juntos a um reino distante. Maria arranjou emprego de jardineiro e passou a adestrar-se nas artes de ser homem. (*Outro motivo invariante*). O príncipe sempre mais e mais amigo do jardineiro. Um sonho forte faz o fidalgo acordar suado. Procura a rainha, fala de seus sentimentos confusos, para ele, aquele era moça. A rainha tentada, deflagra um conflito, a moça para defender-se desnuda-se ante corte e povo. O cavalo branco irrompe impetuoso em meio a tudo e todos. A similaridade recorta tanto motivos do Mito quanto da forma migrante Conto em suas diversas versões:

> tempo de travessia. Cavalo e cavaleira. Dois corpos encaixando um no outro... O cavalo não era cavalo. Era homem. Um moço. Antes fora vulto preso num castelo no fundo do mar...

Imagens fortes, impressivas, a duas cores, no estilo-assinatura do autor, e citando Lúcia Santaella:[51]

> Uma obra de arte, à maneira do "Retrato Oval" de E. A. Poe, projeta-se para fora do tempo, renascendo em cada ato de leitura que a consagre de volta à vida. Leitura é mutação. Mudando o leitor, a obra também se transforma, lição de Menard, autor *del Quijote*.

Ao fim deste trabalho, teremos refletido e percorrido em *cronotopo backthiniano* múltiplas mutações em formas, em resgates, em transplantes no espaço – tempo dos caminhos de amor e dor, busca da felicidade do ser humano – Eros e Psique – arco, seta, alma.

---
[51] SANTAELLA, Lúcia. *A assinatura das coisas*. p. 131.

## 3.13 Ricardo Azevedo[52] – *Lúcio vira bicho*

Não podíamos deixar de aqui incluir esta obra de Ricardo Azevedo. Ele parafraseou a obra de Apuleio quanto à estrutura, no sentido de, como outros autores, inserir no enredo principal, outra(s) estória (s). No caso, Ricardo, no lugar do mito Eros e Psique, introduziu quatro narrativas que se seguem, sob os títulos:

a – "A princesa que se perdeu na floresta"
b – "O duelo entre o sábio e o camponês"
c – "O livro do Destino"
d – "A estória do Príncipe Luís"

As descobertas de Lúcio acontecem quando ele resolve conceder-se um tempo de lazer, pois saía do preparar-se para um vestibular, fato que exige muita determinação e sacrifício de jornadas extenuantes exigidas aos ingressantes em universidades.

Passa então por perigos, acontecimentos e peripécias que se inscrevem em dimensões que vão do estranho ao fantástico-maravilhoso. Lembramos que são bastante produtivas para o aprofundamento desta abordagem crítica, os teóricos Mikhail Bakhtin e Tveztan Todorov. Há forte intertextualidade, quer nas variantes de intra e intertextos. Metalinguagem e recursos do tipo por nós denominado, os *Resgates de Forma* e já citados nesta pesquisa, quer como *páráfrase* em estilização, apropriação, ou *paródia*, também em suas variantes, entre elas o pastiche e mesmo a *Sátira Menipéia*, na proposta bakhtiniana. Evidentemente que "o cronotopo", proposto por Bakhtin em seu estudo da história do romance grego, lança luzes sobre a pesquisa dos recursos aqui citados. O estatuto do narrador, também, oferece um veio explorado esteticamente tanto no romance de Apuleio quanto no resgate ficcional de Azevedo.

---

[52] AZEVEDO, Ricardo. *Lúcio vira bicho*. São Paulo: Cia. das Letras, 1998.

Ricardo Azevedo expressa, na abertura de sua obra, a referência declarada à principal fonte de inspiração de sua criação ter sido o romance *A asno de ouro* do grego Apuleio, século II d.C. A metamorfose também acontece, o protagonista, por exemplo, toma a forma de cachorro. Vários episódios do romance de Apuleio, entre outros: o coração arrancado durante a noite; a presença de feiticeiras, que facilmente metamorfoseiam os desafetos em animais. Aliás, a metamorfose é um recurso dominante em obras antigas, como *As Mil e Uma Noites*. As situações, que vão do natural e terminam inexplicavelmente, remetem ora para o gênero fantástico, ora para o maravilhoso, podendo ou não apresentar desfechos que reiteram tais recursos, ou reestabelecem a ordem natural dos acontecimentos. Quanto à semelhança com o mito *"Eros e Psique"*, na obra de Ricardo Azevedo é o fato de a personagem Luís ser auxiliada por uma velha que só o faz quando ele consente em casar-se com ela, que depois se revela uma jovem vítima de encantamento. Sua verdadeira aparência, a de jovem, só acontece durante a noite. De dia ressurge a velha.

Na obra de Ricardo Azevedo, o protagonista cala-se, passa a voz a vários narradores e ouve as várias narrativas que surgem ao longo de suas peripécias. Caberia, então, a caracterização do romance polifônico, também abordado por Bakhtin. Ricardo utiliza, portanto, a estrutura narrativa "de encaixe, labiríntica, em cadeia", como é conhecida.

Temos a presença do contador de estórias, surgida no alvorecer da História Humana, revestido em várias regiões, de investidura sagrada, daquele que detinha o *numen*.

## 3.14 Lúcia Pimentel Góes[53] – *Elas*

Sob o título de "Donzela Guerreira", nós criamos entre os prismas femininos que o livro apresenta, o de Santa Joana D'arc... Denominamos "prismas femininos" os perfis de mulheres que marcaram a história, e que recriamos a partir de dados biográficos, usando de bastante liberdade. Perfis há que foram totalmente criados por nós, tendo como base somente pontuações de datas e fatos históricos, cujo registro é do conhecimento de todos.

Como donzela, jovem ainda, ouviu vozes que lhe deram as instruções para que tudo largasse e vestindo armadura masculina fosse à guerra.

Nasceu em uma fria noite do Dia de Reis do ano de 1412, seis de janeiro, dia da Epifania. Registrado está nos documentos da aldeia que nessa noite, bem no momento de seu nascimento, os galos da aldeia cantaram e bateram as asas, vigorosamente, como doidos. Pensaram em lobos, mas não. O padre permaneceu intrigado, mas ninguém encontrou uma explicação. E os galos cantaram, ainda, por duas horas nessa noite gelada...

Como todas as donzelas, só vestia armadura masculina para ocultar seus atributos femininos. Sofreu, igualmente, inúmeras provas de todos os tipos. Exames que sempre atestavam sua virgindade. Lutou mais valentemente que muito oficial. Entusiasmou seus comandados. Mas, contrariamente à Psique, sucumbiu ao ódio dos que a invejavam, nem o Rei veio em seu socorro; morreu queimada em uma fogueira. Terminamos seu retrato com seu prisma sob a forma de ladainha:

---

[53] GÓES, Lúcia Pimentel. *Elas*. São Paulo: Editora Sananda, 1998.

Ela

A aldeã
A profética
A contemplada por visões
A corajosa
A condutora de exércitos
A humilde
A que coroou um Rei da França
A servidora de sua pátria
A supliciada
A herética, relapsa, apóstata, idólatra
A queimada viva
A santa

A donzela guerreira

# Capítulo IV
# Do mito ao ciclo dos contos de fadas do noivo / noiva animal

Segundo Bettelheim[1]

os contos de fadas permitem ao adulto trazer à sua compreensão madura aquilo que até então permaneciam ansiedades infantis, preservadas intactas sob forma infantil na mente inconsciente. Mas esta possibilidade existe apenas porque o mito se refere a situações que ocorreram nas épocas mais distantes, já que os anseios e ansiedades edípicas do adulto pertencem ao passado mais obscuro de sua vida.

## 4.1 Pontuação do subgênero "Conto de Fada" (Gênero Feérico ou Maravilhoso)

BETTELHEIM[2] ACENTUA A necessidade para o equilíbrio humano de que a vida seja significativa. E o terapeuta informa que

---
[1] BETTELHEIM, Bruno. *A psicanálise dos contos de fadas.* Trad. Arlene Caetano. 2. ed. Rio de Janeiro: Paz e Terra, 1979.
[2] Idem, ibidem, p. 48 et seq.

dentre as experiências na vida infantil as mais adequadas para promover sua capacidade de encontrar sentido no viver estão, em primeiro lugar, na presença dos pais ou dos que cuidam dos pequenos em lugar dos pais; em segundo lugar vem a herança cultural, desde que transmitida corretamente. Quando as crianças são novas, escreve ele, é a literatura que canaliza melhor este tipo de informação. E repetimos suas palavras: "nada é tão enriquecedor e satisfatório para a criança, como para o adulto, *do que o conto de fadas folclórico*" (grifo nosso).

O psicanalista alia as setas de Eros/Cupido ao despertar dos desejos sexuais incontroláveis. O fato de ser levada por uma serpente remeteria à inexperiência da moça em ansiedades amorfas. A procissão fúnebre, metáfora da morte da condição de donzela. A vida no palácio onde todos os seus desejos são satisfeitos indicaria a um viver essencialmente narcisista. Amor ingênuo muito diferente de um amor maduro baseado no conhecimento e até no sofrimento.

A entrada de Psique no inferno simbolizaria as conseqüências de se desejar uma consciência madura, pois esta traz riscos para a própria vida (Psique tenta o suicídio). É o homem espiritual, não o homem físico, quem deve nascer para ficar pronto para o casamento da sexualidade com a sabedoria. O problema edípico, o ciúme que, Vênus sentia do filho como mãe, é evidente no mito. Não há dúvida de que trata-se de tecido mítico, pois as personagens são deuses, e Psique se torna imortal. Não é um conto de fadas. *Entretanto lembra Bettelheim, este mito influenciou todas as estórias posteriores do tipo noivo-animal no Ocidente* (grifo nosso). Pela primeira vez surge o motivo do ciúme de duas irmãs mais velhas, que são más, pela beleza e virtude da irmã mais nova, superior a ambas. A presença do noivo somente à noite seria a tentativa de separar os aspectos sexuais dos demais, com o que Psique não concorda. Portanto, ela empreende a tentativa de conjugar os aspectos de sexo, amor e vida em uma só unidade, ela não falha e, no final, vence. A leitura do autor termina refletindo que quando a mulher supera a visão do sexo como algo bestial, não se contenta em ser mero objeto sexual, ou ser relegada a uma vida ociosa. Para que ambos sejam felizes, devem levar uma vida integral no mundo, e entre eles, como iguais. É dificílimo, mas é o caminho para a felicidade. Esta é a mensagem oculta de muitos dos contos do ciclo do noivo-animal e aparece com bastante nitidez, entre outros contos, no *"A bela e a fera", "O príncipe sapo"* e outros.

O espaço deste trabalho não permite que adentremos questões que muitas vezes são repetidas equivocadamente por aficcionados desses contos, ou então por seus detratores: assim o dizer que os contos maravilhosos ou a *féerie*, é maniqueísta. Ora, o confronto nesses contos não é entre o *bom e o mau* adjetivos, característica da proposta de Maniqueu; não, os contos de fada problematizam as duas linhas da vida, o bem e o mal (substantivos). E o fazem claramente, sem ambigüidade, pois esta a criança não entende, causa-lhe perturbação. Todos sabemos que um terremoto é um mal, que a picada de serpentes venenosas, também; que um assassinato, roubo, desonestidade também o são. Não me estenderei, pois nossos objetivos são outros. Apenas abri este parênteses pois os nossos leitores poderão buscar estes temas caso o necessitem. Também o superlativo das personagens: bondosíssima, belíssima, feíssima, e assim por diante, deste tipo de contos, não se referem a personagens comuns ou em carne e osso, ou imaginadas, mas sim *aos arquétipos* humanos. Estes precisam ser entendidos, pois são o núcleo central dos atos e ações destas narrativas.

Para Jung, o inconsciente coletivo é estruturado por arquétipos, dinamismos inconscientes que podem ser postulados a partir de suas manifestações, das imagens primordiais ou símbolos comuns a toda a humanidade e que são base das religiões, dos mitos, dos contos maravilhosos e da maioria das atitudes em face da vida.

## 4.2 Ciclo do noivo ou da noiva animal

Dos quatro anos à puberdade, a criança necessita e muito que lhe sejam apresentadas imagens simbólicas que a reassegurem da existência de uma solução feliz para seus problemas edípicos, para que lentamente possa trabalhar para sair deles.

Prosseguindo nossa reflexão, para o grande psicanalista Bettelheim, e nós também estamos convencidos, tudo nos Contos de Fada é expresso em linguagem simbólica, não podendo ser lido da mesma forma como lemos nos Resgates de Forma, quer Parodísticos, em Pastiche, ou Carnavalizados e outros. Sendo linguagem simbólica, repetimos, a criança pode desprezar tudo para o qual não está preparada, respondendo apenas ao que lhe foi dito em nível superficial. Mas já é capaz de perceber, sob as camadas sobrepostas, um pouco do significado oculto sob o símbolo, à medida em que percebe-se capaz de dominar o oculto e beneficiar-se dele.

Assim, os Contos de Fada são um meio ideal para o aprendizado sexual correspondente à idade infantil, e ao seu nível de compreensão. A educação sexual direta, mesmo quando posta em sua linguagem, não lhe dá outra possibilidade a não ser aceitá-la, mesmo que não esteja preparada, dessa forma causa-lhe perturbação e confusão.

Bettelheim afirma que os Contos de Fada carregam a sugestão de que todos teremos de desfazer a repressão sobre o sexo. Escreve o psicanalista: "O que vivenciamos como perigoso, repugnante, algo a ser evitado, deve mudar de aparência e ser vivenciado como verdadeiramente lindo".

O *noivo/noiva animal*: estes contos, sem expressar-se de modo direto, ensinam que amar é absolutamente necessário e para amar precisa-se mudar de forma radical as atitudes prévias quanto ao sexo. As imagens dos Contos de Fada são sempre profundamente marcantes. Por exemplo, uma fera que se transformará em uma pessoa maravilhosa. Tais contos são inúmeros, mas têm em comum – no tipo acima referido – o fato de que o parceiro sexual é vivenciado de início como um animal. Assim na Literatura dos Contos de Fadas, este ciclo ficou conhecido como o *Ciclo do noivo ou da noiva animal*. Quando a noiva é, no início animal, nestes contos de fada, geralmente o amor da mulher salva o noivo-animal e, este por sua devoção irá desencantar a noiva-animal. Estas estórias não são na atualidade tão divulgadas quanto as demais. De todas a mais divulgada é a "A Bela e a Fera". Há traços característicos nestes ciclos do noivo ou da noiva animal. Enumeramos:

1) Não se sabe nem o como ou o porquê da transformação em animal. Mas em bom número de contos são fornecidas informações a esse respeito;

2) No geral, a feiticeira é quem responde pela transformação;

3) Em terceiro, é o pai quem faz a heroína casar-se com a Fera. É a obediência quem orienta a filha. Seria a transformação do sexo em seus aspectos totais só permissíveis com o casamento, e santificado por este;

4) Também, os sentidos ocultos, os enigmas, passados pelas mães ou amas, têm nelas, as responsáveis por sua transformação em tabu. Daí a recuperação do estado humano ser feito pela mão das mulheres. Pode-se citar "O corvo" dos Irmãos Grimm.

Já nos contos do noivo-animal, as mães parecem estar ausentes. Em "O tocador de tambor" a moça foi transformada em cisne. Quando aparecem é sob o disfarce de feiticeiras, que fazem a criança encarar o sexo como algo animalesco. E isso era tão comum, que ela não sofre castigo no final da estória. Só com o amor verdadeiro da heroína ela conseguirá desencantar o animal.

Nas diversas variantes de "A Bela e a Fera" a moça transfere o amor edípico pelo pai para o amado, realiza atrasada seu amor infantil pelo pai, mas o concretiza por alguém de sua idade. A Bela junta-se à Fera porque ama o pai. Quanto à rosa, esta fará o pai arriscar a vida para realizar o desejo da filha. "Desejar uma rosa, dá-la e recebê-la são imagens do amor permanente de Bela pelo pai, e dele por ela – um símbolo de que ambos mantiveram vivo este amor. O amor que nunca pára de florescer é o que permite essa transferência fácil para a Fera".

A natureza da fera muda de uma região para outra, e nosso autor cita uma estória Bantu (Kaffir) na qual um crocodilo é trazido à forma humana por uma donzela que lambe o rosto dele. Enfim, em outros contos, a fera aparece sob a forma de um porco, leão, urso, asno, sapo, cobra e outros, que recuperam a humanidade sempre pelo amor de uma donzela.

### 4.2.1 Versões do conto "A bela e a fera ou a Procura do esposo desaparecido" – na classificação de Antti Aarne e Stith Thompson, é o número T. 425 – portanto é o mesmo conto

Repetindo, o mito Eros e Psique contido no romance de Apuleio, *O Asno de Ouro* ou *As Metamorfoses*, do século II de nossa era,[3] revela conter um dos mais divulgados contos na Europa "A procura do esposo desaparecido" de n. T. 425,[4] sendo que o conto de fadas "A bela e a fera" configura-se como uma condensação daquele, como forma literária abreviada de autoria de Mme. Leprince de Beaumont.

Sabemos que a tradição ocidental das estórias do *tipo noivo-animal* têm sua origem no mito "Cupido e Psique" de Apuleius, que o remete a fontes ainda mais remotas. Bettelheim[5] explica ser Cupido

---

[3] APULEIO. "O Asno de Ouro". In: HOLANDA, Aurélio Ferreira Buarque de; RONÁI, Paulo. *Mar de Histórias*. 3. ed. rev. Rio de Janeiro: Nova Fronteira, 1980.
[4] ANTTI, Aarne; THOMPSON, Stith. *The types of the Folktale*. Helsinque: s.e., 1961.
[5] BETTELHEIM, Bruno. *A psicanálise dos contos de fada*. Trad. Arlene Caetano. 2. ed. Rio de Janeiro: Paz e Terra, 1979.

um deus, mesmo assim a estória constrói-se com elementos importantes do ciclo do noivo-animal e sua estrutura é a de conto. Cupido permanece invisível para Psique, que, induzida por suas perversas irmãs mais velhas, acaba por considerar o amado e o sexo repulsivos. Diz o texto:

> Todas as noites quem vem a furto descansar a teu lado é uma cobra desmedida, uma serpente enroscada em inúmeros anéis, com a fauce cheia de venenoso sangue e a boca larga como um abismo. Agora, lembra-te da predição pítica que te proclamava destinada ao tálamo de uma fera cruel.

### 4.2.2 Luís da Câmara Cascudo[6] – "A bela e a fera"

---
[6] CASCUDO, Luís da Câmara. *Contos tradicionais do Brasil.* Rio de Janeiro: América, 1943. p. 143.

[Era uma vez um mercador muito rico cujas filhas eram belíssimas. Ficou pobre e foi morar bem longe para esconder a vergonha de sua pobreza. As filhas mais velhas caíram em profunda tristeza pois amavam o luxo. A mais nova, de nome Bela, aceitou a sorte e tudo fazia para agradar o velho pai.]

Vemos, por este início, (em leve síntese nossa) que permanece a serem três as filhas, e bela e bondosa a mais nova. Está aí repetido o motivo "aparecido pela primeira vez em *Eros e Psique*, o das duas irmãs mais velhas, que invejam e tramam contra a mais nova".

L. C. Cascudo classifica o conto, na edição de 1946, de "Conto de Encantamento".

[Prosseguindo com nosso resumo, o conto relata que o mercador tem notícias de um bom negócio, em local longínquo e vai tentar sua sorte. Antes pergunta o que desejariam como presente, caso fosse feliz nos negócios]. Eis a variante:

> a mais velha disse que queria um rico piano; a do meio pediu um vestido de seda e a mais nova respondeu que não pretendia nada, senão que ele fosse muito feliz e a abençoasse. O pai, que esta era a filha que êle mais prezava, insistiu com Bela que escolhesse também alguma prenda. – Pois bem meu pai, quero que me traga a mais linda rosa do mais lindo jardim que o senhor encontrar.

[Tivemos os três pedidos, o desprendimento da filha mais nova com o já famoso nome – Bela. Nesta versão, o pai não realiza bons negócios e volta acabrunhado, em noite escura de chuvas e trovoadas. Vê brilhar na floresta muitas luzes e encontra rico castelo sem viva alma. Nesse momento, avista um criado de farda, que vem lhe avisar estar servido o jantar. Foi um banquete. Mas não vê ninguém, a não ser o criado avisando ser hora de dormir e levando-o para um belíssimo quarto. Tudo lhe pareceu muito misterioso. Dormiu, levantou-se para seguir viagem. Já ia montar quando viu o lindo jardim do castelo. Logo deslumbrou-se com a mais bela rosa que jamais pensara existir. Já a tinha nas mãos, quando súbito, aparece um monstro, uma fera horrível. *Aqui temos uma variante* mais rara de se encontrar. Fala a Fera:

– Ah!...desgraçado! Em paga de eu te haver acolhido em meu palácio, vens roubar-me o meu sustento! Pois não sabes que eu me alimento só de rosas?

O mercador desculpa-se, não sabia do alimento do castelão. Fala do presente para Bela. Quer devolver a rosa. O monstro não aceita, mas impõe uma condição. Pois que trouxesse a primeira criatura que avistasse em sua casa, quando lá chegasse. O pai foi obrigado a concordar, e pelo caminho pensava... consolava-se pois só lembrava de uma criatura que sempre vinha ao seu encontro: a cachorrinha da casa.

Assim não aconteceu. Ao chegar, a primeira criatura que êle avistou foi sua filha Bela, a quem entregou a rosa, contando-lhe tudo o que havia acontecido e lamentando sua infelicidade.

[A filha aceita os fatos, e acalma o pai. Fica com a Fera, e quando ela quis ver o Pai, a Fera faz com que ele apareça em segundos. O pai quis levar embora a filha. A Fera nem discutiu e disse que se precisava de dinheiro fosse até seu tesouro e levasse as riquezas que quisesse. O mercador voltou rico. Nesta variante, a Fera avisa que sua irmã mais velha está para casar-se. Leva-a até um quarto encantado, e o espelho mostra a cena do casamento – também aqui é variante específica). Ela pede para ir até sua casa. E o monstro afirma que se em três dias não regressasse ele morreria. Dá-lhe um anel com ordem para não o retirar do dedo, pois sem o anel, ela não poderia lembrar-se dos fatos e o esqueceria. A jovem conta tudo para as irmãs, dizendo-se feliz. Então as duas invejosas tiram o anel, e Bela tudo esquece. – Tivemos a presença *do espelho, da inveja imensa das irmãs, da carência de Bela que precisa rever a família, do castigo por ser faladeira.*]

O pobre animal vai definhando, e a irmã casada ao contar o caso para o marido, que era um homem sério, obrigou-a a devolver o anel à irmã. Dito e feito. Bela lembra-se de tudo, partiu e quando chegou ao castelo, procurou por toda a parte sem encontrá-lo. Somente deparou com ele, no jardim, quase morto, e como o estimava muito deu-lhe um beijo. A Fera transformou-se na hora em belo príncipe. Esta é uma versão brasileira de Minas Gerais, e L. C. Cascudo a considera como sendo das mais completas.

Temos peripécias semelhantes, assim como convergências. Entre elas: a presença da metamorfose; a fera (a horrenda serpe do Mito Eros e Psique).

L. C. Cascudo registra tratar-se do Conto *MT. 425 C* de Aarne-Thompson, com o elemento *D 735 m.*, desencantamento por um beijo.

A invariante "promessa do herói de entregar, sacrificar quem primeiro visse no seu regresso" religa o conto com raízes religiosas dos primeiros tempos. Assim, no *Livro dos Juízes*, 11, 30-31, Jefte prometeu oferecer em holocausto *aquilo que, saindo da porta de minha casa, me sair ao encontro,* vencendo ele os Amonitas. Como foi vitorioso e saiu-lhe ao encontro sua filha, o Gileadita a imolou, 11, 34-40.

### 4.2.3 A bela e a fera na versão de Figueiredo Pimentel

Inicia-se: "Riquíssimo e honrado mercador do Oriente chamado Abdenos, tinha três filhas formosíssimas. Infelizmente as duas mais velhas não aliavam a bondade à beleza; eram más, astuciosas, dissimuladas e invejosas".

Contrapondo-se: a mais nova era tão bonita, que a chamavam Bela. Transcrevemos a versão, pois Figueiredo Pimentel não procurava ser fiel ao original, antes mudava palavras, e mesmo ações, segundo lhe convinha. Vejamos:

– Era um anjinho e por isso mesmo as irmãs mais velhas não podiam vê-la.

As irmãs mais velhas faziam tudo que podiam para contrariá-la e interpretar para o mal tudo que Bela fazia. A estória segue com a necessidade de o pai viajar, seu desejo de presenteá-las; as mais velhas pedindo jóias, rendas. Bela afirmou que nada lhe faltava, assim não precisava de nenhum mimo, mas diante da insistência do pai responde:

— Traga-me uma rosa, papá, disse por fim.

Prossegue a narrativa, com os fatos na seqüência conhecida, depois o adaptador cita que ao cair da noite do primeiro dia de marcha, adveio tremenda tempestade, e ele perdeu-se no bosque. Seguem-se penedos que o cavalo mal consegue subir, cavalo e cavaleiro passam por terrível perigo. Depois árvores descarnadas "figurando seres fantásticos, cujos braços pareciam querer dilacerar o temerário que se embrenhara na terrível estrada".

Mas a estrada passou a estreitar-se sempre mais, e em um de seus saltos o cavalo termina por precipitar-se em profundo abismo. Vendo a morte diante de si, o mercador recorda suas filhas e grita angustiado dizendo:

— Adeus Bela.

Esta peripécia é inovadora, parecendo só existir na versão de F. Pimentel. Pois, mal acabara de gritar, um ramo susteve-o no ar, salvando-o. O abismo era profundíssimo, ele procura escapar das enormes rochas agarrando-se aos ramos das árvores. O autor faz seu leitor acreditar, na intervenção (auxíliar mágico) das árvores. Ao chegar ao nível superior, a paisagem o encantou. Claridade, caminho de areia dourada, mimosas flores embalsamando o ar. Por fim, um palácio com as portas abertas de par em par. Entrou. Passamos a voz para F. Pimentel:

Na porta de uma das salas estava escrito o seu nome. Abdenos, surpreendido, viu-se numa sala de banho.

O detalhe do nome é desta versão. Segue-se a lauta mesa, e o lugar de um só talher. Servindo-se de um prato, este sumia imediatamente sem mãos que o levassem.

Temos aqui, nítida, a inserção dos epísódios de Psique, quando adentra o palácio e só ouve vozes e por vozes é servida regiamente. Nesta versão, o mercador visita o palácio e, cansado, ao deparar com um quarto acomoda-se no leito, dormindo profundamente. Ao acordar, "depois de se vestir e de orar, passou à sala onde encontrou o almoço na mesa".

Alimenta-se, ergue a voz, e agradece sinceramente a quem quer que fosse, a generosa hospitalidade. "Bendito sejas".

Podemos ressaltar a intencionalidade transparente do autor em enxertar atitudes do homem religioso que ora, agradece a Deus, usando fórmulas, pode-se dizer, cristãs, apesar de chamar-se Abdenos. Mas, sabemos que no Oriente os mulçumanos também agem assim.

O viajante sai do palácio, vê os jardins e recorda-se do pedido de Bela. Escolheu a mais bela roseira e, ao partir a haste, esta ficou a gotejar sangue.

"ouviu um sentido gemido e uma voz que na espessura dizia:
– Ah! Ingrato! Assim pagas a hospitalidade que te dei"!
O viajante aterrado depara com uma fera, parecida com um urso que lhe mostrava "um dístico", onde se podia ler:
"Todo aquêle que tocar nestas flores, será imediatamente morto".

O mercador põe-se a pedir perdão, explica o motivo de seu gesto. Mas o castelão afirma ser uma sentença irrevogável. O velho pai argumenta, que não pode morrer sem assegurar o futuro das filhas, deixar sua vida em ordem. E chorava. Por fim, a fera concede-lhe três meses, ao fim dos quais, ele ou alguém que o substituísse viesse até ali. O mercador deu a palavra pedida. Mal deu o sim, e achou-se à porta de sua casa. Mas mesmo pensando ter sonhado, o real se lhe revelava ao perceber a rosa que tinha na mão. A inveja das mais velhas deixou-as tomadas pela raiva, quando o pai conta que nada pudera comprar, e furiosas ao avistarem a rosa pedida por Bela. Ela pergunta se está tudo bem, mas não acredita na afirmativa paterna. E uma noite ouviu-o a lamentar-se, dizendo as palavras: "Bela, Bela, quem diria que aquela rosa seria a causa da morte de teu pai!"

A menina desesperada vai dormir, mas antes reza pedindo ao Céu inspiração. Dormiu, então, profundo sono, onde vê cenas que tinham acontecido durante a viagem do pai. Ouviu uma voz que dizia:

— Se quiseres salvar teu pai, mete este anel no dedo, e ele te transportará onde desejares.

Ao acordar Bela viu um anel sobre o travesseiro. Rápida, escreve ao pai relatando tudo que acabara de passar. Pôs o anel no dedo, dizendo:

— Anelzinho de condão, pelo condão que Deus te deu, transporta-me ao palácio da Fera.

Por encanto viu-se no castelo. Andou por ele até ver um toucador onde estava escrito "Toucador de Bela". Bateram à porta e era a Fera. Este ofertou-lhe um ramo, dizendo que a amava e não lhe faria mal. Só pedia que procurasse esquecer sua horrível aparência, pois tal corpo escondia alguma coisa que valia muito. A jovem percebe os doces olhos da fera, mas reafirmou que tanta feiura não lhe permitia amá-lo. O tempo e a delicadeza da fera conseguiram fazer Bela esquecer sua monstruosidade.

Certo dia vê pelo espelho encantado que seu pai estava muito mal. Gritou pela Fera e suplicou para ir tratar do pai. A Fera avisa-a do perigo de ser esquecido, mas consente em sua viagem.

Seu pai cura-se sob seus cuidados; cresce a inveja das irmãs. Aos poucos descobrem o destino de Bela, tramam e surrupiam-lhe o anel. Bela passa a sonhar todas as noites com a Fera triste e doente a chorar, e depois quase morrendo. Acorda. Lembra-se do anel, e diz que quem o tivesse morreria. As irmãs, apavoradas, vão buscá-lo. Bela o enfia no dedo, pronuncia as palavras certas, e no palácio vê a Fera agonizante. Trata-o, dá-lhe seu carinho. Por fim a Fera declara todo o seu amor, e ao dizer a última palavra uma luz deslumbrante inunda o lugar, e em vez da fera, surge um "formosíssimo príncipe".

A metamorfose acontecera pelas artes de uma fada má, que fizera de todos os seus súditos, plantas. Então, uma boa Fada transporta para o palácio toda a família de Bela, mas as irmãs são transmutadas em estátuas como castigo de sua maldade.

Estão, nesta versão, recolhida por Figueiredo Pimentel, as invariantes, como também, as inovações originais foram por ele introduzidas.

### 4.2.4 O Príncipe Sapo – Adolfo Coelho[7]

*Resumo*. Era uma vez um rei que não tinha filho, e ele e a rainha tinham grande paixão por isto. Pediram a Deus que lhes desse um mesmo que fosse um sapo. E assim sucedeu. Procuraram quem lho poderia criar, mas ninguém se apresentou. Até que um dia apareceu uma rapariga e disse: "Se Vossa Real Majestade me dá o filho, eu animo-me a vi-lo criar". E o Rei acedeu. Com o tempo ele

---

[7] COELHO, Adolfo. "O príncipe sapo". In: *Contos populares portugueses.* Pref. Ernesto Veiga de Oliveira. Lisboa: Publicações Dom Quixote, 1985.

começou a falar. A jovem pensava, ele tem olhos muito bonitos, não são de sapo, e sapo não fala. Ela passou a ter um sonho que afirmava ser a situação um castigo pela heresia da mãe. Que ela casasse com o sapo, e na primeira noite que levasse sete saias, pois ele tinha sete peles. Depois dissesse: "Tira uma pele, quando ele pedisse que ela tirasse uma saia". Assim sucedeu, ele tirou as sete peles e virou um homem. Mas no outro dia ele vestiu as peles e virou sapo de novo. A jovem contou tudo aos reis, que vieram confirmar a situação.

A jovem já tinha pedido que ele conservasse o homem que era, ele mandou-a calar. O pai rei fez o mesmo, mas ele disse que ele iria impor-lhe noiva, e que ele continuaria sapo. Os reis aconselham a jovem a trazer as peles para eles. Ela obedece e os reis as queimaram. O homem antes de desaparecer falou-lhe do mau conselho que lhe tinham dado, e que se outra vez ela o visse, lhe desse um beijo na boca. Mal desaparecera o jovem, os reis a puseram porta fora. Ela estava só com a roupa do corpo e saiu a procurar pelo jovem. Descrevia o homem mas ninguém o vira. Até que uns cegos afirmaram ter visto alguém que certamente era ele lá no Rio Jordão. E ele jogava fatias de pão para trás das costas dizendo: "Pela alma de meu pai, pela alma de minha mãe, pela alma de minha mulher". Quando os perguntados contaram que voltariam ao lugar passado um mês, ela foi com eles. A mulherzinha reconheceu o príncipe, chegou ao pé dele e deu-lhe um beijo na boca. Ao que ele disse, terminou o nosso fado. Voltaram para casa e foram muito felizes e tiveram muitos filhos. (Ourilhe).

### 4.2.5 O Príncipe Lagartão

Tais contos remontam não só à Idade Média como também à Antigüidade. Com o título de "O Príncipe Lagartão",[8] classificado

---

[8] CASCUDO, Luís da Câmara. *Contos tradicionais do Brasil.* Rio de Janeiro: America Editora, 1946. p. 64.

por Câmara Cascudo como "Contos de Encantamento", difere o final, em que o lagarto despe as sete camisas e a mulher avisa a sogra. O encantamento dobra, e ele desaparece indo para o *"Palácio de Irás y no Volverás"*. Sete pares de sapatos de ferro ele iria gastar e outros sete o filho que lhes nascerá. Há outras versões e fala-se em nozes mágicas. Enfim, é claramente convergência de outros contos. É o que conclui Câmara Cascudo. Parece que o final da versão brasileira é mais autêntico: queimam-se as peles, processo mais puro, pois terminar assim o encantamento é procedimento tradicional no fabulário oral europeu.

No norte do Brasil, assim termina o encantamento da Cobra Honorato, ou Cobra Norato, José Carvalho. *O matuto cearense e o caboclo do Pará* (Belém, 1930, 21). (...)

É o MT. 425 de Aarne Thompson não havendo *the search for the lost husband,* a procura do esposo. Há os elementos C 750, D 621.1, D 700, Straparola (XIII *Piacevolli Notte, noite* – II, fábula – I). Conta a "história" do Príncipe Porco, filho do rei d'Anglia. O Príncipe mata duas irmãs e casa com a terceira, que o desencanta. A pele é rasgada, não podendo o moço, forte e bonito, voltar a usá-la.

Temos a migração da invariante-mulher estéril que clama a Deus, e pede qualquer coisa como filho, até um animal. No caso nasce um lagarto; depois a atração que ele exerce sobre uma donzela que com amor desinteressado consegue a quebra do fadado.

O animal é a serpe, o monstro que remete ao Mito Eros e Psique. Há as provas, até o fado-castigo ser quebrado por ato desinteressado e de amor sem mácula. As irmãs são, às vezes, substituídas por uma rainha má que pode também se apaixonar.

## Algumas Observações

"O príncipe Lagartão" de L. Câmara Cascudo tem como migrações ou correspondências os *Cuentos Populares Españoles II º*

número 131, 267 sob o título "El Lagarto de las siete camisas", ouvido em Cuenca.
"O matuto Cearense e o Caboclo do Pará". – Belém, 1930, 21. É o *MT. 425 de Aarne Thompson*.
Strapa Rola (XIII *Piaceveli Notte, noite II*, fábula I).

### 4.2.6 A princesa Jia – Câmara Cascudo[9]

Em texto adaptado e sintetizado por nós:

"Um casal tinha três filhos em idade de trabalhar, mas eram muito unidos e não desejavam separar-se. O velho chamou-os e disse que era chegado o momento de procurarem seu destino no mundo, mas que voltassem dentro de um ano. Saíram os três, José foi pela vereda da esquerda, Pedro escolhe a do meio e João seguiu a da direita. Os dois primeiros foram até um belo palácio onde duas moças gostaram deles e lá foram ficando.

João andou muito até ver um palácio velho, feio no meio de escuras pedras. Bateu, bateu, sem resposta até que uma voz grossa roncou: – Vá entrando.

Viu mesa enorme, suja, coberta de teias, pucumã e porcarias. A voz continuou: – Descanse. Dormiu e acordou com a voz: – Jante. E assim terminou o dia, e começou o outro quando ouviu baques pesados. Apareceu uma Jia imensa, grandona, gorda e repelente. Babava e ficou juntinho de João. O moço esgueirava-se e ela perguntou:

– Está com nojo de mim, João?

Ele negou. Amanhã é o dia de comparecer na casa de seus pais. Encontrará cavalo selado à porta. Lá estava um belo e ricamen-

---

[9] Idem, ibidem, p. 62.

te preparado cavalo. Nisto aparece a Jia, dá-lhe um embrulhinho todo sujo, presente para a mãe dele.

Os outros dois irmãos entregaram belos presentes. Morreram de rir ao ver o de João. Mas o pai pegou o repelente saquinho e ao sacudi-lo, maravilha:

não acabava de sair moedas de ouro, brilhantes, pedras preciosas, tudo de muito.

Os velhos assombrados, abraçaram-se dançando:

José vai casar bem,
E Pedro casa melhor,
Mas João...
Passa-lhe a mão!

Os irmãos ficaram zangados. Os fatos repetiram-se. No ano seguinte João recebe da Jia um vidrinho com a boca quebrada, parecia conter lodo. Foi recebido com risadas. Mas quando o vidro foi sacudido em cima da cama, esta ficou lotada de roupas finas com bordados belíssimos. Mão de gente não parecia ter feito tudo aquilo. Tudo se repete, mas da terceira vez deveriam trazer as esposas e ficar uma semana, porque já estavam ricos e queriam hospedar os três filhos e as três noras com gosto e agrado.

Passou-se o ano, João no palácio velho ao lado da feia Jia. Quando ela veio avisar que era hora de partir. João respondeu que não tinha noiva.

— Tem sim, sou eu.

Sem coragem de pagar o bem com o mal, ele ficou calado.

Montou o lindo cavalo, e ao lado uma égua cheia de perebas e capengando. Já marchava quando viu atrás uma procissão de animais e aves: galinhas, galos, perus, patos, guinés, gansos, porcos, tudo vinha misturado fazendo um escarcéu. O pior é que a Jia vinha folgada na garupa da égua. Mas ficou conformado com a vontade de Deus que lhe dera um bicho tão feio para noiva. Com os solavancos, a Jia vinha ao chão. Até que na terceira queda desistiu da égua, e chamou o galo que lhe serviu de montada. Mas ela tornava a cair. Tornava a subir com muito esforço para cair de novo. João teve tanta piedade apesar de achar engraçado, que veio ajudar a noiva. Então, ouviu-se um estrondo e passou um clarão azul, tão forte que cegava. Quando João abriu os olhos, viu uma linda princesa sentada numa carruagem dourada, com seis cavalos brancos "e um mundo de gente vestida de seda, bordada de ouro e tremendo de brilhante, esperando".

A princesa contou de seu fado, e que ele apesar da repugnância não recusou por noiva, nem fez pouco de seus presentes. Foi recebido em sua casa como rei coroado. Fez-se o casamento e João foi morar no agora belo castelo, sendo muito feliz.

Câmara Cascudo[10] em nota esclarece:

> Não conheço história semelhante à versão "Princesa Jia". O gênero é universal, constando em todos os fabulários do mundo as princesas transformadas em macacas, rãs, serpentes etc., cuja quebra do encanto dependerá da coragem ou da fidelidade dos namorados e servidores. A maior semelhança deste conto é com "La Princesa Mona", que Aurélio M. Espinosa ouviu em Cuenca, *Cuentos Populares Españoles, II°, p. 306, n° 145*. O que mais se aproxima é o conto "La Princesa Rana", da literatura oral de Costa Rica, coligido por dona Maria de Noguera, *Cuentos Viejos* (p. 65. San José da Costa Rica, 1938). Stanislao Prato, nas *Quatro noveline populari Livornesi,* registra a ! "Il ré é sú tre figlioli", onde a encantada é uma rã que se transforma em mulher formosa, Corazzini tem o conto da "Rannaottola", Vissentini "La Rana", Gianandrea "El fijo del re che sposa nna ranocchita" segundo as notas de Teófilo Braga, *Contos Tradicionais do*

---

[10] Idem, ibidem, p. 66.

*Povo Português*, 1.175. Sílvio Romero ouviu em Sergipe "A Sapa casada", XXI, versão da história que registrei. Afanasiev, *Contos Populares Russos* 17-24, *La Ranna Zarewna*, Buenos Aires, 1948. Ver minhas notas ao conto XXI de Sílvio Romero. Em Portugal há uma variante recente divulgada por Fernando de Castro Pires de Lima, *Contos para Crianças*. "*A Carrapatinha*", 115-118, Porto, 1948".

Todas essas variantes terão em comum o modelo "Príncipe Lagartão".

## 4.2.7 *A carrapatinha*[11]

"A existência de uma literatura popular viva dos contos a que na Idade Média se chamava rumores é freqüentemente revelada nos níveis superiores, desde as novelas que o povo gosta de ouvir, de que fala Gil Vicente, até às freqüentes referências a 'histórias de fada' ou 'da Carochinha' por todo os séculos XVII e XVIII".

Uma vez dois irmãos e uma irmã; eles avisaram que iriam correr terras pois não tinham fortuna. Ela pediu que daí um ano voltassem para ela os ver. Muito longe, chegaram a duas azinhagas, onde separaram-se combinados de que passado um ano ali se encontrariam. O mais velho foi ter a uma Quinta onde ficou trabalhando como caseiro. O outro avistou um velho palácio, entrou sem ver ninguém e percebeu que era muito bonito por dentro. E janta, quarto, tudo se lhe surgia como por encanto (Invariante).

(O motivo de um castelo vazio e vozes servindo e tudo providenciando, existe desde o mito Eros e Psique). Estava já a adormecer quando sentiu entrar uma coisa muito fria na cama. Todas as noites, repetia-se o fato e ele foi-se acostumando. Passaram, a tal

---

[11] PEDROSO, Consiglieri. *Contos populares portugueses*. 3. ed. ver. e aumen. Lisboa: Vega, 1910.

coisa fria e ele, a conversar bastante. Transcorreu o ano; o jovem avisou-lhe que ia ver o irmão, e ambos seguiriam para a sua terra. Ela concordou e mandou-lhe apresentar no dia seguinte um fato completo, dinheiro e um cavalo. As mãos de cada irmão indicavam o trabalho a que tinham se dedicado: sujas da lide, brancas de nada fazer. O mais novo chegou ao palácio e disse à tal coisa, que era uma carrapatinha, que necessitava levar um arrátel\* de linho já fiado. A carrapatinha não fez caso, e passado o ano deu o linho muito bem arranjado, outro fato, e dinheiro mais um cavalo... O outro levava um linho muito amarelo e mal arrumado em uma das mãos e perguntou pelo dele:

– Que é do teu linho?

Ao saber que o transportava dentro de um cestinho ficou muito admirado. Na casa da irmã, esta também estranhou a diferença do linho dos irmãos. Avisou que tinha ali dois cachorrinhos e que cada um havia de levar o seu. Despedidas são feitas, e dali a um ano, novo encontro. O mais novo mostrou o cachorrinho para a carrapatinha que se admirou muito ao vê-lo. Sumiu com ele, e o jovem não tornou a vê-lo. Passado o ano, devolveu-o dentro de um cestinho muito bem arranjado.

No sítio de costume viu o irmão com um cão de fila muito grande atrás de si. Ao entrarem na casa da irmã, ela ficou contente por os ver com os cães e disse que dali a um ano haviam de voltar, cada um com sua mulher, pois queria conhecer as cunhadas. O mais velho contou que seu casamento já estava ajustado com a filha do patrão, e o mais novo calou-se, pois só conhecia a carrapatinha. Cada um foi para o seu lado após as despedidas. Nem bem chegara e o mais novo relatou tudo para a carrapatinha. Esta perguntou-lhe se

---

\* Do árabe *arratl*, e também de origem grega. Uma medida de quantidade.

ele queria casar com ela. – Mas tu és tão pequenina! Ela afirmou-lhe que não se preocupasse. Ele aceitou mas com muita vergonha o fato de casar-se com uma carrapatinha.

Temos, então, a invariante: no dia do noivado, aparece o palácio muito rico, com criados, aias, e a carrapatinha feita numa linda princesa vestida de noiva. Meteram-se nas carruagens e foram para a terra da irmã. Levavam outra carruagem de estado para o irmão e para a mulher. Lá, o irmão menor foi ter com o irmão, vestindo uma saiola, com os fatos muito curtos. Todos viajaram e chegaram à casa da irmã com toda aquela riqueza. Depois casaram-se e vieram todos para o palácio da carrapatinha, que era uma princesa encantada e ficaram vivendo felizes.

Nesse conto temos como esclarece Consiglieri Pedroso, a entrada do herói no edifício, ele é o centro do interesse, trata-se de *o castelo extraordinário* (motivo 771 do índice de Thompson) vestígio das estórias dos cavaleiros medievais, onde o herói vive um ano sem ver ninguém, como vimos, e que acontece também em "A Carrapatinha". Tudo aparece pronto e feito.

Sabemos nós que o tema tem origem no mito de *Eros e Psique* e que na classificação de Aarne-Thompson pode ser incluído no tipo 425 A, com a variante de ser o herói que é visitado na cama por algo muito frio (ao contrário de Psique que é quem é visitada à noite).

Consiglieri Pedroso[12] comenta o fato de que no isolamento num castelo há por vezes uma ligação possível com o mundo exterior, também sujeita a regras, que incluem necessariamente um prazo e cuja desobediência resulta na perda dos benefícios.

---

[12] Idem, ibidem, p. 21.

EROS E PSIQUE: PASSAGEM PELOS PORTAIS DA METAMORFOSE

# B – Resgates de forma – *A bela e a fera*
## 4.3.1 *O problema do Clóvis* – Eva Furnari

Trata-se de obra "Objeto Novo" [13] livro contemporâneo, cujos sentidos são lidos a partir da integração de linguagens, de natureza diversa e variada, nele presentes. O *Problema do Clóvis*.[14] A trama principal é um editor às voltas com o atraso exagerado, e as diversas atrapalhadas que impedem chegar-lhe às mãos o texto definitivo para publicação. Chegam os originais com personagens trocadas, versão em japonês, além de a remessa sofrer atraso absurdo. Linguagens presentes: verbal, ilustração, espaço em branco, sinais de pontuação, diagramação, escrita japonesa, versão de o *Príncipe Sapo* tanto com

---
[13] GÓES, Lúcia Pimentel. *Olhar de Descoberta*. São Paulo: Mercuryo, 1999.
[14] FURNARI, Eva. *O problema do Clóvis*. Aparecida/São Paulo: Ed. Santuário/Vale Livros, 1991.

as personagens trocadas; finalmente a versão correta em tradução de Monteiro Lobato. Perpassa o livro todo um humor refinado, a autora utiliza o espaço dos créditos para comunicação bem divertida com seu público leitor. Metalinguagem e Intertextualidade são fios de sua composição.

Incluímos esta estória parodística, que brinca com a edição de livro, (metalinguagem) e também por incluir o conto de fadas do Ciclo do Noivo e da Noiva Animal "*O príncipe Sapo*". Este já foi comentado, apenas acrescentamos que, na versão em que no lago em vez do sapo está a princesa, quem brinca com a esfera de ouro é o sapo... é paródia desse conto. A versão correta pode ser analisada como "conto em encaixe" e permite todo o estudo da realização do casamento do espírito com a matéria, núcleo fulcral do conto *Eros e Psique*.

## 4.3.2 Um conto só por imagem – Rui de Oliveira – *A bela e a fera*[15] – Conto por imagens.

Observação: A leitura que se segue só poderá realizar-se junto com o Livro acima citado. Só assim poderemos acompanhar a tradução semiótica da narrativa imagética em seus ícones, símbolos e índices, em linguagem verbal.

---

[15] OLIVEIRA, Rui. Projeto e ilustração. *A bela e a fera*. São Paulo: FTD, 1994. (Conto por imagens).

Do mito ao ciclo dos contos de fadas do noivo / noiva animal

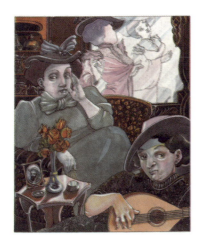

EROS E PSIQUE: PASSAGEM PELOS PORTAIS DA METAMORFOSE

Do mito ao ciclo dos contos de fadas do noivo / noiva animal

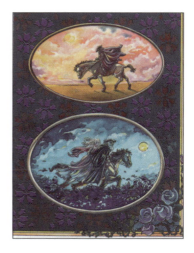

Eros e Psique: passagem pelos portais da metamorfose

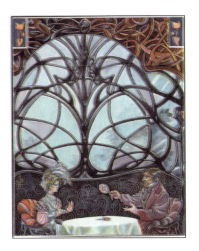 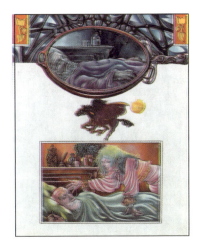

A apresentação da capa, quarta capa, página de rosto, demonstram a natureza artística deste artefato. O mesmo se deve dizer sobre as vinhetas e frisas.

*Padrão: Coração* (lembra coração brotando, ramagem entrelaçada), crescente e exuberante; desenha com ornamentos o punho da lâmina, parte onde se segura ao empunhar da espada. Este ícone indica a forte beleza das cores e formas desenhadas com delicadeza e profusão de pormenores.

Entre o *coração brotando* – um coração que luta indiciando a *temática central das lutas da conquista amorosa* até alcançar – a plenitude do amor.

*Abertura*: Painel – fundo azul escuro:

ψ Há uma harmonia de formas e cores. Dirigidas no sentido ascensional, como abertura sugestiva do livro.

ψ *Pulsações* com padrões que se repetem e cores que conferem vivacidade ao conjunto.

*Página de rosto*: O Padrão no alto da página superpõe em gradação crescente três corações. Um coração vermelho em cada página, cálices que se oferecem.

Corolas que se abrem, um prolongamento do painel inicial, ainda acrescido dos principais créditos – O número 3 com sua carga mítica e esotérica de denso simbolismo. Elas são três irmãs; surgirá o triângulo pai, fera e bela, e assim por diante.

No Mito, teremos Psique / Eros / Afrodite
/ ou Cupido / ou Vênus

I – Folha dupla (a + b). Começo: vemos a família em uma reunião onde há música, três jovens e possível trovador, segrel, mais os convivas. Em destaque a mais jovem oferece em bandeja quatro cálices (certamente de vinho) remetendo à libação da vida, dos laços de sangue.

Seria como um momento de serenidade: *a estória vai principiar*, portanto estamos diante do preâmbulo. O vaso com botões de rosas (iconizam o amor – paixão tema do Conto). A jovem está usando um vestido rosa, outro índice, que a identifica como Bela (a Psique do conto).

II a – Na página à esquerda em moldura circular, reafirmando a serenidade, temos pai e filha (ela amorosamente abraçada ao pai) e ele com uma carta, índice das ações que prosseguirão: a partida dele – depois a despedida, os pedidos (prenúncio de que a sorte / destino sofrerá uma ruptura).

II b – O pai a cavalo, três filhas distantes em destaque = a figura marcante de um animal, no caso, o cavalo. Mas simbolicamente o animal já aponta para a predominância (a terceiridade) no ser que tomará a cena da dimensão de FERA. (Percorremos como prenúncio – não em realidade – o animal remetendo ao animalesco. Mais evidente na partida, também índice do distanciamento, que se aproxima).

III – A *viagem e a floresta*. Elementos recorrentes dos contos de fada.

A floresta – elemento de redenção, em ressemantização despida da carga de religiosidade.[16]

Nos contos de fadas, redenção refere-se especificamente a uma condição em que alguém foi amaldiçoado ou enfeitiçado e é redimido através de certos acontecimentos ou eventos da história.

Em Biedermann[17] temos:

Floresta-diferentemente, da árvore em si, a floresta representa simbolicamente um mundo alternativo àquele do pequeno cosmo formado pela terra desbravada pelo homem. Essa imagem remonta àquelas épocas nas quais as florestas cobriam amplas regiões do mundo e as superfícies a seres cultivadas precisavam ser desbravadas.(...) a floresta ainda é inquietante, ameaçadora; (...) Por outro lado, a floresta torna-se um lugar de solidão e isolamento das preocupações do mundo, habitada pelo homem espiritualizado. Os eremitas não temem seus perigos, mesmo porque são protegidos por forças superiores. Do ponto de vista da psicologia profunda, a floresta é para o jovem adolescente o símbolo da feminilidade, que ele deve explorar, embora lhe pareça inquietante.

Segundo Chevalier e Gheerbrant,[18] a floresta é tida como verdadeiro santuário em estado natural. // a floresta virgem // a mãe selva // devoradora // para outros a floresta é a geradora da angústia e da serenidade, da opressão e da simpatia, como todas as manifestações poderosas da vida // é fechada, enraizada, silenciosa, verdejante, sombria, despojada, múltipla e secreta // pode ser aérea e majestosa, ou dos grandes caos rochosos é céltica e quase druídica, a dos pinheiros, pode evocar um oceano próximo ou origens marítimas ou ser

---

[16] VON FRANZ, M. Louise. *O significado psicológico dos motivos de redenção nos contos de fadas.* Trad. Álvaro Cabral. São Paulo: Ed. Cultrix, 1980.

[17] BIEDERMANN, Hans. *Dicionário ilustrado de símbolos.* Trad.Glória Paschoal de Camargo. São Paulo: Melhoramentos, 1993. p. 161.

[18] CHEVALIER, Jean; GHEERBRANT, Alain. *Dictionnaire des symboles.* Paris: Éditions Robert Laffont, 1982. p. 455 (*tradução nossa*).

sempre a mesma floresta. Essas conotações são em sua maioria motivos recorrentes dos contos de fada, quando muitos deles são prenúncio dos enfrentamentos que advirão. Mas distinguimos um caminho, quando olhamos atentos uma vereda percorrida em galope pleno em direção a um castelo cor-de-rosa, acentuado com traços e tons em vermelho, referenciando o percurso rumo ao noivo desconhecido. Em termos simbólicos podemos dizer: somos recordados do pedido da jovem: a flor, e o vestido remetendo à noiva, assim, primícias de um enlace.

No nível do inconsciente – à memória do pai, vem a lembrança da filha caçula sempre generosa, amorosa, que fez um pedido singular, querendo apenas uma rosa, em contraste com os gananciosos pedidos das irmãs mais velhas.

ψ Pela primeira vez, segundo os estudiosos, aparece o *motivo recorrente das irmãs mais velhas*, com a característica de más, invejosas, cruéis e ambiciosas. Trata-se de um arquétipo que voltará em incontáveis narrativas.

*O castelo como índice* da importância espacial que terá na narrativa, e a soma simbólica e semântica – marco, luz, tempo um dos eixos do cronotopo bakhtiniano – que aí está representando o cruzamento dos eixos vertical e horizontal.

TEM

ES   PA   ÇO

*PO*

IV a –
ψ Como em corte diáfano / transparente, o pórtico (suntuosos vitrais) de ψ uma porta que se entreabre para dar passagem ao viajante.

Temos, então, uma superposição de planos, mas cuja exposição processa-se contrária, oposta à anterior.

Permanecem como elementos construtores e de coesão da narrativa o Contraste e a Antítese

(*Provando a similaridade da imagem visual e a imagem verbal*. Utilizam, ambas, a mesma gramática, o mesmo plano expressional).

Fumaça (chamas) da chávena / bule, além da *chama das velas*.

No primeiro plano, uma mesa posta com requinte com três velas à esquerda, e quatro velas à direita. Também um castiçal de quatro velas.

Riqueza de detalhes com predomínio de formas circulares, quer em arcos, quer no círculo da mesa redonda e seus utensílios. Arcos, círculo, enlace.

A figura do cavaleiro *de negro* adentrando no desconhecido ao mesmo tempo altamente convidativo, mas com o temor em suspenso pela insegurança do ignoto. O visitante é conduzido e

IV b – com um olhar receptor, que capta, mais penetrante do que um olhar desavisado, podemos perceber a presença do castelo como sombra que tudo vê mas não se mostra. Faz-se necessário, atenção, pois em primeiro plano, a perspectiva nos revela cenas do cavaleiro em momentos do presente e do passado.

1º – foi ele entrando > agora passado
2º – ele dentro do castelo obedecendo à voz que lhe vai indicando como proceder.

— jantando

— quase dormindo — sonolento

— encimando as molduras vermelhas que marcam temporalmente as cenas

Temos com dúplice sentido, um detalhe: vazando / sangrando a moldura, *o vermelho* remete ao sangue, à vida, à dor, a momentos extremos.

ícone = vermelho e rosa (Bela), seu coração dividido em três porções:

os números mágicos têm no três uma densa simbologia.

V – a

Um detalhe a destacar: as frisas e vinhas dividem-se ou estilhaçam-se em vários pequenos padrões nos cantos das páginas como remates de cenas.

Ao folhear vemos a página dupla ou de fora-a-fora. Até aqui tivemos a pulsação do galope 1-2/ 1-2/ 1-2/ páginas duplas / pág. de fora a fora / páginas duplas / página de fora a fora. Ritmo binário contrastando com toda a simbologia ternária, portanto:

harmonia = cores claras – floresta e jardim com predomínio de amarelo, o outro,

a riqueza – mais o jardim florido e cheio de encantamento...

castelão aparece: espanto!

uma fera, dedos com *garras* – *unhas* longas, disformes.

roupa suntuosa, mas *boca de fera,* dentes que são *presas, olhos ameaçadores,* mesmo raivosos.

orelhas eqüinas = estamos frente ao animalesco, ao disforme.

Ele surpreende o seu hóspede com uma flor colhida (o pedido da caçula). Entre muitas outras, a mais formosa *rosa fora colhida*. O espanto nos olhos do pai.

O simbolismo comparece na estatueta da ninfa com asas, antenas, uma protetora do jardim... A arte da escultura (a estatutária presentificando a arte grega, e a origem do mito).

VI a – A visão do leitor aparece em close sobre o pai ancião de posse da rosa, agiganta-se a Fera, com feição amenizada, espelho mágico, visão da jovem refletida no espelho. (Nós pelas versões orais de nosso conhecimento, sabemos que Ela será exigida ao pai como pagamento da invasão do domicílio e 'furto da rosa'.) Após o diálogo, o pai em situação desfavorável promete lhe dar a primeira coisa que lhe aparecer.

VI b – Sobre fundo em sombra azul marinho, (pequenas flores) temos duas molduras ovaladas, focalizando dois momentos seqüênciais:

1 – < > *o regresso à casa do Pai* Cavaleiro Contristado...
2 – < > *o retorno ao castelo* trazendo a filha prometida.

Contraste – a díade oposicional imperando.
no regresso os tons do céu vão do rosa ao amarelo, predominando o amarelo ouro. O cavaleiro segue cabisbaixo...
No segundo enquadramento – todo em escala de azuis indo do claro ao escuro, vemos o pai e filha em galope; os cabelos dela esvoaçando ao vento.

Contrastes = desde as patas do cavalo à postura, aos pêlos eriçados do 2º quadro.

E em contraposição impactante e impressiva, a moldura das duas páginas, em seu canto inferior esquerdo e direito, outra vez, as mesmas 4 rosas prolongadas por um ramo encimado por botão em contraste de cor. Rosas viçosas em gradação (rosa / carmim) e rosas (azuis – lilases) também, em gradação, ambas são visualizadas como se estivessem em relevo, tão bem foi colocado o destaque/contraste.

VII –

*Quadro da Entrega Nupcial*

Ela e Ele em destaque colorido, ele em formas humanizadas. Ela repousa sobre o braço do pai (apenas sombra) vai desaparecer [deixareis pai e mãe...]. Ela levando como em oferenda [lírios brancos – pureza, paz]. Ele *unhas* (não mais garras), *orelhas humanas* (não mais equinas). Ele sentado como que dedilhando o órgão com a marcha nupcial, lábios entreabertos = sem hostilidade mas pela roupagem brilhante, com dobras, traje de gala. Mas ainda uma fera = o pêlo em evidência, os cornos.

Um grande castiçal / candelabro com seis velas na parte superior.

Uma longa haste prateada de enlaces e, depois,

Duas velas do lado da jovem – ela o vê sob dúplice forma / fera
\homem

e Uma só do lado dele – o 3 que figura o 1...

VIII –

*Ela de rosa* tomando toda a cena.. a seqüencialidade prossegue... O pai de costas envolto em uma capa parte.

A fera, de costas para ela, mas de perfil para o leitor, revela-se pensativa... A Fera de perfil tendo seus traços em azul claro, suavizados e assemelhando-se à Figura do Pai.

Vinheta de asas rosas e centro azul, símbolo de enlace, que na página seguinte se amplia e apresenta um coração bastante irrigado pelo sentimento do amor.

Os dois numa embarcação começam a viver um idílio. Os dois cisnes reduplicam a aproximação que une o casal, nadando no mesmo lago. Note-se que até o momento não faziam parte da estória. Índice inserido na paisagem para indicar a futura união dos dois.

## IX –

Repete-se em detalhe a ilustração da página IV, quando os dois no interior do castelo – à mesa, ele lhe oferece o espelho mágico, cujo dom é o de refletir/ espelhar as situações desejadas. Ela visualiza o pai enfermo.

Na página ao lado, dividida em dois, sendo rematada a divisão com o contorno do espelho (em tamanho maior) e todo em fundo branco.

No espelho cores sombrias e o pai prostrado.

Abaixo do centro do espelho e da página, a figura da filha a galope no corcel. Marcando a hora o sol comanda o amanhecer.

Logo depois, a filha acariciando o pai.

## X –

O pai recuperado, uma visão no espelho a assusta. Em retângulo, emoldurada por cor branca, vestida de azul com gola rosa, em lágrimas, volta, pois o cavalo em direção contrária. Ela, chicote na mão, o apressa, cabelos esvoaçando ao vento, sob um céu carregado de nuvens.

Permanece para quem não conhece o texto, a interrogação do porquê do regresso em desespero.

XI – Cena: resposta.

A jovem depara no jardim com o corpo da fera caído. Cabeça tombada próxima da beirada do lago, pés mergulhados na água. Vê-se uma água-pé, vegetação rasteira aquática. Em sua aflição, ela se estende ao lado dele, que lhe segura a mão.

XII –

Graças ao amor, manifestado por sua volta, ele recupera a perdida forma humana, e com uma rosa na mão, os dois abraçam-se amorosamente. Esta cena ocupa toda a página sem deixar espaço para molduras e vinhetas.

No próprio quadro (fundo desenhado) encontra-se o símbolo padrão, nítido, sem emaranhados: um coração.

Como núcleo semântico principal podemos encapsulá-lo na oração:

"O amor é um agente transformador". A Fera se descobre Homem e a Bela pressente em seu íntimo a chegada da Mulher.

### 4.3.3 António Torrado – *A bela Micaela e o monstro da Pata Amarela*[19] – História tradicional portuguesa contada de novo. Ilustrada por Victor Paiva.

Em uma terra cuja localização é desconhecida, vivia uma jovem muito presumida, pois considerava-se a mais bela de todas e a de maiores qualidades.

---

[19] TORRADO, Antonio. Il. de Victor Paiva. *A Bela Micaela e o monstro da Pata Amarela*. Lisboa: Editorial Comunicação, 1985.

O código de função conativa, Jakobson,[20] está presente no verbal, pois:

> numa terra, que não sei onde fica, vivia uma rapariga de nariz *torcido*. Isto de nariz torcido é uma maneira de dizer. A rapariga tinha uma grande *crista*. (...) A rapariga tinha era muito *penacho*. (...) Nariz torcido, crista ou penacho, tudo apontava para o mesmo defeito, o da toleima.

---

[20] YAKOBSON, Roman. *Lingüística, poética e cinema.* São Paulo: Perspectiva, 1970.

Na ilustração, vemos a pose, o gestual de Micaela, o nariz bastante erguido, revelando indicialmente sua auto-imagem, a de alguém muito convencido da própria importância, portanto extremamente presunçosa. Poderíamos dizer, que, logo de início, a narrativa, pela tradução intersemiótica dos códigos verbal e imagético, configura *um estado de iconicidade.*

Ela vivia apregoando que só se casaria caso o noivo tivesse dentes de prata e barbas de oiro. Isso afastava os pretendentes, e imaginava-se que iria ficar solteira... Mas, certo dia, batem-lhe à porta e era um cavalheiro tal e qual o modelo por ela imaginado. Viera em carruagem majestosa de vidro e seguida por um séquito de lanceiros, todos iguais e silenciosos.

A razão da viagem, pedir-lhe em casamento. E Micaela:

– Eu tinha ou não razão? Valeu a pena esperar...

E ele tinha pressa de voltar aos seus domínios. Seus pais presentes na partida, com o coração querendo lhes falar de algo... Foi viagem que durou um instante. Chegado ao solar do senhor que não sorria, os cavalos de vidro quebraram-se, a carruagem virou pó. Escureceu de repente.

A jovem gritou desesperada pelo marido. Ao seu lado apareceu-lhe um monstro mais que medonho, igual ao das estórias de arrepiar; era ele o marido de Micaela.

Fosse lá o que ele fosse, avisou que se transformara em homem porque ninguém o queria tal como era. Assim explicou o monstro, ou dragão, ou bruxo.

Micaela tapou o rosto com as mãos. Mas nada valia chorar pelos pais ou irmãs. Todos a julgavam casada com um cavalheiro de barbas de oiro, rica e sem cuidados. A jovem desejou que fosse sempre noite e não queria que ninguém descobrisse seu fado. O monstro fazia-lhe todas as vontades, cuidava dela como de uma princesa. Uma tarde estava a olhar no jardim as roseiras, quando um passarinho começou a cantar. O monstro perguntou:

– Ouves o canto?

Diante da afirmativa, ele explicou que haveria novidade. A tua irmã vai casar-se. A mais velha.

– Tu queres ir?

Ele permitiu, e perguntou se retornava. Ela disse que sim. O monstro deu-lhe um anel, para que não esquecesse o prometido. Avisou que ao fim de três dias iria procurá-la, um cavalo de vidro...

ao fim da terceira pancada deveria estar montada, caso contrário, ele retornaria sem ela. Nesse caso ela teria um grande desgosto. As irmãs não queriam deixá-la voltar, pois receberam como presente um saco cheio de riquezas. E maldosas e invejosas, não queriam para a mais nova, o futuro de riquezas, que certamente a esperava.

Passado um tempo, tudo repetiu-se, toda a cena, pois casava-se a segunda irmã. O monstro tornou a adverti-la e sua voz era um lamento tão fundo e magoado, que afligia. Felizmente, Micaela voltou.

Tudo ainda se repete pela terceira vez, casava-se a mais nova irmã.

Mas ela não voltou. As irmãs deram-lhe chá de dormideiras, tiraram-lhe o anel. E de nada mais Micaela tinha lembrança. Andava tal Maria-vai-com-as-outras.

Sem vontade nem afeição. As irmãs resolveram perguntar-lhe do cavalo de vidro... e, então, tudo voltou-lhe à lembrança.

— Ai que desgraça a minha! Que é do meu anel? Foi colocá-lo e sair correndo pelos campos afora.

No lugar do solar nada restava. Mas ouviu um gemido. Era o monstro que morria. Em despedida, o seu noivo fez-lhe uma festa com a pata amarela, as unhas recolhidas.

— Ai meu bichinho! soluçou Micaela. Mas já não havia remédio. Voltou à aldeia cheia de mágoa. Zangou-se com as irmãs e foi viver sozinha. Era a triste Micaela. Aos pretendentes foi sempre dizendo não, mas sem soberba. Respondia:

— Trago comigo um desgosto que não passa — respondia. Não tenho alegria para dar.

Sempre esmorecendo, assim envelheceu.

Temos esta versão, resumida por nós, a partir do Resgate de Forma do autor português Antonio Torrado. Resgate esse em "Paráfrase com estilização" de uma das versões em que a fera morre. Nem todos os contos maravilhosos têm final feliz.

Podemos constatar as invariantes, a presença do roseiral, das irmãs, dos objetos mágicos, do castelo, da atmosfera de encantamento. Do número mágico *três*.

É fácil reconhecermos os indícios do Mito *Eros e Psique* de Apuleius. Mas aqui a grande diferença é que não ocorreu o casamento da sabedoria com a matéria. Não houve comunhão, nem harmonia, nem serenidade. Os castigos não foram suficientes. A mágoa substituiu a alegria de viver. Só houve perda na união.

Nada de dentes de prata e barbas de ouro, mas um terrível monstro. O uso indicial da *cor e do material ouro*, símbolos da riqueza, do poder. Nítidos ficam os momentos da leitura: o diálogo entre emissor e receptor, e na resposta, um novo código concretizado em uma donzela, transformada, renovada. A inveja das irmãs, sua ida aos dois casamentos, o chá de dormideira que as invejosas a fazem beber, seu esquecimento. Quando desperta de sua letargia, já é tarde demais.

O conteúdo persuasivo do verbal nos avisos do Monstro, e a inovação, apesar de a transformação da Bela Micaela ter sido radical, aconteceu fora do tempo: o monstro já morria.

Como ícone da nova donzela temos sua fala:

– Ai meu bichinho!

A jovem retorna à aldeia, briga com as irmãs, vai viver sozinha. E aos pretendentes que vão surgindo, sua resposta é enfática:

Trago comigo um desgosto que não passa. Não tenho alegria para dar.

E esmorecendo, assim envelheceu. A funcionalidade sígnica da figura de uma velha sozinha, sob a luz de um lampião, a página final, com uma janela de vidraça fechada, deixando ver o contraste de uma lua amarela cercada do escuro total, de um lúgubre intensificado e percebido pelo tracejar cruzado que adensa as trevas. Forte é a correlação interna dos signos e o uso estratégico de traços e cores.

V – Do mito ao Conto popular e ao Conto erudito na Tradição ocidental – Versões portuguesas e Versões brasileiras

Encontramos outra versão semelhante à transcrita por Menéndez y Pelayo em Trancoso (cf. n. 12). É o *"CONTO VII"* p. 305. Situa-se na cidade de Florença, onde vivia um mercador muito rico, que a cada dia ficava mais avaro. Ele foi até o Duque alegando a perda de uma bolsa, achada por uma mulher que vive só com sua filha Donzela. O avarento acusa-a de devolver quase o todo menos algumas poucas moedas. O Duque percebe o ardil e julga os fatos sabiamente. É a versão da *Patrañā nº. 6*, de Timoneda. João Palma-Ferreira, ainda, fornece as seguintes fontes: na *Disciplina Clericalis*, a do aragonês Pedro Alfonso; na novela IV da coleção de Giovani Sercambi de Luca, na novela IX, da década I, da Coleção de Giraldi Dinthio; nas próprias fontes a que recorreu Sercambi e que foram pormenorizadamente estudadas por Alejandro D'Ancona nas notas da novela do já citado contista. Menéndez y Pelayo vê no tratamento dado por Trancoso uma expressão muito popular e independente do tema.

O tema do achado da bolsa, que é um dos mais antigos e utilizado por contistas.

## MITO

Todos nós deparamos desde nosso nascimento com a linguagem. No bebê não apenas as expressões faciais dão conta de seu estado físico psíquico, como sua primeira linguagem é o choro que expressará sua indisposição, e com variantes, um para a fome, outro para dor, ou mal-estar, outra porque quer colo e não lhe dão. Muitas vezes são respostas aos estímulos. Enfim uma série de sinais, símbolos e imagens falarão por ele.

Em Carl G. Jung, lemos:[21]

> O que chamamos símbolo é um termo, um nome ou mesmo uma imagem que nos pode ser familiar na vida diária, embora possua conotações especiais além do seu significado evidente e convencional. Implica alguma coisa vaga, desconhecida ou oculta para nós.

Jung cita o exemplo de aparecerem leões, águias e outros animais, que representam os quatro evangelistas, e que indianos ou outros, que desconhecem a simbologia, possam confundir com possível adoração. Assim uma linguagem é simbólica quando implica em sentido oculto, além do sentido manifesto.

MITO:[22] Definição que lhe parece menos imperfeita –

> O mito conta uma história sagrada; ele relata um acontecimento ocorrido no tempo primordial, o tempo fabuloso do "princípio". Em outros termos, o mito narra como, graças às façanhas dos Entes Sobrenaturais, uma realidade passou a existir, seja uma realidade total, o Cosmo, ou apenas um fragmento: uma ilha uma espécie vegetal, um comportamento humano, uma instituição. É sempre, portanto, a narrativa de uma *criação*: ele relata de que modo algo foi produzido e começou a ser. O mito fala apenas do que r*ealmente* ocorreu, do que se manifestou plenamente. Os personagens dos mitos são os Entes

---
[21] JUNG, Carl G. *O homem e seus símbolos* Rio de Janeiro: Nova Fronteira, 1964. p. 20.
[22] ELIADE, Mircea. *Mito e realidade.* São Paulo: Perspectiva, 1972.

Sobrenaturais. Eles são conhecidos sobretudo pelo que fizeram no tempo prestigioso dos "primórdios".

Sabemos por Eliade que nas sociedades em que o mito ainda está vivo, os indígenas distingüem cuidadosamente os mitos – "histórias verdadeiras" – das fábulas ou contos, que chamam de "histórias falsas".

Memória primordial e memória histórica.

Na Grécia temos duas valorizações da memóris:

1) a que se refere aos eventos primordiais (cosmogonia, teogonia, genealogia)

2) e a memória das existências anteriores, ou seja, dos eventos históricos e pessoais. *Letes, o "Esquecimento"*, opõe-se com igual eficácia às duas espécies de memorial, mas Letes é impotente em face de alguns privilegiados:

1) aqueles que, inspirados pelas Musas ou graças a um "profetismo ao reverso", conseguiram recuperar a memória dos eventos primordiais;

2) aqueles que, como Pitágoras ou Empédocles, conseguem recordar-se de suas existências anteriores.

De certa forma essas duas categorias superam de certo modo o "Esquecimento" e, conseqüentemente, também a morte de certo modo.

# Capítulo V
# Do mito ao conto – análise de relatos

RECORDANDO, ENCONTRAMOS OUTRA versão semelhante à transcrita por Menéndez y Pelayo em Trancoso.[1] É o Conto VII p. 305. Sua obra, *Contos e histórias de proveito exemplo* foi uma das mais lidas nos finais do século XVI e ao longo dos nossos séculos, XVII e XVIII. Conjetura-se que nasceu entre 1515 e 1520, sabendo-se que sua morte ocorreu ainda antes de 1596. Alguns o consideram iniciador de um gênero que veio da Idade Média, *a história de exemplo*. Outros o depreciam como sendo apenas um "moralista piedoso". Porém, filólogos portugueses, ou estudiosos de literatura oral, notam em seus contos certa influência italiana, com temas de Boccaccio, de Straparola, de Bandello (nasceu em Castelnuovo em 1485, morreu em Florença por volta de 1561. É considerado como o mais célebre contista italiano depois de Boccaccio).

---

[1] TRANCOSO, Gonçalo Fernandes. *Contos e Histórias de proveito e exemplo.* (texto integral conforme a edição de Lisboa, de 1624. Pref. e notas de João Palma-Ferreira). Lisboa: Imprensa Nacional – Casa da Moeda, 1974.

Estes e outros contistas de época, cujo espaço não é este para serem considerados, o influenciaram, resta-nos destacar que o importante é apontar *para o tratamento do tema da astúcia feminina, tão característica do Decameron*, e presentes nos literatos hispânicos, lembrando que a tradição já vem de Apuleio. Os estudiosos de Trancoso e seus contos apontam também, como o *Conto 7 da segunda parte, que corresponde, talvez à Terceira Noite, de Straparola* (segundo A. Bell em *A Literatura Portuguesa (História e Crítica)*, e da qual o Dr. F. A. Coelho aponta outras vinte e uma versões estrangeiras, além de quatro variantes em português, muitas outras parecem ser de origem oriental.

Citamos João Palma Ferreira:[2]

> Interessa sublinhar que o método narrativo de Gonçalo Fernandes Trancoso, embora relacionado ainda com a Idade Média, se caracteriza já por um esforço inventivo em que a correlação e a interligação dos Contos conferem uma unidade muito interessante à obra. Em vez de se preocupar exclusivamente com a apresentação de "exemplos" isolados, Trancoso vai forjando um complexo no qual um conto é completado por outro, fazendo variar as situações conforme as novas personagens introduzidas. Esta eslasticidade narrativa, este "método", digamos, já tem algo a ver com a posição que a linguagem de Trancoso ocupa no quadro da evolução da língua portuguesa, isto é, (...) no início dessa fase a que J. J. Nunes chama fase moderna(de meados do século XVI aos nossos dias) e no próprio seio do nosso século XV.
>
> Como primeiro contista, Trancoso, quando comparado, no português que escreve ao das velhas "estórias" que um pouco por toda parte se insinuam na prosa medieval portuguesa, assume, claramente, uma posição semelhante à de Gil vicente em relação aos milagres e moralidades; é um verdadeiro paladino, no qual vai entroncar toda uma tradição que lentamente evolui até aos nossos dias.

Reafirmando, o tema do achado da bolsa é dos mais antigos, tendo sido utilizado por inúmeros contistas. A recolha dos dados que

---

[2] Idem, ibidem, p. LXXVII.

se seguem foi trabalho de Câmara Cascudo (nota 54) que transcrevemos na íntegra, pois somente um pesquisador e *expert* em literatura popular poderia ter reunido com tanta minúcia as fontes que se seguem:

    Maria Gomes: C. Cascudo em nota ao conto, cita a recolha na Bahia de o *"Biacão"*, muito semelhante ao conto português *"Sardinha"* do Algarve, recolhido por Theophilo Braga,[3] ambos do *ciclo dos peixes encantados e benfeitores*. No Maria Gomes, a inicial, recorda perfeitamente o tema universal de "João e Maria", perdidos na mata pela vontade paterna. A moça que se veste de homem e é posta à prova, ocorre em inúmeros contos europeus. Aurélio M. Espinosa registrou na Espanha o conto *"La Hijada de San Pedro"*, em Jaraíz de La Vera, Cárceres e em *"El Oricuerno"* com detalhes iguais aos de *"Maria Gomes*. Em Portugal, trata-se do conto *"A afilhada de Santo António"* que Adolfo Coelho[4] incluiu em *Contos Populares Portugueses*, em nossa edição sob no. XIX. Adolfo Coelho incluiu, ainda, o conto no livro *Contos da Carochinha*. Straparola, em Notte-4, Favola I narra as aventuras de Constança, que, vestida de homem, se fez amar pela rainha da Bitínia e posta a provas, sendo descoberta pelo rei, casa-se com ele. A versão de *"A afilhada de Santo António"* (A. Coelho) foi recolhida em Coimbra.

## 5.1 Theophilo Braga – T. 425. "A procura do esposo desaparecido"

### Gonçalo Trancoso – "O conto VII"[5]

Transcrevemos o conto:

No conto anterior foi tratada uma grandeza de ânimo que, por cumprir justiça, usou Alexandre de Médicis, Duque de Florença,

---

[3] BRAGA, T. Op. cit., nota 7, 14 o., 1 v., p. 36.
[4] COELHO, Adolpho. *Contos populares portugueses*. Lisboa: Publicações Dom Quixote, 1983. Pref. de Ernesto Veiga de Oliveira.
[5] TRANCOSO, Gonçalo Mendes. *Contos e Histórias de Proveito & Exemplo*. Texto integral conforme a edição de Lisboa, de 1624. Lisboa: Imprensa Nacional / Casa da Moeda, 1974. Conto VII, p. 305, da terceira parte. Pref. Notas, Glossário de João Palma-Ferreira.

com uma pobre Donzela e porque este é de outra nobreza sua que usou com uma pobre viúva, o qual é o seguinte:

Na cidade de Florença havia um mercador muito rico que, por suas mercadorias e tratos de que usava, tinha ajuntado muitos mil cruzados. E assim como cada se lhe ia acrescentando suas riquezas, assim nele se lhe ia multiplicando tanta avareza, que as pessoas que o comunicavam se admiravam como em extremo era tão avarento, que em outra coisa não fazia sentido senão em ajuntar dinheiro.

Este, estando um dia vendendo suas mercadorias tomou quatrocentos cruzados em outro que havia vendido e deitou – os em uma bolsa e, depois de recolher seu fato, se foi para sua casa a entesourar os quatrocentos cruzados que levava, em ouro. E indo pelo caminho, fazendo suas contas com a imaginação, lhe acertou a cair a bolsa e, até que chegou a sua casa a não achou menos. Esteve para perder o juízo juntamente com a bolsa e, tornando com grande pressa por o caminho por onde tinha vindo, não encontrava com pessoa a quem não perguntava por ela. E chegando ao último lugar donde tinha saído e vendo que não achava rasto nem novas dela, foi tão grande paixão que por aquela perda tomou que, a cada passo se lhe arrancava a alma. E assim, cheio de dor e aflição ficou triste e pensativo, não se determinando no que faria. E quisera antes perder um olho que a sua bolsa, pelo qual, desejoso de a achar, com grande paixão e dor se foi ao Duque que era senhor daquela cidade que, como sabia que era pessoa que em tudo guardava justiça e dava ouvidos, assim ao pobre como ao rico, chegou diante dele e lhe pediu que mandasse sua excelência, em seu nome, apregoar que quem achasse sua bolsa com quatrocentos cruzados em ouro, que os trouxesse diante dele, que ele lhe daria quarenta cruzados de achado.

O Duque, que não menos era piedoso para quem a ele viesse buscar socorro que grave e esforçado onde lhe convinha, lhe concedeu o que pedia, mandando logo por toda a cidade apregoar que quem achasse uma bolsa com quatrocentos cruzados em ouro que a trouxesse diante dele, que ele faria logo dar quarenta cruzados de achado.

Foi dado o pregão pela cidade e, sendo ouvido de todos, chegou aos ouvido de quem havia achado a bolsa, que era uma mulher viúva, muito pobre e virtuosa. E ouvindo dizer que davam quarenta cruzados de achado, foi muito leda, entendendo que ficar-se com a bolsa seria infernar sua alma e que melhor era, para quietação de sua consciência, torná-la a cuja era e que lhe daria os quarenta cruzados que o Duque mandava prometer; e que estes podia levar sem encargo de consciência pois seu dono os dava de sua livre vontade.

E assim, com esta determinação, se foi diante do Duque e lhe pôs em suas mãos a bolsa que havia achado assim e da maneira que o mercador a havia perdida. O qual, vendo-a em tão pobre trajo e tão mal arroupada lhe perguntou que mulher era e se tinha alguma fazenda de seu e de que vivia, ao que ela respondeu;

– Não tenho, senhor, outra coisa de meu, senão o que eu e uma minha filha Donzela, com quem só vivo em companhia, ganhamos com nossa agulha, vivendo em amor e temor de Deus, e passamos com nossa pobreza muitas necessidades que só Nosso Senhor sabe.

Ouvindo o Duque estas palavras e vendo que a pobreza desta mulher, nem o desejo de remediar sua filha Donzela, foi parte para se ficar com o que sua ventura lhe havia oferecido, considerando que outrem de mais fazenda e menos necessidade a achara e a fizera sua, teve para si que aquela mulher devia ser virtuosa e honrada e que era dign[a] de ser grandemente favorecida. E logo mandou chamar ao mercador e lhe disse como a bolsa havia já aparecido que não faltava mais que cumprir sua promessa àquela mulher honrada, que a havia achado.

## 5.1.2 Luís da Câmara Cascudo – "Maria Gomes" e Adolfo Coelho – "A afilhada de Santo António"

Transcreveremos apenas a versão de *"Maria Gomes"*[6] (inclusive a grafia do original) já inserindo a recorrência das *invariantes* introduzidas no Conto. Tais invariantes demonstram como a oralidade vai tecendo (ao sabor do tempo e espaço) trechos que, por razões impossíveis de se detectar, interessavam ao transmissor da narrativa.

Um homem viuvo tinha tantos filhos que não os podia alimentar nem vestir convenientemente. Quase sempre, na hora das refeições, uma das crianças ficava com fome. O Pai lastimava-se de sua miseria e, na falta de outro auxilio, deliberou abandonar um dos filhos na floresta. Tirou a sorte e recaiu na filhinha chamada Maria que era muito inteligente, bonita e trabalhadeira.

Impossível não identificarmos a similaridade do início do Conto tão conhecido *João e Maria* quando os dois são escolhidos para o abandono na floresta. A diferença aqui, e já em relação com o campo semântico deste conto, a sorte é tirada e apenas a menina Maria é deixada sozinha na floresta. Lembramos, sem dar a descrição, que *floresta* é um dos motivos recorrentes dos contos maravilhosos. E esta dimensão não deixa de contaminar este *conto popular*, que apresentará assim como este pormenor, outros, modificadores de sua natureza, para ser contado apenas para divertir. Como forma derivada do

---

[6] CASCUDO, Luís da Câmara. Op. cit., p. 77.

Mito, o simbolismo está presente em certos arquétipos. Lá ficou a criança embaixo de alguns *pés de araçá*, o espaço já ambientado no Brasil. Diante da recomendação para que prestasse atenção às batidas do machado (o pai iria cortar lenha), Maria somente a altas horas da noite ouviu as pancadas.

    O homem levou a mocinha para a floresta e a deixou debaixo de uns pés de araçá, recomendando que se orientasse pelas pancadas do machado com que ele ia derrubar uma árvore para tirar uns favos de mel de abêlhas.
    Maria ficou, ficou, ficou. As horas passavam e o dia estava escurecendo quando ela ouviu umas pancadas. Procurou caminhar na direção do som e encontrou apenas o cabaço amarrado a um galho. O vento é que o fazia bater e provocava o barulho. Vendo-se perdida, Maria andou, andou, andou e, ao anoitecer, subiu a uma árvore e de lá avistou o telhado de uma casa. Desceu e caminhou até deparar com um casarão muito velho quase em ruinas, n'um descampado que metia medo aos mais corajosos.

[Os artifícios do irmão, evidente, estão ausentes. Mas presente, a repetição de um vocábulo por três vezes – o *"ficou, ficou, ficou"* – correspondendo ao brasileiro *"andou, andou, andou"* de uso corrente entre nossos indígenas, por exemplo, nas *Porandubas* (*uatá, uatá, uatá*). Em suas andanças, as migrações, os contos permanecem, porém com leves ou mais fortes mudanças.]

    Muito cansada e faminta, Maria rodeou a casa, entrou por uma porta larga e viu que as paredes estavam cheias de instrumentos de música e havia uma rêde armada a um canto. A moça segurou um violino e tocou, tocou, tocou. De repente apareceu uma mesa coberta de iguarias fumegantes e apetitosas.
    Uma voz misteriosa disse: – Maria Gomes? O jantar está na mesa!
    Maria jantou a vontade. Quando acabou, a voz se ouviu:

– Maria Gomes? Seu quarto é o último, no corredor!

    A moça encontrou um quarto preparado de tudo, muito confortável, com roupa para mudar e objetos de uso. Deitou-se e dormiu tranqüilamente.
    Passaram-se muitas semanas. A moça tocava música durante o dia, arranjava a casa, limpando-a. Não via pessoa alguma. Apenas a voz misteriosa dirigia o serviço.

[O Mito é repetido na voz misteriosa sempre obedecida. Tudo é providenciado. Mas a menina também não vê ninguém.]

N'uma noite, a voz informou:
— Maria Gomes? Seu pai está doente. Quer ir vê-lo?
— Quero! — Disse Maria Gomes. A voz continuou:
— Amanhã pela manhã estará um cavalo branco selado esperando à porta. Dentro daquela gaveta há muito dinheiro. Leve quanto desejar para sua família. Tenha todo cuidado em obedecer as duas condições: primeira é não dizer onde e como está vivendo. A segunda é atender aos rinchos do cavalo. Quando ele der o primeiro rincho, despeça-se de todos. Ouvindo o segundo, esteja no meio do caminho e ao terceiro mêta o pé no estribo. Se perder o cavalo, nada mais posso fazer. Não esqueça!..

[Temos a repetição do número três: são essas as condições para ser salva pelo cavalo branco. Este já é revestido de simbolismo dos contos maravilhosos do mundo todo. Primeiramente, o cavalo representa os instintos domados. Biederman[7] registra que] "em contos de fadas os cavalos comparecem como seres adivinhos e mágicos, que falam com voz humana e dão bons conselhos àqueles que lhes são confiados" (este registro é aqui reiterado, por ser freqüente sua presença nos contos).

Este é o caso deste conto, afirmando mais uma vez a contaminação do conto pelos elementos da *féerie*. Biedermann explica que "a simbologia psicológica vê no cavalo um ser 'nobre' e inteligente, mas quando perturbado capaz de se tornar temeroso;" o "id" (a esfera dos sentidos) e o "ego" são concebidos como cavalo e cavaleiro; o cavalo branco, segundo Chevalier[8] é símbolo de majestade real. O branco é também uma cor limite. Cristo foi figurado sempre sobre um cavalo branco. Esta é a cor da Pureza, do Sublime, além de remeter ao limite, ao passageiro.

---

[7] BIEDERMANN, Hans. *Dicionário ilustrado de símbolos*. Trad. Glória Paschoal de Camargo. São Paulo: Melhoramentos, 1993.
[8] CHEVALIER, Jean; GHEERBRANT, Alain. *Dictionnaire des symboles*. Paris: Éditons Robert Laffont, 1982.

No outro dia tudo sucedeu como a voz ensinara. Maria encontrou o cavalo, com silhão, montou – o e n'um minuto estava em casa do Pai. O velho melhorou logo que a viu e recebeu muito dinheiro, ficando todos satisfeitíssimos com a visita da moça que, pensavam morta e devorada pelas feras da mata.

No meio da conversa, Maria ouviu o relincho do cavalo branco. Imediatamente abraçou o Pai e os irmãos e irmãs recusando todos os oferecimentos e correu para a estrada. Ao segundo rincho do cavalo, a moça estava bem perto do animal e mal este deu o terceiro sinal, Maria meteu o pé no estribo e foi transportada velozmente para o casarão misterioso no meio da floresta.

Assim outros tempos correram. Duas vezes Maria Gomes visitou seu Pai. Na última ocasião o velho, já bem alquebrado pela idade e doença, faleceu. Maria chorou muito, agarrada com os irmãos. Soluçava tão alto que não ouviu o primeiro relincho do cavalo branco. Percebendo o segundo, correu como uma bala, mas o terceiro relincho não a alcançou em ponto de montar. O cavalo partiu e Maria Gomes continuou correndo atrás do cavalo, gritando, chamando e chorando. Já estava exausta quando o animal voltou, coberto de espuma e se deteve, esperando que ela o montasse.

– Se você não corresse atrás de mim eu voltaria para matá-la à força de coices
– disse o cavalo encantado.

[A condição de ouvir e obedecer aos três relinchos remete ao número mágico, e o narrador registra: "disse o cavalo encantado". O contrato do maravilhoso está implícito no conto, e seu leitor assume também a magia.]

No outro dia a voz explicou:

– Maria Gomes? Você já tem me servido muito. Agora eu devo ajudar a você e completar minha sina. Vista-se de homem e monte o cavalo branco do qual nunca mais se separe e ouça todos os conselhos que êle lhe der. Será para a sua e minha felicidade.

A voz emudeceu. Maria dormiu. Pela manhã vestiu-se de homem, encheu os bolsos de dinheiro, montou o cavalo branco e galopou até um reinado próximo.

Aí procurou empregar-se e sendo robusto, bem feito e simpático, falando com desembaraço, encontrou o lugar de jardineiro no palácio do Rei.

[No trecho acima temos outras invariantes: *o vestir-se de homem*, presente nas formas derivadas dos romanceiros *(Dom Martinho,*

*Donzela Guerreira)*; montar o cavalo branco além de não separar-se dele e o obedecer, condição para a felicidade de ambos].

O Príncipe vinha todas as manhãs olhar as flores e conversar com o jardineiro e assim acabou sendo seu amigo íntimo. Sem saber por que ía-se apaixonando pelo rapaz. Os olhos do jardineiro pareciam duas jóias. O príncipe dizia à rainha velha:

> Minha Mãe do coração,
> Os olhos de Gomes matam,
> De mulher sim, d' homem não!

A rainha velha dissuadia o filho dessa impressão mas o príncipe teimava, teimava, teimava, cada vez mais inseparável do Gomes.

[Novamente como invariante dos diversos *Romanceiros*, a atração irresistível, e o encanto pelos olhos do "pretenso jovem", atormentando o Príncipe. Também a mãe tentando dissuadir o filho sobre os tormentos que o tomam]. Neste momento surge a *invariante* presente em todos os romanceiros (e afins) quando a mãe ensina o filho apaixonado a submeter a donzela travestida a algumas provas, existentes nas mais remotas narrativas, indicadoras do sexo do disfarçado guerreiro. O elemento que atrai o enamorado geralmente são *os olhos*, olhos de mulher, de homem não. Na versão abaixo transcrita, a afirmativa de que as flores caem em cima da mulher e as folhas sobre os homens, é mais rara. Mais comuns são as do banho (aqui sem resultado), o sentar em cadeira baixa, a escolha de fitas.

Maria Gomes colocara o cavalo n'uma mangedoura vizinha ao seu quarto e não saía sem ele. Nunca montou outro animal apesar dos oferecimentos do príncipe.

Este vivia repetindo que os olhos de Gomes eram de mulher. A rainha velha aconselhou-o:

– Leve Gomes para uma caçada. Na hora de dormir arme as rêdes debaixo do jasmineiro grande que é encantado. As flores caem em cima das mulheres e as folhas em cima dos homens. Pela manhã bote reparo onde ficaram as flores...

O príncipe foi com Gomes caçar. Armaram as rêdes, pela tardinha, debaixo do jasmineiro. O príncipe adormeceu logo e Gomes depois. As flores caíam na rêde de Maria e as folhas em cima do príncipe. O cavalo branco que estava perto, aproximou-se, relinchou e as flores caíram no príncipe e as folhas em Gomes.

Pela manhã o príncipe estava que parecia uma noiva ou um anjo, todo vestidinho de jasmins. Ficou decepcionado e voltou ao palácio sem saber da verdade.

A rainha velha deu outra orientação:

— Leve Gomes para um banho no rio. O jeito é você ficar sabendo...

Foram os dois. O príncipe caiu logo n'água e Gomes começou a despir-se lentamente, conforme o cavalo lhe dissera. Quando ficou apenas com a camisa, o cavalo começou a pular, a piafar, atirando patadas e desembestou pelo campo, obrigando Gomes e o príncipe, este nu em pêlo, a correrem para aquietá-lo. Quando o conseguiram, Gomes estava molhado de suor e o príncipe cansadíssimo.

A rainha velha escolheu outro caminho:

— Convide ele para almoçar no palácio. Se for mulher sentar-se-á em cadeira baixa e esperará que a sopa esfrie.

O príncipe convidou Gomes e este foi ouvir o cavalo que lhe explicou tudo. No almoço, Gomes escolheu uma cadeira alta e tomou a sopa bem quente.

A rainha velha não desanimou:

— Quando estiverem conversando, em roda, sacuda uma laranja para êle. Se for mulher, habituada com a saia, abrirá as pernas para ter maior espaço e melhor aparar a fruta. Se for homem juntará as pernas.

O cavalo, que adivinhava, avisou a Gomes. Sacudiram a laranja e Gomes apertou as pernas.

A rainha velha falou ainda:

– Só resta uma forma. Durma uma noite no mesmo quarto.

O príncipe convidou Gomes para um trabalho no palácio e o prolongou tanto que o falso rapaz foi obrigado a ficar para dormir nos aposentos do amigo. O príncipe esperou que Gomes adormecesse, mas a moça resistiu toda a noite. Assim ainda a segunda vez, mas na terceira, não podendo com as pálpebras, dormiu. O príncipe passou a mão pelo busto do amigo e encontrou a saliência dos seios.

Acordou o pseudo jardineiro e disse:

Eu bem sabia que você era mulher e não homem. Como estou apaixonado, prepare-se para casar comigo.

Pela manhã Maria Gomes foi onde estava o cavalo e contou tudo.

[Acontece a série de provas que a mãe do apaixonado sendo ele príncipe como neste conto, ou capitão em textos da *Donzela Guerreira*, não importando que seus nomes variem. A jovem – vestida de homem – consegue por intuição, ou como neste caso, pelos dons do cavalo branco encantado, a comportar-se como somente um homem o faria. Mas em certo momento irá falhar. Nos Rimances, nos Romances ela também se apaixona, mas neste conto, e nos outros que se lhe assemelham o final é diferente]

– Sei perfeitamente. Já chegou meu tempo de liberdade. D'aqui a dias é 13 de junho, dia de Sant' Antônio, meu padrinho. Pede ao Rei velho que marque umas cavalhadas para êsse dia, convidando todo mundo. Eu comparecerei e te levarei comigo porque teu noivo sou eu!

E Maria Gomes ficou radiante e foi pedir ao Rei velho que anunciasse umas cavalhadas, com jogo de argolinhas, para o dia de

Sant' Antonio. O Rei velho, que era muito influído para essas festas, convidou toda a gente e preparou um terreiro enorme, com arquibancadas para os fidalgos e famílias assistirem.

No dia de Sant' Antonio o terreiro ficou negrejando de gente. Cavaleiros sem conta compareceram, vestindo luxuosamente. Logo ao começar a justa surgiu um cavaleiro desconhecido, coberto de prata, magnificamente montado e correu argolinhas com todos os outros, vencendo-os facilmente. Trouxe todos os adversários e pôs as argolinhas no colo do Príncipe muito lisonjeado.

O príncipe achou o cavaleiro muito antipático e não o aplaudiu.

No segundo dia, o cavaleiro voltou, vestindo roupa de ouro e venceu a todos, entregando as argolinhas à Rainha velha.

No último dia, o cavaleiro, vestindo diamantes, derrotou todos os adversários e pôs as argolinhas no colo do Príncipe que virou o rosto para não fazer a vênia de agradecimento.

Neste momento o cavaleiro atirou uma fita azul em Maria Gomes. Esta segurou uma ponta com o bico do pé e a outra com os lábios, fechando os olhos, como lhe dissera o cavalo, dias antes. Instantaneamente encontrou-se na garupa do cavalo que o cavaleiro montava.

Rei, rainha, príncipe, povo, todos correram para prender o raptor mas ninguém viu senão a poeira.

O cavaleiro galopou até o casarão velho. Parou e desceu Maria Gomes. Assim que esta pisou no chão, ouviu-se um estrondo e o casarão transformou-se num lindo palácio, resplandecente de luzes e cheio de criados, fidalgos e camareiros. Maria Gomes casou-se com o cavaleiro que era o cavalo encantado, e foram felizes como Deus e os anjos.

*Luisa Freire* – Ceará – Mirim. Rio G. do Norte.

Vimos as provas da justa serem vencidas pelo cavalo encantado (um príncipe metamorfoseado em cavalo; ele cumpriu seu tempo de encantamento e conquistou Maria Gomes). Motivo invariante. Outra observação que se deve fazer é a contaminação do maravilhoso cristão, desde a data do 13 de junho, dia do Santo Padroeiro dos casamentos e das jovens casadoiras, quanto na fórmula de fechamento do conto: "Felizes como Deus e os anjos". Em todas essas variantes permanece como *núcleo central* a união em casamento de amor (não realizado antes por faltas cometidas pelo jovem par, reiterando imaturidade, não domínio de sua natureza e outras). Somente cumprido o percurso das provas, teremos como no Mito *Eros e Psique* o casamento da matéria (instintos) com a sabedoria, o caminho da alma e do corpo.

No conto "A afilhada de Santo António",[9] versão de Adolfo Coelho, o homem que só tinha muitos filhos, sai em busca de padrinho para mais um, quando encontra um frade que de pronto aceita o pedido, desta vez, tratando-se de uma menina. Batizou-a com o nome de Antónia, e pede que a eduque o melhor possível, pois aos treze anos viria buscá-la. Como ele não aparecera, o pai sai com ela para colocá-la a serviço em alguma casa. Surge, então, o padrinho que concorda com a menina a trabalhar, mas avisa que deve levá-la a servir na casa do rei, porém vestida de homem e atendendo por António, pois "de outra forma corre risco a sua formosura na casa do rei". Em caso de alguma aflição, a menina deveria dizer: "Valha-me aqui o meu padrinho". Então a rainha agrada-se da formosura do pagem, mas diante da recusa dele, passa a armar muitas intrigas. As provas crescem em dificuldades, o pagem vence-as todas e ao saber quanto a rainha era desleal, o rei casa-se com Antónia, que herda os vestidos reais e "foi sempre muito boa, pois Santo António nunca deixou de a proteger". Esta versão traz como fonte a cidade de Coimbra (Portugal).

---

[9] COELHO, Adolfo. *Contos populares portugueses*. Pref. Ernesto Veiga de Oliveira. Lisboa: Publicações Dom Quixote, 1983.

Vê-se, claramente, a intervenção do "maravilhoso cristão" no relato.

A título de exemplificação, passamos agora a considerar o resgate no tempo, já em "forma artística ou literária" na proposta de A. Jolles:[10]

> O homem intervém na confusão do universo, aprofunda, reduz, congrega; reúne os elementos conexos, separa, divide, decompõe e repõe o essencial em pequenas pilhas. As diferenças ampliam-se, o equívoco é eliminado ou devolvido à univocidade...chega-se às formas fundamentais. (...) Cada vez que a linguagem participa na constituição de tal forma, cada vez que intervém nesta para vinculá-la a uma ordem dada ou alterar-lhe a ordem e remodelá-la, podemos falar então em Formas literárias.

### 5.1.3 Luís da Câmara Cascudo[11] – *Maria Gomes*

Tantos eram os filhos de um viúvo que não os podia alimentar nem vestir como devia. Nas refeições sempre uma das crianças ficava com fome. Resolveu, por isso, abandonar um dos filhos na floresta. Tirou a sorte e recaiu na filhinha Maria que era muito inteligente, bonita e trabalhadeira.

O homem levou a mocinha e deixou-a debaixo de uns pés de araçá, recomendando que se orientasse pelas pancadas do machado, pois ele iria derrubar uma árvore para tirar favos de mel de abelhas.

Maria ficou, ficou, ficou. Já o dia escurecia quando ele ouviu umas pancadas. Seguiu a direção do som e apenas encontrou uma cabaça amarrada a um galho. O vento é que provocava o barulho. Perdida, andou, andou, andou. Ao anoitecer subiu a uma árvore e de lá avistou o telhado de uma casa. Desceu e caminhou até encontrar um casarão velho num descampado que metia medo a qualquer um. Rodeou a casa. Entrou e viu que as paredes estavam cheias de instrumentos musicais e havia uma rede a um canto. A jovem segurou um violino e tocou, tocou, tocou. De repente apareceu uma mesa de iguarias apetitosas.

Já se pode constatar como motivo invariante o início do conto de fadas "João e Maria". Mas a semelhança pára aí. Introduz-se agora o mito *Eros e Psique*:

---

[10] JOLLES, A. Op. cit., nota 3.
[11] CASCUDO, Luís da Câmara. Op. cit., nota 69, p. 65 ("Maria Gomes").

Uma voz misteriosa diz: – Maria Gomes? O jantar está na mesa!
Comeu quanto quis, e a voz falou: – Maria Gomes? Seu quarto é o último, no corredor.

A moça entrou no quarto, onde tudo estava preparado, confortável, com roupa para mudar e objetos de uso. Deitou-se e dormiu calmamente. Muitas semanas passaram-se. Ela tocava música durante o dia, arrumava a casa, limpando-a. Não via ninguém. Apenas a voz misteriosa dirigia o serviço. Certa noite, a voz informou:

– Maria Gomes? Seu pai está doente. Quer ir vê-lo?

– Quero! A voz continuou:

– Amanhã um cavalo branco estará selado esperando à porta. Mostrou uma gaveta cheia de dinheiro, disse para levar quanto desejasse. Duas condições, ela precisava seguir à risca: primeira é não dizer onde e como estava vivendo. A Segunda é atender os rinchos do cavalo. Seguem-se os três momentos (presentes em todas as variantes). Se perder o cavalo nada mais posso fazer. Não esqueça.

Novamente a forma repete as variantes já agregadas ao mito. Cavalo branco: cavalo, simbolicamente representa os instintos domados; branco remete à pureza, ao encantamento.

Sua visita foi uma alegria: o pai melhorou assim que a viu, o dinheiro trouxe a segurança, ficam todos felizes pois a julgavam morta, devorada pelas feras.

No meio da conversa ouviu o relincho do cavalo. Não disse sim aos rogos, agiu como ensinara a voz, e apesar da grande insistência não revelou nada sobre como vivia. Mais duas vezes visitou o pai. Na terceira ele estava muito doente e faleceu. No meio do choro, não ouviu o relincho do cavalo, só na segunda vez. Saiu correndo, o cavalo não parava, ela corria gritando, chamando e chorando. Já estava exausta quando o animal voltou, coberto de espuma se deteve e esperou que ela montasse.

– Se você não corresse atrás de mim eu voltaria para matá-la à força de coices.

No outro dia a voz explicou:

– Maria Gomes? Você já tem me servido muito. Agora eu devo ajudar a você e completar minha sina. Vista-se de homem e monte o cavalo branco do qual nunca mais se separe e ouça todos os conselhos que ele lhe der. Será para a sua e minha felicidade.

Maria obedeceu, vestida de homem encheu os bolsos de dinheiro e seguiu até um reinado próximo. Procurou emprego e foi ser jardineiro no palácio do Rei. O príncipe vinha todas as manhãs conversar com ele, e sem saber foi-se apaixonando por ele. Os olhos do jardineiro pareciam duas jóias. O príncipe dizia à rainha velha.

> Minha mãe do coração,
> Os olhos de Gomes matam,
> De mulher sim, d'homem não!

Temos, então, o encaixe com fragmento dos rimances e romances, quando o príncipe queixa-se à rainha e esta o aconselha a vários comportamentos. Estes revelariam se o jardineiro seria homem ou mulher. É a ocultação dos atributos femininos, seguida da transmutação. É curioso que uma das provas é dormir em rede debaixo do jasmineiro grande que é encantado. As flores caem em cima das mulheres e as folhas em cima dos homens.

> Quando acordar bote reparo onde ficaram as flores...

O príncipe foi com Gomes caçar. Armaram as redes, pela tardinha, debaixo do jasmineiro. O príncipe adormeceu logo, e Gomes depois. As flores caíram na rede de Maria e as folhas na do príncipe. O cavalo branco, que estava perto, aproximou-se, relinchou e as flores caíram no príncipe e as folhas em Gomes. Pela manhã o príncipe estava que parecia uma noiva ou um anjo, todo vestidinho de jasmins. Ficou decepcionado e voltou ao palácio sem saber da verdade.

Então a rainha velha deu outra orientação: – Leve Gomes para um banho no rio. É o jeito de você ficar sabendo...

Foram os dois para o rio. O príncipe caiu logo n'água e Gomes despiu-se lentamente, segundo lhe dissera o cavalo. Quando ficou apenas em camisa, o cavalo começou a pular, atirando patadas e desembestou pelo campo. Gomes e o príncipe nu em pêlo correram para aquietá-lo.

Novo caminho foi escolhido pela rainha. Que o convidasse a almoçar no palácio. Veriam se iria sentar-se em cadeira baixa, como fazem as mulheres. Gomes ouviu o cavalo que lhe explicou tudo. Depois foi a prova do apanhar laranjas. Se for mulher, habituada com a saia, abrirá as pernas para te maior espaço e melhor aparar a fruta... Então a rainha disse que só restava um meio: que o príncipe dormisse uma noite no mesmo quarto.

O príncipe prolongou tanto o trabalho que o rapaz foi obrigado a dormir nos aposentos do amigo. Este quando ela, rendida pelo sono dormiu, passou a mão por seu busto e descobriu a saliência dos seios.

– Eu bem sabia que você era mulher e não homem. Como estou apaixonado, prepare-se para casar comigo.

## Maria Gomes contou tudo ao cavalo.

Sei perfeitamente. Já chegou meu tempo de liberdade. Daqui a dias é 13 de junho, dia de Santo Antonio, meu padrinho. Pede ao rei velho que marque umas cavalhadas para esse dia, convidando todo o mundo. Eu comparecerei e te levarei comigo porque teu noivo sou eu!

## O maravilhoso cristão comparece. Vemos que Câmara Cascudo fez um conto recheado de encaixes de diversas variantes. Parece-me que é um dos contos que em maior número os apresenta.

O Rei gostou da idéia e preparou tudo para as festas. No meio de todos, havia um cavaleiro desconhecido, coberto de prata. Venceu a todos e colocou as argolinhas no colo do rei muito lisonjeado. O príncipe achou o cavaleiro muito antipático e não o aplaudiu. No segundo dia, o cavaleiro voltou, vestindo roupa de ouro e venceu a todos, entregando as argolinhas à rainha velha. No último dia apareceu vestindo diamantes, derrotou todos os adversários e pôs as argolinhas no colo do príncipe, que virou o rosto para não fazer a vênia de agradecimento.

Nesse momento o cavaleiro atirou uma fita azul em Maria Gomes. Esta segurou uma ponta com o bico do pé e a outra com os lábios, fechando os olhos, como lhe dissera o cavalo dias antes. Instantaneamente encontrou-se na garupa do cavalo que o cavaleiro montava. Todos correram para prender o raptor mas ninguém viu senão a poeira.

O cavaleiro galopou até o casarão velho; parou e desceu Maria Gomes. Assim que esta pisou o chão ouviu-se um estrondo e o casarão transformou-se em lindo palácio, resplandecente de luzes e cheio de criados, fidalgos e camareiros. Maria Gomes casou-se com o cavaleiro que era o cavalo encantado, e foram felizes como Deus e os anjos.

## 5.1.4 Versão de Luísa Freire. Ceará-Mirim. Rio Grande do Norte.

Passamos a transcrever as notas de Câmara Cascudo, pois é minucioso em suas fontes. Silva Campos coligiu na Bahia o *Biacão* *(LXVIIII* n. 290). Este assemelha-se fortemente ao conto português "Sardinha", do Algarve, recolhido por Theophilo Braga, 14°, p. 36, v. 1, ambos do ciclo dos peixes encantados e benfeitores. No "Maria Gomes" vimos o início que se confunde com o universal "João e Maria".

A moça que se veste de homem faz parte, dizemos nós, do disfarce mais comum das narrativas da *Donzela que vai à guerra*, e é posta à prova, como já vimos em inúmeras variantes e versões. Dois dos contos mais populares são citados por Câmara Cascudo: Aurélio Espinosa registrou em Espanha, "La Ahijada de San Pedro", em Jaraíz de la Vera, Cárceres, e "El Oricuerno", em Cuenca, com pormenores iguais ao "Maria Gomes". Versão de Portugal é a "Afilhada de Santo Antonio" que Adolfo Coelho incluiu nos seus *Contos da Carochinha*. Straparola, (Notte 4, Favola – 1) narra as aventuras de Constança que, vestida de homem, se fez amar pela rainha da Bitínia e posta a provas. Descoberta pelo Rei, casou com ele.

Camara Cascudo nos aconselha a confrontar com o "Sarjatário", conto XXXII de Sílvio Romero. Variante do MT. 531 de Aarne – Thompson, *The clever horse*, e outra no "Pentamerone" III, 7, Corvetto.

Quando na narrativa atua um cavalo encantado, reiteramos a colocação de Biedermann:[12]

> Em contos de fadas, os cavalos comparecem como seres adivinhos e mágicos, que falam com voz humana e dão bons conselhos àqueles que lhes são confiados.

---

[12] BIEDERMANN, Hans. *Dicionário ilustrado de símbolos*. São Paulo: Melhoramentos, 1993.

## 5.1.5 Luís da Camara Cascudo – O conto "Viva Deus e ninguém mais"

O conto tem como tema central um casal de velhos, sempre unidos e religiosos. O velho, que era pescador, só falava dizendo um versinho assim:

> Viva Deus e ninguém mais
> Quando Deus não quer,
> No mundo nada se faz!

E tanto ele repetia o tal verso, que este chegou aos ouvidos do rei, nobre muito orgulhoso. Ele ficou contrariado e mandou chamar o velho pescador. Mas o velho foi subindo as escadarias do palácio e até na presença do rei foi repetindo o versinho:

> Viva Deus e ninguém mais...

Tendo o rei ficado furioso com tanto atrevimento, resolveu dar uma lição nesse súdito tão ousado. Assim, deu ao homem um anel muito caro e raro, precioso mesmo, e ordenou que voltasse à sua presença dali a quinze dias trazendo a jóia.

O pescador entregou o anel à mulher, recomendando muito zelo e continuou sua vida no mar. O rei mandou um criado de confiança comprar o anel. A velha não queria vender, mas o criado tanto dinheiro ofereceu que a velha ficou tonta e vendeu o anel. O criado entregou ao rei e este, por segurança, atirou-o ao mar.

Quando o velho voltou e achou tanto dinheiro em casa e soube da verdade, botou as mãos na cabeça, sabendo que estava morto. Não deixou porém de ir pescar na madrugada e, logo no primeiro lanço de tarrafa, trouxe um peixe grande e gordo que separou para sua ceia. Então, saiu voando, vendeu os peixes e mandou preparar o tal peixe. Assim que a velha abriu a barriga do peixe encontrou o anel. Levou-o ao marido que não tinha deixado de dizer o seu: "Viva Deus e ninguém mais".

[Anotamos que *o peixe* não deixa de ser um "auxiliar mágico", geralmente presente no gênero maravilhoso, porém neste conto acha-se convertido em objeto mágico. Ele é o portador do anel, sobre o qual o Rei armou seu ardil para ver o pobre homem, que o desafiava louvando somente a Deus, e pescador a quem desejava pilhar em falta, grave, sucumbido pela cobiça de dinheiro.]

No dia marcado o pescador subiu as escadas palacianas e quando o rei pediu a jóia, o velho a entregou, limpinha como a tinha recebido. O rei ficou assombrado e disse:

O senhor tem toda razão: "Viva a Deu e ninguem mais, quando Deus não quer, no mundo nada se faz".

Deu-lhe muito dinheiro e despediu-o. O velho voltou e morreu com mais de cem anos, sempre cantando o verso:

Viva Deus e ninguém mais
Quando Deus não quer,
No mundo nada se faz!...

*Variante

Clotilde Caridade Gomes – Natal – Rio Grande do Norte.

[C. Cascudo acrescenta que Silva Campos traz duas versões da Bahia, "Deus é bem bom", LXXIII, e "Nada mais do que Deus", LXXIV, com a jóia dada pelo rei, encontrada no buxo do peixe. Frei Hermenegildo de Tancos, frade de Alcobaça, que escreveu no século XIV, o *Orto do Sposo*, registra episódio do barão que deu uma jóia para guardar e a fez furtar e jogar ao mar. A dama encontrou a jóia num peixe e restituiu-a ao dono. É o *Firmal de Prata* que Theophilo Braga transcreve nos *Contos Tradicionaes,* 2, n. 142, p. 49. Braga informa que há o mesmo motivo nas *Cantigas de Santa Maria,* de Dom Alfonso El Sabio, no seculo XI, cantiga CCCLXIX].

Embora já tivéssemos levantado essas narrativas, achamos importante fazer comparecer, o cuidado e zelo, do recolhista e pesquisador Luís da Camara Cascudo.

A permanência no conto, embora rarefeita, traz a presença do peixe (com o simbolismo do divino), pela razão de o peixe nadar no profundo das águas, conhecendo o que o ser humano desconhece; a desobediência da mulher ao pedido do marido.

Psique dá credito e cede às difamações das irmãs mais velhas, trai o amado (acreditando ser ele uma serpente monstruosa); nas variantes acima citadas, a mulher põe em risco a vida e o caráter do marido. Somente após as provas, em que o maravilhoso cristão sustenta o pescador, livrando-o do castigo mortal e conquistando o reconhecimento do Rei. Nesta harmonia no final, podemos reconhecer os vestígios do "casamento da matéria com a sabedoria" que deve presidir todas as uniões.

## 5.1.5 A leste do sol e a oeste da lua − *Askeladden e outras aventuras − Francis Henrik Aubert* [13]

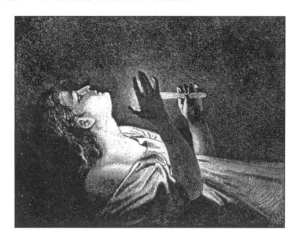

Esta é uma antologia de contos noruegueses organizada e traduzida pelo Prof. Dr. Francis Henrik Aubert. Na apresentação temos a explicação de que os contos visam demonstrar:

> uma representativa amostra da matriz cultural em que o tradutor tem uma de suas múltiplas raízes. Procura resgatar a especificidade norueguesa do original, não apenas na temática e na sua abordagem, como, também, no tratamento lingüístico, num enfoque próximo à versão interlinear valorizada pela tradição germânica. (...) Assim, sem abandonar uma certa "norueguisidade" (na estrutura narrativa, na "visão de mundo", no tratamento dado a alguns nomes próprios), empreendeu-se, a nível estritamente lingüístico, uma aproximação com a fala brasileira possível.

Pareceu-nos importante transcrever as palavras do autor. Em síntese eis o conto: "um pobre colono tinha muitos filhos, todos lindos, mas a mais jovem era a mais linda, um despropósito a sua formosura".

---

[13] AUBERT, Francis Henrik org. e trad. *Askeladden e outras aventuras.* São Paulo: Edusp, 1992 (O professor Francis pertence à Faculdade de Filosofia, Letras e Ciências Humanas da USP, tendo sido seu diretor.)

Já aqui, temos a remissão a Eros e Psique: a mais bela, a mais prendada, a mais jovem.

Certa noite reunidos junto à lareira, pois a noite era extremamente fria, ouviram três pancadas na lareira. O colono ao atender deparou-se com um imenso urso branco.
— Se você me der sua filha caçula, posso te fazer tão rico quanto agora é pobre.

Consultada, a menina disse que não. O colono já pensava como seria bom ser tão rico, mas achou que a filha é quem daria a resposta. Pediu ao urso que voltasse na próxima quinta-feira. Tanto a família falou das riquezas, que a jovem acabou cedendo. O urso veio e levou-a em suas costas, segurando sua trouxinha.

O urso depois de muito caminharem, perguntou se estava com medo. Diante da negativa, avisou que segurasse bem nos seus pêlos. Por fim chegaram a uma grande montanha; o urso bateu, abriu-se um portão e entraram num castelo.

Tudo era luz e reluzia em ouro e prata. Mesa posta, com fartura que ela nunca poderia ter imaginado. O urso de-lhe um sininho de prata, e sempre que desejasse alguma coisa era só tocar o sino. Quando o sono chegou nem bem pôs a mão no sino e já estava em um quarto com a cama arrumada. Tudo em seda com rendas de ouro. Apagada a luz, entrou uma pessoa no recinto, deitou-se na mesma cama: era o urso branco, que despia sua pele de bicho de noite; mas ela nunca o via, porque ele sempre vinha depois de apagada a luz. Antes do amanhecer já se fora.

Mas a solidão começou a pesar e ela andava tristonha. Perguntada, respondeu ao urso que sentia muita saudade de todos. Ele disse que daria um jeito. Ela os visitaria mas jamais deveria falar sozinha com a mãe, pois isso traria desgraças para os dois. Num Domingo ele levou-a para um casarão branco. Tudo era muito lindo de se ver, e os irmãos brincavam todos juntos. Ficaram muito alegres, almoçaram e depois a mãe quis conversar com ela. Respondeu que haveria tempo para isso e que tudo estava muito bem. Tanto ela insistiu que a menina acedeu.

— Credo, pode muito bem ser um *troll* que deita com você.

Deu-lhe um toco de vela, que o escondesse no seio. Acenda e faça iluminar o rosto dele quando estiver dormindo, mas não deixe cair cera nele.

Vemos que a semelhança com Eros e Psique é evidente. A afirmativa de tratar-se de um monstro (a horrenda serpe do mito). Mais até do que em muitos dos contos que comentamos. A lucerna, a mentira de que tudo estava bem... e o que vem a seguir.

Quando a menina acende a vela, altas horas da madrugada, vê o príncipe mais formoso que olhos humanos poderiam ter visto. Ficou tão feliz que não poderia viver sem que lhe desse um beijo. Ao curvar-se deixou cair três gotas de cera na sua camisa e o moço acordou.

> – Você nos desgraçou. Tenho uma madrasta que me enfeitiçou, é por isso que sou urso de dia e homem de noite. Agora voltarei para um castelo à leste do sol e à oeste da lua e deverei casar com uma princesa que tem um nariz de três palmos.

A jovem chorou, lamentou, mas nada poderia ser feito. Pede então para ir procurá-lo. Ele diz qual é o caminho, ela avisa que irá atrás, mas não havia nenhum caminho que levasse até o castelo, a leste do sol e a oeste da lua. Disse, também, que ela nunca conseguiria chegar lá.

Quando acordou, pela manhã, tudo sumira, príncipe e castelo. Ela viu-se deitada numa pequena clareira verde no meio da floresta escura e espessa e, do seu lado, a mesma trouxinha que trouxera de casa.

Segundo o dicionário de símbolos de Hans Bierdermann:[14]

FLORESTA – diferentemente da *árvore* em si, a floresta representa simbolicamente um mundo alternativo àquele do pequeno cosmo formado pela ter-

---

[14] BIERDERMANN, Hans. *Dicionário ilustrado de Símbolos.* Trad. Glória Paschoal de Camargo. São Paulo: Melhoramentos, 1993. p. 161-4.

ra desbravada pelo homem. Em lendas e contos de fadas, ela é povoada por seres misteriosos, na maioria das vezes ameaçadores (feiticeiras, dragões, gigantes, anões, *ursos*, etc.), personagens que personificam todos aqueles perigos com os quais o jovem deve defrontar-se no momentos de sua iniciação: superada a prova, ele se tornará um homem totalmente responsável. (...)

Sabemos, também que o Urso sempre foi chamado por nomes convencionais pelos caçadores siberianos como: *o velho, o negro velho, a mãe da floresta*; também é comum a utilização de termos de parentesco como: vovô vovó. Partes de seu corpo têm uso de amuletos, patas, dentes, etc. No inconsciente ctoniano, os ursos fazem parte dos aspectos lunares, portanto, noturnos. Penso que, talvez, por sua prolongada hibernação, o urso integra as paisagens internas da terra-mãe. Por fim, os estudiosos indicam que ele simboliza as forças elementares ligadas a uma evolução progressiva, mas, também, passíveis de lamentáveis regressões.

Retomando a narrativa:

> Chorou muito e, depois, pôs-se a andar. Transcorridos muitos e muitos dias, avistou uma grande montanha. Do lado de fora, estava uma velha brincando com uma maçã de ouro. Ela perguntou pelo príncipe que morava no castelo a leste do sol e a oeste da lua, falou da princesa nariguda.
> – Você o conhece? Perguntou a velha. – Por acaso era você que deveria casar com ele? Ouvindo a resposta afirmativa, avisou que ela chegaria tarde ou nunca, mas ofereceu o seu cavalo, e que fosse até sua vizinha, outra velha. Quando chegar lá, dê uma palmada no cavalo debaixo da orelha esquerda e peça que volte para casa. Leve esta maçã de ouro consigo! Quando a jovem chegou até outra montanha, havia uma velha enrolando um carretel de ouro.

Tudo se repete igual à primeira velha, e esta oferece também o seu cavalo, deu-lhe o carretel de ouro que talvez tivesse alguma serventia. Cavalgou muito tempo. Então encontrou outra montanha, outra velha fiando numa roca de ouro.

A velha apenas sabia o que as demais velhas sabiam. Que "chegaria tarde ou nunca", mas leve emprestado o meu cavalo e ele te conduzirá até o Vento Leste. Talvez ele conheça a região e possa te soprar até lá. Falou da palmada na orelha do cavalo e que ele voltaria sozinho. Deu-lhe de presente a roca de ouro.

O Vento Leste não conhecia o tal castelo, mas a sopraria até seu irmão o Vento Oeste: – Suba nas minhas costas e eu te levo até lá. Ele é muito mais forte do que eu.

Foi a viagem mais rápida de sua vida. O Vento Leste contou toda a estória da jovem, e quem sabe ele, o Vento Oeste soubesse onde ficava o tal castelo.

– Não, longe assim nunca soprei, mas, se você quiser eu te acompanho até o Vento Sul, que é muito mais forte do que nós dois e já soprou por tudo quanto é canto.

Repete-se tudo, e o Vento Sul oferece-se para levá-la até o Vento Norte, o mais velho e o mais forte de todos. Se ele não puder indicar onde fica, você nunca vai saber como chegar lá. Sente em minhas costas.

O Vento Norte recebeu-os aos gritos:

– O que querem vocês? Está bem, durma aqui esta noite, amanhã, te levarei e soprarei. Eu soprei um ramo de álamo até lá uma única vez, mas levei dias para me recuperar do cansaço.

Na manhã seguinte ele começou a inflar e crescer... Nas aldeias a tempestade foi tal que derrubou casas e bosques inteiros... De tão cansado ele foi baixando, baixando... Num último esforço, conseguiu atirá-la na praia, debaixo das janelas do castelo a leste do sol e a oeste da lua. No dia seguinte, a moça brincou com a maçã de ouro debaixo das janelas do castelo; a primeira pessoa que viu foi a princesa nariguda que ia casar com o príncipe.

– O que você quer por essa maçã de ouro?
– Não está à venda nem por ouro nem por dinheiro – respondeu a moça.
– Peça o que você quer pela maçã?
– Bem se eu puder passar essa noite no quarto do príncipe que está hospedado aqui, pode ficar com ela.

Tudo bem, para isso dava-se um jeito. Quando a moça entrou nos aposentos do príncipe de noite, ele estava ferrado no sono. Ela chamou-o, chacoalhou-o e, chorou muito, nada adiantou, pois lhe tinham dado um sonífero. Com a luz do dia, a princesa nariguda pôs a moça para fora. À tarde, a jovem foi enrolar o carretel de ouro sob as janelas. Tudo sucedeu como da primeira vez. Novamente, quando entrou no quarto, o príncipe dormia. Não acordou por nada deste mundo. Ao amanhecer, veio a princesa nariguda e a pôs no olho da rua.

Já era tarde quando a moça sentou-se do lado de fora das janelas para fiar na roca de outro e a princesa também a quis ter. Tudo se repetiu.

Dessa vez, porém, as coisas aconteceram de outro modo. Havia outros cristãos alojados no quarto ao lado do aposento do príncipe. Eles haviam percebido que uma mulher havia entrado lá e havia chorado e chamado por ele por duas noites seguidas: e contaram tudo ao príncipe. De noite, quando a princesa veio com o caldo, ele fingiu tomar, mas deixou escorrer para trás, pois desconfiou que devia haver um sonífero. Ao entrar no quarto, a moça viu o príncipe acordado e ela teve que contar como tinha chegado lá.

– Você chegou bem na hora – amanhã seria meu casamento; mas eu não quero ficar com aquela nariguda e você é a única pessoa que pode me salvar.

Combinou então dizer que só casaria com quem lavasse aquela minha camisa com as três manchas de cêra. Mas é preciso ser cristão e batizado para lavar a camisa e não *Troll.* Digo para você lavá-la e conseguirá.

No dia seguinte, o princípe, na hora do casamento disse que queria ver do que a noiva seria capaz.

– Tudo bem, disse a madrasta.

Ele trouxe a linda camisa que desejava vestir para o casamento, mas estava manchada com três pingos de cera. A nariguda começou imediatamente a lavá-la, mas quanto mais esfregava, maiores as manchas ficavam.

– Droga! Você não sabe lavar – disse a velha Troll, mãe da nariguda.
– Passe a camisa para cá.

Mas foi pior, ao segurá-la, ela ficou mais feia ainda. Todos os Trolls experimentaram e ninguém conseguiu lavá-la. O príncipe fingiu indignação.

– Entre moça. Ela obedeceu.
– Veja se lava esta camisa para mim.

Nem bem ela pegou na camisa e a pôs na água, a roupa ficou branca como neve recém-nascida.

E a velha Troll ficou com tanta raiva que estourou, e a nariguda e todos os Trolls grandes e miúdos devem ter estourado também, pois nunca mais se ouviu falar deles. O príncipe e sua noiva soltaram todos os cristãos que estavam presos por lá, carregaram todo ouro e prata que conseguiram e mudaram-se para bem longe do castelo a leste do sol e a oeste da lua.

Portanto, este conto, inclui-se, também, no ciclo do Noivo ou da Noiva Animal, em que o amor da personagem humana desencantará "o fado/metamorfose", geralmente imposto como castigo a um dos heróis do conto. Nessas variantes, a moça transfere o amor edípico pelo pai para o amado.

Este conto inscreve-se na proposta de Bakhtin de cronotopo, compondo o "cronotopo de romance de aventuras e de costume". O cronotopo romanesco da estrada, concreto, demarcado e impregnado de motivos folclóricos que variam no tempo e no espaço. Os Motivos de Transformação e de Identidade estão permeados pela imagem folclórica do homem.

Vimos no conto a contaminação do maravilhoso cristão, a presença dos entes fantásticos da Noruega, os Trolls, a repetição da ação por três vezes, as provas a que a princesa foi submetida. O percurso dela até o castelo é similar ao caminho de provação a que Psique foi submetida por Afrodite; a separação dos enamorados, enfim, todo o caminho de provação e purificação necessários para que o casamento (harmonioso) pudesse realizar-se.

O cotejo demonstra que o Mito *Eros e Psique* passou por migrações no tempo e espaço até ser adaptado ao maravilhoso norueguês, depois, por sua vez, receber o acento e o maravilhoso de matiz brasileiro, publicado em 1992 pela Edusp, Editora da Universidade de São Paulo.

O tempo de aventuras do segundo tipo marca indelevelmente o homem em seu viver.

Neste segundo tipo, temos acontecimentos excepcionais, fora do tipo comum. Presença do acaso e da expiação. Os signos da estrada são neste conto também os signos do destino.

# Capítulo VI
# Do mito aos poemas

## 6.1 Eros e Psique[1] em *Poesia* de Fernando Pessoa / Cancioneiro

E ASSIM VÊDES, meu Irmão, que as verdades que vos foram dadas no Grau de Neófito, e aquelas que vos foram dadas no Grau de Adepto Menor, são, ainda que opostas, a mesma verdade.

Do ritual do grau de Mestre do Átrio na Ordem Templária de Portugal

[182]
    Conta a lenda que dormia
    Uma Princesa encantada
    A quem só despertaria
    Um Infante, que viria
    De além do muro da estrada.

---

[1] PESSOA, Fernando. *Obra poética*. Rio de Janeiro: Nova Aguilar, 1976. p. 181. Org. Introd. e notas de Maria Aliete Galhoz.

Ele tinha que, tentado,
Vencer o mal e o bem,
Antes que, já libertado,
Deixasse o caminho errado
Por o que à Princesa vem.

A Princesa Adormecida,
Se espera, dormindo espera.
Sonha em morte a sua vida,
E orna-lhe a fronte esquecida,
Verde, uma grinalda de hera.

Longe o Infante, esforçado,
Sem saber que intuito tem,
Rompe o caminho fadado.
Êle dela é ignorado.
Ela para êle é ninguém.

Mas cada um cumpre o Destino –
Ela dormindo encantada,
Êle buscando-a sem tino
Pelo processo divino
Que faz existir a estrada.

E, se bem que seja obscuro
Tudo pela estrada fora,
E falso, êle vem seguro,
E, vencendo estrada e muro,
Chega onde em sono ela mora.

1 – *Aspecto físico*: 7 estrofes (setina) de cinco versos (quintilha) ou linhas poéticas, isomorfos. Versos heptassílabos, redondilha maior.

Verso (segundo *Castilho*) é um ajuntamento de palavras, até, em alguns casos, é uma só palavra, compreendendo determinado número de sílabas, com uma ou mais pausas obrigatórias, de que resulta uma cadência agradável.

Já para *Manuel Bandeira*: "o verso é a unidade rítmica do poema".

*Soares Amora:* "verso é a unidade do ritmo".

A reiteração das vozes fortes e fracas, produzindo o ritmo é que marcam ou atingem os nossos sentidos. Em prosa ou verso, na linguagem falada ou escrita, sempre há ritmo. *Icto* é o nome da tônica predominante ou mais intensa do verso.

Ex: São sete as filhas que tenho.
ou
Conta a lenda que dormia.

A 1ª estrofe tem o esquema:

ia  = a
ada = b
ia  = a      portanto = abaab
ia  = a
ada = b

Metro é a medida do verso (metrificação).
Heptassílabos = (1-7)

| 1 | 2 | 3 | 4 | 5 | 6 | 7 |
|---|---|---|---|---|---|---|
| Com | taa | len | da | que | dor | mia |
| U | ma | prin | ce | saen | can | tada |
| Um | in | fan | te | que | vi | ria |
| Dea | lém | do | mu | ro | daes | trada |

Isorrítmicos pois apresentam o mesmo esquema rítmico.

*Escansão* é a contagem dos sons nos versos. *Sílabas métricas* diferem das sílabas gramaticais.

*Intraverbais: sinérese (fusão* de 2 sons num só dentro da mesma palavra).

*Diérese* = é o contrário = qui-e-ta.

(Elisão e hiato são inter-verbais)

Estrofes de 7 versos = Sétima/ Setena/ Setilha ou Hepteto.

Poema uniforme = apresenta um só tipo de verso.

*Isométricas ou Simples*, poema com estrofes constituídas de versos de medida igual.

*2 – Catálises ou unidades de ação / núcleos temáticos.*

✱ Princesa dormia / ENCANTADA – Introduziu o maravilhoso.

✱ Só um infante de além a despertaria.

✱ Ele deveria ter tentado vencer o mal e o bem, antes que livre do encantamento trocasse de estrada; ou de caminho errado.

A Princesa Adormecida

"Se espera, dormindo espera"

oposição vencer o mal e o bem (prova)

Sonha em morte a sua vida,

fronte esquecida – grinalda de hera

Há dois movimentos como *o do vai e vem*,[2] o ponto central UNE OS dois hemistíquios = 3 + 4

---

[2] BOSI, Alfredo. *O ser e o tempo da poesia.* São Paulo: Cia. das Letras, 2000. p. 41.

Bosi, explica esse movimento:

> *Re-iterar* um som, um prefixo, uma função sintática, uma frase inteira, significa realizar uma operação dupla e ondeante: progressivo-regressiva, regressivo-progressiva.
>
> Do ponto de vista do sistema cerrado, o proceder da fala repetitiva tende ao acorde, assim como o movimento se resolve na quietude final. É um modo estritamente teleológico de encarar o poema. A beleza da forma adviria do fechamento do sistema; e valores estéticos seriam a regularidade, o paralelismo, a simetria das partes, a circularidade do todo. Para alcançá-la, baliza-se miudamente a estrada de sorte que os trechos se pareçam quanto à extensão, quanto ao começo e ao termo. A repetição pura ou simulada, torna-se procedimento obrigatório.

A colocação do Mestre descreve sutilmente o re-petir, o re-iterar, o re-correr, o re-tomar que supõem também que se está a caminho.

No Mito, e no poema de Fernando Pessoa, Eros estava a caminho, e rompendo com o caminho fadado.

## INFANTE

Rompe o Infante o caminho fadado

*Ele dela ignorado*
aqui ocorre / eco = rima
ψ *Ela para ele é ninguém*
(tipo especial de aliteração = de / dela / ela / ele / aliterantes)
Vocabulário *rico* (rimas em classes gramaticais diferentes) ex:
encantada // estrada
*pobre* (tentado // errado)
*bem / vem*

Interessante é notar, na quarta estrofe, nos dois últimos versos, o *quiasmo* ou *conversão* (que é a repetição simétrica), cruzamento de palavras. Assim:

**Ele** d*ela* ignorado
*Ela* para **ele** é ninguém

O conhecimento de F. Pessoa do mito grego fica evidente. Quando Eros ordena a Zéfiro que traga Psique para o palácio encantado; a situação de que Psique desconhecia quem ou o quê subia ao seu leito todas as noites. Durante o espaço temporal em que Psique tomada pelo sono frígio, que vai marmorizando ou empedrando seu corpo, ela para ele é ninguém, pois ele não sabe onde seu amor se encontra, nem mesmo sabe que, ela está prestes a se findar. Também, sabemos que o homem tem a *anima* (seu lado feminino, com suas duas faces, a positiva e a negativa); o mesmo acontece com a mulher e o *animus* (também seu lado masculino com suas duas faces) sendo que só atingimos o equilíbrio quando reconhecemos o negativo de nossa Psique. Portanto, o cruzamento é também semântico no universo do sentido nuclear do mito.

*Destino*: enquanto ela dormia encantada /
ele a buscava sem tino
pelo processo divino
que faz existir a estrada

Neste momento, podemos fazer comparecer Bakhtin quando se refere ao Cronotopo da Estrada e à interligação fundamental das relações temporais e espaciais, artisticamente assimiladas em literatura. No caso o espaço-tempo ligado ao caminho, à travessia. O tempo como quarta dimensão do espaço, categoria conteudístico-formal da literatura. O tempo revelado no espaço, este espessando-se na dimensão semântica, esta sendo medida pelo tempo. No caso o espaço é o ser do homem em sua especificidade essencial, o Outro, e na dimensão mítica e alegórica, esse Outro que sou Eu mesmo, pois completo-me sendo completado e vice-versa.

ψ Encontram-se onde em sono ela mora. Quando Psique cumpre a estrada de suas provas (*ela estava como que encantada*) – *ele sofria no quarto, seus males físicos.* Fernando Pessoa termina surpreendentemente o poema. Ele encerra a duplicidade em uma única pessoa, o ortônimo, e o heterônimo, desvelados como espacial e temporalmente sendo todos e um único. Adão e Eva serão indiferentemente o Primeiro ou a Primeira. Senão vejamos:

"Cabeça em maresia
co' a mão encontra hera    coroa dos heróis
e vê que ele mesmo era     o vencedor nela
a Princesa que dormia

Duas personalidades em uma = metáfora do corpo e do espírito em uma só unidade. Também não podemos deixar de mencionar o Mito Primordial dos primevos seres hermafroditas. HERA/ERA, planta que galardeia os heróis (espaço de glória, temporal, de chegada, espacial). Pareciam DOIS, era UM.

Apuleius, neo-platonista, transformou um conto grego em alegoria: esta poderia *simbolizar* o progresso da alma racional na direção do amor intelectual. Portanto, o casamento da sexualidade com a sabedoria. Este poema de Fernando Pessoa realiza, integralmente, pela via poética, através de suas exigências de ambigüidade e imagética, a temática e a figurativização do conto grego.

# Conclusão

ASSIM NO CONTINUUM da ação do signo, finalizamos esta reflexão sobre o *Mito Eros e Psique*, que em passagem decrescente de gêneros foi: Poema de Fernando Pessoa, Conto por Imagens, Conto Objeto Novo, Romance do Realismo Brasileiro, Resgate de Forma, Paráfrase em Apropriação, Paródia, Paráfrase, Rimance, fez parte sob vários nomes dos grandes Romanceiros com as Donzelas Guerreiras do Ocidente e do Oriente, Contos de Ciclos vários, o Do Peixe Encantado, Do Noivo e da Noiva Animal, Conto de Fadas, Contos Populares em vários ciclos, Novela do Romance de Apuleio (séc. II da Era Cristã), o *O Asno de Ouro*, um conto muito antigo segundo rumor grego remoto, e *MITO*.

Pensamos ter seguido o conselho de Lúcia Santaella, a não ler condicionadamente, e tão somente as manifestações evidentes dos signos, e permanecermos cegos para a leitura de semioses, *"que pulsam e palpitam na floresta de signos que chamamos de realidade"*.[1] Procuramos, também, levar em conta a advertência da Mestra de que as relações signo-objeto *"compõem uma teoria da objetivação,* as relações internas ao signo, *uma teoria da significa-*

---

[1] SANTAELLA, Lúcia. *A assinatura das coisas.* p. 200.

*ção*, e as relações do signo com os interpretantes, *uma teoria da interpretação*".[2]

Passamos, portanto, por vários Portais: de século para século, de gênero para gênero, de forma para forma. Terminamos, na Passagem deste portal do segundo para o terceiro milênio, nos emocionamos, assistimos a vida "do lado de dentro"... vivemos, aprendemos... viver, muitas vezes é gratificante pela heroicidade dos que viveram e vivem conosco. Viveres eternizados pela Literatura que é vida contada, recontada, recriada em Arte ao longo da História.

E apropriando-nos da inspirada colocação, plena de sensibilidade e acuidade do grande mestre poeta A. Bosi: "Nas águas salobras da História ainda não se perdeu o sabor doce do mito e da poesia".[3]

Que remetem para o oscilar da vida e morte, do mal e do bem, do esquecimento e do reconhecimento.

Percorremos no cronotopo bakhtiniano, desde o século II d.C aos nossos dias, *o sabor doce do mito*, reiterando ora em conto, que em sua forma – conto popular, ora – em conto-resgate-de-forma, também revestindo-se de conto-maravilhoso, conto do ciclo do noivo/noiva animal, quer em narrativa ampla, nos romances, ora *no sabor doce da poesia* (Cantiga de Amigo), ora em rimances, ou no poema de Fernando Pessoa.

A transmigração, migração, através dos séculos, a simbologia da essência humana, a força primeva do amor unindo homem e mulher, exigindo para sua equilibração, o casamento da *matéria com a sabedoria*.

Apuleio foi e será re-criado no *continuum* do tempo humano, o Mito re-nascendo sempre como Fênix eterna, pois eterna tem sido

---

[2] Ibidem, p. 200.
[3] Bosi, A. *O ser e o tempo da poesia*, p. 257.

## Conclusão

a perpetuação da humanidade na minúscula Terra, um pontinho entre sextilhões de galáxias da Vila Láctea, do Universo conhecido pelo ser humano.

Considero todo este percurso um hino de reverência ao Ser Humano e suas formas de sua capacidade de "criação", sobretudo através da palavra, que se perpetua re-atualizando o instante em que o Caos fez-se Cosmos. Mais, não nos é possível acrescentar, pois a Onipotência da Criação Primeira, dupla primeiridade sígnica, não pertence à esfera do criar humano.

Resta-nos a Poesia, que antes de tudo é a Palavra que se diz em silêncio.

# Bibliografia geral

AFONSO X, O sábio. *Cantigas de Santa Maria.* Coimbra: Acta Universitatis Conibrigensis, 1964, v. III, 369. Fl. 330 vb. 333 ra.

AGUIAR E SILVA, Vitor Manuel. *Teoria da literatura.* 8. ed. Coimbra: Almedina, 1991.

ALMEIDA GARRETT. *O Romanceiro.* Porto: Livraria Simões Lopes, 1949. p. 205-8.

ANTTI, Aarne; THOMPSON, Slith. *The types of the Folktale.* Helsinque: s.e., 1961.

APULEIO. "O Asno de ouro". In: HOLANDA FERREIRA, Aurélio Buarque de; RONÁI, Paulo. *Mar de Histórias.* 3. ed. rev. Rio de Janeiro: Nova Fronteira, 1980.

AUBERT, Francis Henrik (Org.). *Askeladen & outras aventuras.* Uma antologia de Contos populares noruegueses. São Paulo: Edusp, 1992.

\_\_\_\_. *Novas aventuras de Askeladen.* São Paulo: Edusp, 1995.

AZEVEDO, Ricardo. *Maria Gomes.* São Paulo: Scipione, 1990.

BAKHTIN, Mikhail. *La poétique de Dostoievski.* Trad. Isabelle Kolitcheff, Présentation de Julia Kristeva. Paris: Éditions du Seuil, 1970.

\_\_\_\_. *A cultura popular na Idade Média e no Renascimento.* 2. ed. Trad. Yara Frateschi. São Paulo /Brasília: Hucitec, 1993.

\_\_\_\_. *Questões de literatura e de estética.* 3. ed. Trad. Aurora Bernadini et al. São Paulo: Unesp, 1993.

BAITELLO JUNIOR, Norval. *O animal que parou os relógios.* São Paulo: Annablume, 1997.

BETTELHEIM, Bruno. *A psicanálise dos contos de fada.* 2. ed. Trad. de Arlene Caetano. Rio de Janeiro: Paz e Terra, 1979.

BIEDERMANN, Hans. *Dicionário ilustrado de Símbolos.* Trad. Glória Paschoal de Camargo. São Paulo: Melhoramentos, 1993.

BITTENCOURT, Gilda (Org.). *Literatura comparada:* teoria e prática. Porto Alegre: Sagra – D. C. Luzzatto Editores, 1996.

BORTOLOUSSI, Marisa. *Análisis teórico del cuento infantil.* Madrid: Alhambra, 1985.

BOSI, Alfredo. *O ser e o tempo na poesia.* São Paulo: Cia. das Letras, 2002.

BRAGA, Theophilo. *O povo português, nos seus costumes, crenças e tradições.* Lisboa: Publicações Dom Quixote, 1986.

\_\_\_\_. *História da Literatura Portuguesa-I. Idade Média.* Porto: Publicações Europa-América, 1909.

CAMPBELL, Joseph; MOYERS, Bill. *O poder do mito.* Trad. Carlos Felipe Moisés. São Paulo: Palas Athena, 1990.

CASCUDO, Luís da Câmara. *Contos tradicionais do Brasil.* Rio de Janeiro: America, 1946.

\_\_\_\_. *Contos Tradicionais do Brasil.* 11. ed. Il. Poty. Rio de Janeiro: Ediouro, 1998.

\_\_\_\_. *Dicionário do folclore brasileiro.* 3. ed. Rio de Janeiro: Ediouro, 1972.

\_\_\_\_. VIEIRA DE ALMEIDA. *Grande Fabulário de Portugal e do Brasil.* Il. Sá Nogueira. Lisboa: Edições Artísticas Fólio, 1961. 2 v. (Edição Especial).

CHEVALIER, Jean; GHEERBRANT, Alain. *Dicionário de Símbolos.* Coord. Carlos Sussekind. Rio de Janeiro: José Olympio, 1988.

COELHO, Adolpho. *Contos populares portugueses.* Pref. de Ernesto Veiga de Oliveira. Lisboa: Publicações Dom Quixote, 1983.

CONSIGLIERI PEDROSO. *Contos populares portugueses.* Pref. Maria Leonor Machado Sousa. Lisboa: Veja, 1985.

DELEUZE, Gilles. *Lógica do sentido.* 4. ed. São Paulo: Ed. Perspectiva, 1969.

DIEL, Paul. *O simbolismo na mitologia grega.* Trad. Roberto Cacuro e Marcos dos Santos. São Paulo: Attar Editorial, 1991.

DURAND, Gilbert. *As estruturas antropológicas do imaginário.* Trad. Hélder Godinho. Lisboa: Editorial Presença, 1989.

ELIADE, Mircea. *Mito e realidade.* Trad. Pola Civelli. São Paulo: Perspectiva, 1972.

\_\_\_\_. *O mito do eterno retorno.* Arquétipos e repetição. Trad. Manuela Torres. Lisboa: Edições 70, 1985.

FIGUEIREDO PIMENTEL. *Contos da Carochinha – Livro para crianças.* 18. ed. Rio de Janeiro: Livraria Quaresma Editora, 1945. p. 209.

FRYE, Northrop. *Anatomia da crítica.* Trad. Péricles Eugênio da Silva Ramos. São Paulo: Cultrix, 1973.

FURNARI, Eva. *O problema do Clóvis*. Aparecida / São Paulo: Editora Santuário/ Vale Livros, 1991.

GALDINO, Luiz. *Viagem ao reino das sombras*. Mito de Eros e Psique reescrito por Luiz Galdino. Il. Rogério Borges. São Paulo: FTD, 1987.

GARRETT, Almeida. "*Donzella que vae á guerra*". In: *O romanceiro*. Porto: Liv. Simões Lopes, 1949. p. 205.

GÓES, Lúcia Pimentel. *Introdução à literatura infantil e juvenil*. São Paulo: Pioneira, 1984.

____. *Aventura da literatura para crianças*. 2. ed. São Paulo: Melhoramentos, 1991.

____. *O olhar de descoberta*. São Paulo: Edições Paulinas, 2003.

____. *Contribuição para uma História da literatura infantil portuguesa*. São Paulo: Cliper / Teresa Martin, 1999.

GRIMAL, P. *Dictionnaire de la mithologie grecque et romaine*. Paris: Presses Universitaires de France, 1979.

GUAYANCOS Y VEDIA. *Historia del Conde Ferran Gonzales*. Burgos, in-40, gótico, Burgos, 1537.

JOLLES, Andrés. *Formas simples*. Trad. Álvaro Cabral. São Paulo: Cultrix, 1976.

HUIZINGA, Johan. *Homo ludens*. Trad. João Paulo Monteiro. 2. ed. São Paulo: Perspectiva, 1980.

JUNG, Carl G. *Tipos psicológicos*. 4. ed. Trad. Álvaro Cabral. Rio de Janeiro: Guanabara, 1987.

____. et al. *O homem e seus símbolos*. Trad. Maria Lúcia Pinho. Rio de Janeiro: Nova Fronteira, s.d.

LÉVI-STRAUSS, C. *Antropologie Structurale*. Paris: Plon, 1958.

____. *La pensée sauvage*. Paris: Plon, 1962.

____. *A oleira ciumenta*. Trad. J. Antonio B. Fernandes Dias. Lisboa: Edições 70, 1985.

LOIBL, Elizabeth. *Deuses animais*. São Paulo: Edicon, 1984.

MACHADO, Irene. *O romance e a voz. A prosaica dialógica de Mikhail Bakhtin*. Rio de Janeiro/São Paulo: Imago/Fapesp, 1995.

MARTINS, Nilce Sant'Anna. *O léxico de Guimarães Rosa*. 2. ed. São Paulo: Edusp, 2001.

MARQUES, A. H. de Oliveira. *História medieval portuguesa*. Lisboa: Edições Cosmos, 1964. p. 183-7.

MENÉNDES Y PELAYO. *Orígenes de la novela*. Madrid: Santander Aldus, 1943.

MONAMED EL FASI; DERNENGHEIN, Emile. *Contes Fasis.* Paris: Ed. Rieder, 1926. "Éditions D'Aujourd'hui", 1977, exemplar de n° 364, des 400 exemplaires a éte fait par l'imprimerie de Provence. p. 225.

MORIN, Edgar. *O enigma do homem.* 2. ed. Trad. Fernando de Castro Ferro. Rio de Janeiro: Zahar, 1979.

NITRINI, Sandra. *Literatura comparada – história, teoria e crítica.* São Paulo: Edusp, 1997.

OLÍMPIO, Domingos. *Luzia-homem.* Edição preparada por Afrânio Coutinho e Maria Filgueiras. 5. ed. São Paulo: Ática, 1976.

OLIVEIRA, Rui. Projeto e ilustração. *A bela e a fera.* São Paulo: FTD, 1994 (Conto por imagens).

PEDROSO, Consiglieri. *Contos populares portugueses.* 3. ed. rev. aum. Lisboa: Ed. Vega, 1985.

____. *Contribuições para uma mitologia popular portuguesa e outros escritos etnográficos.* Pref. Org. e Notas de João Leal. Lisboa: Publicações Dom Quixote, 1988. ("D. Carlos e Leonor").

PESSOA, Fernando. *Obra poética.* Org. Introd. e Notas Maria Aliete Galhoz. Rio de Janeiro: Nova Aguilar, 1976. v. Único.

PROPP, Wladimir. *Morfologia do conto.* Trad. do russo Jasna P. Sarjan. Org. e Pref. de Boris Schnaiderman. Rio de Janeiro: Forense Universitária, 1984.

RAMOS, Arthur. *Estudos de folk-lore.* Rio de Janeiro: Liv. Casa do Estudante do Brasil, 1951.

RODRIGUES LAPA, M. *Miscelânea de Língua e Literatura Portuguesa Medieval.* Rio de Janeiro: Instituto Nacional do Livro-Ministério da Educação e Cultura, 1965.

ROSA, João Guimarães. *Grande sertão:* veredas. 10. ed. Il. Poty. Rio de Janeiro: Livraria José Olympio Ed., 1976.

SANT'ANNA, Afonso Romano de. *Paródia, Paráfrase & Companhia.* 3. ed. São Paulo: Ática, 1988.

SANTAELLA, Lúcia. *A assinatura das coisas.* Peirce e a Literatura. Rio de Janeiro: Imago, 1992.

____; NÖTH, Winfried. *Imagem – Cognição, semiótica, mídia.* São Paulo: Iluminuras, 1998.

____. *Matrizes da Linguagem e Pensamento – Sonora, Visual e Verbal.* São Paulo: Iluminuras/Fapesp, 2001.

____. *O que é semiótica.* 2. ed. São Paulo: Brasiliense, 1984.

SIMONSEN, Michèle. *O conto popular.* Trad. Luis Cláudio de Castro e Correia. São Paulo: Martins Fontes, 1987.

TORRADO, António. *A Bela Micaela e o monstro da Para Amarela.* Il. Victor Paiva. Lisboa: Editorial Comunicação, 1985.

TRANCOSO, Gonçalo Fernandes. *Contos e Histórias de proveito e exemplo.* (texto integral conforme a edição de Lisboa, de 1624.) pref. e notas de João Palma – Ferreira. Lisboa: Imprensa Nacional – Casa da Moeda, 1974.

VAN GENNEP, A. *La formación de las leyendas.* Buenos Aires: s.e., 1943. p. 186.

WATANABE, Lygia Araujo. *Platão por mitos e hipóteses* – Um convite à leitura dos Diálogos. São Paulo: Moderna, 1995.

WELLEK, René; WARREN, Austin. *Teoria da literatura.* 2. ed. Publicações Europa – América. 1955.

ZUMTHOR, Paul. *A letra e a voz.* Trad. Amálio Pinheiro e Jerusa Pires Ferreira. São Paulo: Cia das Letras, 1993.

LIVRARIA HUMANITAS
Av. Prof. Luciano Gualberto, 315
Cidade Universitária
05508-900 – São Paulo – SP – Brasil
Tel: 3091-3728 / 3091-3796
e-mail: livrariahumanitas@usp.br

HUMANITAS – DISTRIBUIÇÃO
Rua do Lago, 717 – Cid. Universitária
05508-900 – São Paulo – SP – Brasil
Telefax: 3091-4589/1514
e-mail: pubfflch@edu.usp.br
http://www.fflch.usp.br/humanitas

*FICHA TÉCNICA*

| | |
|---|---|
| *Mancha* | 12,1 x 19,5 cm |
| *Formato* | 15,5 x 23 cm |
| *Tipologia* | Cheltenhm BT e DeVinne BT |
| *Papel* | miolo: Off-set 75 g/m$^2$ capa: Supremo 250 g/m$^2$ |
| *Impressão e acabamento* | Gráfica da Editora Paulinas |
| *Número de páginas* | 246 |
| *Tiragem* | 2000 exemplares |

Impresso na gráfica da
Pia Sociedade Filhas de São Paulo
Via Raposo Tavares, km 19,145
05577-300 - São Paulo, SP - Brasil - 2007